에스페란토-한글 대역 청소년 소설

Padma, la eta dancistino
파드마, 갠지스강의 무용수

티보르 세켈리 지음
장정렬 옮김
뚜어얼군 그림

(에스페란토 원작 표지)『Padma, la eta dancistino 파드마, 갠지스강의 무용수』: 2013년, 표지화 Tihomir Lovrić

에스페란토-한글 대역 청소년 소설

Padma, la eta dancistino
파드마, 갠지스강의 무용수

티보르 세켈리 지음
장정렬 옮김
뚜어얼군 그림

진달래 출판사

帕德玛

恒河的女儿

[塞尔维亚] 迪波尔·赛凯尔　著

于建超　译

多尔衮　插画

新世界出版社
NEW WORLD PRESS

(중국어판 표지) 『Padma, la eta dancistino 파드마, 갠지스 강의 무용수』: 2019년, 중국 신세계출판사, 번역 위지엔차오 (于建超), 그림 뚜어얼군(多尔衮)

*이 책에 사용된 중국화가 뚜어얼군(多尔衮)의 작품들은, 역자의 사용요청에, 화가의 호의적인 사용허락이 있었음을 알립니다.

목 차

---

1) 인도의 종교 수행자 또는 성자

Estimataj Legantoj, kore mi salutas vin!

Ege mi ekĝojis ricevante vian karan leteron de la traduko kaj eldono de la libro "Padma la eta dancistino", kiun mia edzo verkis.
Pri Koreio mi gardas tre belajn memorojn. En 2012 aperis la unua libro de mia edzo en via lando. Ĝis tiam ĝi jam aperis en ĉirkaŭ dudek diversaj lingvoj, sed laŭ mi la plej belaspekta, kun la plej belaj ilustraĵoj estis eldonita ĉe vi.
En 2017 la Universalan Esperanto Kongreson oni organizis en Seulo kaj tiam mi havis eblecon viziti Koreion. En mia memoro mi gardas la neforgeseblajn tagojn pasigitajn en via lando. La sincerajn amikajn renkontiĝojn, la bongustajn manĝaĵojn, la belegajn reĝajn palacojn, la kulturon, la naturon, la ĉarmajn ridetojn de la homoj kaj ilian helpemon oni neniam povas forgesi.
Mi dankas al s-ro Ombro-JANG la tradukon de la libro, kaj al s-ro Mateno-OH la eldonon de la libro. Dank al ili, vi povas ekkoni la etan dancistinon el Hindujo. Mi deziras al vi bonan amuziĝon dum la legado. Neniam vi forgesu la mesaĝon de la libro: "Ĉion atingas tiuj kiuj estas persistaj."
12, Junio, 2021   Erzsébet Székely

- 6 -

한국어판 출간인사

끈기야말로 목표에 도달하는 첩경

이 책을 읽을 독자 여러분께 따뜻한 인사를 나누고자 합니다! 제 남편 티보르 세켈리가 지은 작품 『파드마, 갠지스강의 무용수-Padma, la eta dancistino』가 한국어로 번역, 출간된다는 역자의 이메일을 받고서 정말 기뻤습니다.

2012년 한국에서 제 남편의 작품 『정글의 아들 쿠메와와』가 전 세계 20번째 언어로 장정렬 번역자에 의해 출간되어 수많은 독자의 사랑을 받았습니다.

2017년 여름, 제102차 세계에스페란토대회가 서울에서 열렸을 때, 한국을 방문해 볼 수 있었습니다. 한국 사람과 우호적인 만남이 있었고, 맛난 음식도 먹어 보고, 아름다운 덕수궁을 비롯한 여러 궁궐도 관람할 수 있었습니다. 한국의 문화와 풍광, 시민들의 매력적인 미소와 친절한 마음 씀씀이를 저는 절대 잊지 못합니다.

저는 이 작품의 번역자 장정렬 씨와 진달래 출판사 오태영 대표, 두 분에게 고마움을 전하고 싶습니다. 이분들의 출간 준비 덕분에, 독자 여러분은 인도의 어린 무용수를 만날 수 있게 되었습니다. 저는 독자 여러분이 이 작품을 즐겁게 읽어 나가기를 성원합니다. 그러면서도 이 작품이 주는 '끈기야말로 목표에 도달하는 첩경'이라는 메시지에 주목해 주시기를 기대합니다.

2021년 6월 12일   엘리자베스 세켈리

1. RENKONTO KUN SPIRITO

La vojaĝanto traveturinta multajn milojn da kilometroj, ekhaltis iun tagon en la eta hinda vilaĝo Kondapur[2]. Tiu vojaĝanto nomiĝis... bedaŭrinde mi ne povas rememori lian nomon. Do, ni nomu lin simple onklo Bend.

Onklo Bend alveturis al tiu ĉi hinda vilaĝo per kamiono, ĉar la vojo preterpasas la vilaĝon je duonkilometra distanco, onklo forlasis la kamionon kaj malrapide ekmarŝis direkte al la vilaĝo. Atinginte la unuajn domojn, li metis teren sian valizeton.

Li rigardis vicon de vilaĝaj dometoj konstruitaj el tero, kun tegmentoj el palmfolioj. Li iom longe staris sur tiu loko viŝante per poŝtuko la ŝviton de sia frunto. Estis varme, kiel varmo povas esti nur en hinda vilaĝo dum somero.

Vojaĝantoj malofte eniras tiun ĉi vilaĝon. Pro tio pluraj vilaĝanoj okupitaj per laboroj ĉirkaŭ siaj domoj forlasis la laboron kaj ekiris

---

2) Kondapur는 인도 Telangana의 Ranga Reddy 지구에 위치한 Hyderabad 교외.

en la direkto de la neatendita gasto. Alveninte ili ĉirkaŭstaris lin. Dum ili ankoraŭ estis marŝantaj, onklo Bend rimarkis, ke ili estas vestitaj tre diversmaniere. Iuj vestis kutiman blankan ĉemizon kaj streĉan pantalonon, dum aliaj havis volvitan ĉirkaŭ la talio 'dotion'[3]. Tio estas tre simpla vesto, kiun oni tute ne bezonas kudri. La longan blankan tolaĵon oni volvas ĉirkaŭ la talio, la antaŭan parton oni kunigas kaj inter la kruroj metas malantaŭen, por enigi ĝin sur la dorso en la talian parton. La plejmulto de la pli aĝaj viroj portis longan strion de tolo ĉirkaŭ la kapo, formante el ĝi turbanon. La junuloj nenion portas surkape.

Onklo Bend atendis ke oni antaŭ ĉio demandos lin de kie li venas.

—Mi venas el malproksima lando! — li respondis. Poste li klarigis al la kunvenintaj vilaĝanoj ke al li plaĉas ilia vilaĝo, kaj ke li ŝatus resti ĉe ili kelkajn tagojn.

Kun mirego ili ekrigardis unu la alian... Dum

---

3) 저자 주: (Liston de vortoj netroveblaj en PIV vi trovos ĉe la fino de la libro.) dotio: vira vesto uzata en Hindio, konsistanta el blanka tolaĵo volvata ĉirkaŭ la talio, kun la antaŭa parto metata malantaŭen inter la kruroj kaj fiksata ĉe la talio dorse.

multaj jaroj apenaŭ kelkaj eksteruloj haltis en ilia vilaĝo. Kaj se iu alvenis, temis pri ŝtatoficistoj alportantaj iun ordonon, klarigantaj iun novan leĝon aŭ kolektantaj imposton. Ke iu restos en ilia vilaĝo ĉar ĝi plaĉas al li, tion ili ne povis kompreni. Tio vere sonis nekredeble.

Fine, kiam onklo Bend denove decide ripetis, ke li ŝatus resti en la vilaĝo, al li direktis sin, je la nomo de ĉiuj, mezaĝa viro nomata Kumar.

—Do, se tiel, bonvenon! Sed, vi scias ke ni ne havas apartan domon por gastoj, kiel en la urboj. —Hezistante momenton, li aldonis: "Mi havas en mia domo novan ĉambron, kiun mi konstruis por mia filo. Li baldaŭ edziĝos. Se vi deziras, venu kaj vidu ĝin... —Dirinte tion, Kumar prenis la valizeton de onklo Bend kaj la tutan grupon ekgvidis al la vilaĝo. Li ŝajnis esti fiera. Kvazaŭ li dirus per sia sinteno: Ho, kiel feliĉa mi estas, ĉar mi havas lokon por la gasto!

Kiam onklo Bend eniris la novan ĉambron, li ekkriis kontenta: "Bonege! Mi ne atendis havi tian bonŝancon." Kun rideto survizaĝe li promenetis en la malplena duonluma ĉambro, kun freŝa kaj agrabla aero.

Pli aĝa viro kun verda turbano ĉirkaŭ la kapo, pri kiu onklo Bend poste eksciis ke li nomiĝas Dilip, diris:

—Do, mi havas liton, sur kiu do, neniu dormas. Do, mia filo nun soldatservas, kaj mi povus doni al vi, do, tiun liton... Dum li eldiradis la lastajn vortojn, jam li estis survoje hejmen.

Post mallonga tempo onklo Bend jam ekloĝis en sia nova hejmo. Kumar, la dommastro, deziris konatigi la gaston kun sia edzino. Kiam li dufoje ekkriis "Arunah!...Arunah!", aperis tra la pordo mezaĝa virino envolvita en malnova sed pura peco de blua tolo. Tiu simpla virina vestaĵo en Hindio nomiĝas sario. Arunah alproksimiĝis malrapide kaj digne. Kvankam ŝi estis nudpieda, onklo Bend havis la impreson, ke al li alproksimiĝas iu grava kaj estiminda persono. Sur ŝiaj brakoj viciĝis pluraj brakringoj el kolora vitro, dum sur manfingroj kaj la piedfingroj ŝi havis plurajn arĝentajn ringojn. Dum ŝi alproksimiĝis, Kumar diris al onklo Bend: "Jen mia edzino". Turnante sin al ŝi, li diris: "Tiu ĉi estas nia nova amiko. Alportu freŝan akvon por la gasto".

—Namaste!— diris per mallaŭta voĉo Arunah, kunmetante la manojn, kiel ĉe preĝado, kaj levante ilin al la frunto.

Onklo Bend jam konis tiun salut—manieron, kiun li jam estis vidinta en aliaj lokoj de Hindio. Pro tio ankaŭ li kunigis la manplatojn, klinis la kapon, kaj ridetante diris "namaste".

La dommastrino eliris, kaj post kelkaj minutoj ŝi revenis portante akvon en argila poto. En tiu varmega somera posttagmezo la freŝa akvo pli bone gustis al onklo Bend ol iu ajn alia trinkaĵo.

Kumar deziris konatigi al onklo Bend ankaŭ la aliajn membrojn de sia familio. Pri la junulo kiu ĵus eniris, li diris: "Jen estas mia filo".

La junulo kun la nomo Keŝab estis 19—jara, laŭ la prijuĝo de la gasto, kaj li aspektis simpatia. Tufo de glataj nigraj haroj faladis sur lian frunton.

—Ĉu vi vizitadis lernejon, Keŝab? —demandis la gasto.

—Ne. Ĉi tie ne ekzistas lernejo. Sed mi

profitis la viziton de kelkaj urbanoj al nia vilaĝo, kaj iom post iom mi lernis skribi kaj legi en nia hindia lingvo.

—Brave, Keŝab, inteligenta knabo vi estas. Vi povas ankoraŭ multon atingi en la vivo, se vi plue klopodos.

—Mi havas ankaŭ filinon, verŝajne ŝi ludas ie ekster la domo. ‑diris la dommastro.

La edzino de Kumar komencis ion mallaŭte paroli al sia edzo. Neniu povas trovi la filinon, Padma. Ŝi kaŝis sin ie, ĉar antaŭe ŝi vidis ion teruran, kaj ŝi ektimegis.

—La infanoj ĉiam ludas stultajn ludojn, —diris Kumar al sia edzino. — Li iom koleris ĉar li ne povas tuj prezenti al la gasto sian tutan familion.

Kiam onklo Bend restis sola, li elprenis el sia valizo kelkajn objektojn. Poste li eliris por ekkoni la vilaĝon promenante tra ĝiaj stratoj.

Li estis senpacienca por ekkoni la ĉirkaŭaĵon kaj la aliajn vilaĝanojn. Baldaŭ post la eliro el la domo, li renkontis dek‑jaran knabinon. Ŝia vizaĝo estis pala, ŝiaj okuloj reflektis timon, Onklo Bend tuj pensis ke ŝi povas esti Padma.

—Ĝuste vin mi serĉas, Padma! —li diris elpoŝigante saketon kun karameloj.

Padma lin ekrigardis mirigita, kvazaŭ ŝi volus diri: Vi neniam min vidis, kaj vi serĉas min por doni al mi karamelon!

La knabino estis por siaj dek jaroj sufiĉe altstatura kaj svelta. Ŝiaj nigraj okuloj meze de la bruna vizaĝo, brilis per aparta brilo, kvazaŭ du nigraj fajreroj. Ĉio ĉi estis enkadrigita en ondumantan nigran hararon, kiu ekde la divido en la mezo de la kapo faladis dekstren kaj maldekstren sur la ŝultrojn kaj la dorson, kvazaŭ iu nigra akvofalo.

—Mia nomo estas Bend. Mi loĝas en la domo de viaj gepatroj. Mi deziras ke ni estu amikoj, se ankaŭ vi tion deziras.

Padma kapjesis. Ŝi akceptis la amikecon, kvankam tiu propono venis al ŝi tute surprize. Cetere ŝi eĉ ne povis imagi en kio konsistos tiu amikeco inter ŝi kaj plenkreska fremdulo.

—Do, bone. Ĉar ni nun estas geamikoj, —daŭrigis onklo Bend, —vi povus rakonti al mi la sekreton, pro kio vi kaŝis vin antaŭe. Ĉu vi ektimegis de io?

La knabino hezitis. Tio eĉ pligrandigis la scivolemon de la fremdulo.

—Do, rakontu al mi! De kio vi ektimegis?

Padma ekrigardis la novan amikon rekte en liajn bluajn okulojn, malofte renkontatajn en Hindio. Poste ŝia rigardo glitis malsupren sur lian modestan grizan kostumon kaj ekhaltis sur liaj manoj, kiuj aspekstis kvazaŭ ili volus karesi ŝiajn nigrajn harojn. Fine ŝi decidis konfidi sian sekreton al la fremda amiko.

—En la vilaĝo oni konstruas novan domon. Ĝi jam havas tagmenton, kaj pro tio en ĝi estas preskaŭ mallume, kaj ne tro varme. Tie ni ludis... —Ŝi ekhaltis, kvazaŭ ŝi hezitus daŭrigi la rakontadon. La sekreto ŝajne estis pli granda ol onklo Bendo atendis. Lia vizaĝo estis serioza. Li senpacience atendis por aŭdi la rakonton ĝis la fino. Padma ne povis nun halti. La fremdulo plene konkeris ŝian fidon. Tial ŝi daŭrigis: —Ni ludis, kaj subite...Spirito enkuris en la malluman domon. Ĝi ĉirkaŭkuris ĉiujn murojn kaj...elkuris tra la pordo tra kiu ĝi estis enirinta...

Onklo Bend provis ŝerci:

—Ĉu ĝi ne venis por puni vin? Kion vi estis

ludantaj?

Padma mallevis la rigardon.

—Ni kaptis lacerton, ligis al ĝia vosto malnovan ladskatolon, kaj ni...

—Ho, vi eĉ ne estis tro malbonkondutaj, —komencis ŝin konsoli onklo Bend. —Mi ne vidas kialon por la alveno de la spirito... Sed diru al mi, kiel aspektis tiu spirito.

Padma nerveme ludis per la pintoj de sia hararo falanta sur la ŝultrojn. Sen levi la rigardon, ŝi preskaŭ flustre diris:

—Mi ne povas al vi diri kiel ĝi aspektis. Ĝi ekbrilis en la mallumo, kuris laŭlonge de la muroj, supren kaj malsupren... Kiam mi ekkriis pro timo, ĝi forkuris.

—Aŭskultu Padma, mi ne scias kion vi vidis, sed mi povas certigi al vi, ke spirito ĝi ne estis. —Onklo Bend finis konvinke: Komprenu bone ke spiritoj ne ekzistas! Cetere, iru ni al la domo en kiu vi troviĝis kaj ludis.

Padma ektremis:

—Ne! Eble la spirito denove estas tie!

—Ne zorgu, mi estas pli forta ol iu ajn el viaj spiritoj. Ni iru!

Ili ekiris laŭlonge de la strato inter la neregule lokigitaj dometoj.. Subite Padma ekhaltis pro timo. Onklo Bend preskaŭ perforte trenis ŝin en la mallumon de la nove konstruita domo. Interne regis agrable freŝa aero. Ankaŭ la duonlumo agrable tuŝis la okulojn, post la tro brila sunlumo ekstera. Padma ekhaltis ĉe la pordo, rigardante kiel onklo Bend eniras en ĉiun anguleton kaj palpas la murojn ankoraŭ humidajn.

—Ĉu vi vidas, Padma, ĉi tie nenio estas!

Li ĵetis rigardon supren. La tegmento estis plektita el denove kunmetitaj palmofolioj. Inter ili eĉ serpento ne povus penetri...tamen tiel granda timego reflektita en la okuloj de la knabino sugestis al onklo Bend, ke ŝi vere ion vidis. Ion, kio estis nekutima, ion, kio ŝin kaj ŝiajn amikinojn terurigis. Sed kio ĝi povus esti? Li ĵetis rigardon sur la straton.

Sur la kontraŭa flanko de la strato troviĝis domo kun malfermita pordo. Iu junulino eliradis kaj eniradis, evidente ŝi rapidis por aranĝi ion en la domo. Onklo Bend direktis sin al Padma:

—Kiu estas tiu junulino?

—Ŝi estas Saroĝ. Ŝi preparas sin por edziniĝa festo. Je sunsubiro venos viziti ŝin la patro de ŝia fianĉo, kaj nun ŝi purigas kaj aranĝas sian domon.

—Iru ni por viziti ŝin!

Padma gvidis onklon Bend trans la straton.

Post la kutima saluto per "namaste", la fremdulo komencis interparolon kun la junulino. Li tuj rimarkis ke Saroĝ estas vera belulino. Sub la nova flava sario ŝi havis belan verdan bluzon. Ĉirkaŭ la nigra, glate kunigita hartubero girlandeto el blankaj jasmenoj etendis sian parfumon. Ĉiu el ŝiaj orelringoj konsistas el sep oraj ringetoj, kaj ankaŭ en la nazo ŝi havis oran ornamaĵon; el ŝia maldekstra nazlobo pendis ornamaĵo kun vico da blankaj perloj. Kiel ĉiu hindino, ankaŭ ŝi havis meze de la frunto bindion[4], grandan punkton faritan per ruĝa pulvoro, evidente freŝe pentritan. Post kelkaj kutimaj frazoj kaj demandoj, kiujn Saroĝ ĝentile respondadis, onklo Bend demandis la junulinon:

—Kiam vi pentris tiun belan bindion sur vian

_____

4) pli aŭ malpli granda ronda makulo el ruĝa polvo aŭ farbo, kiujn en Hindio virinoj portas sur la frunto kiel bonaŭguran signon.

frunton?

—Antaŭ unu horo proksime, —respondis Saroĝ.

La ligna skatolo kun farboj, kremoj, speguleto kaj aliaj plibeligiloj ankoraŭ staris apud la pordo.

Onklo Bend petis permeson por trarigardi la skatolon. Kiam Saroĝ tion volonte konsentis, li elprenis el la skatolo etan kvarangulan spegulon duflankan. Denove li direktis sin al la junulino, kai demandis ŝin:

—Kie vi sidis kiam vi pentris la bindion sur la frunton?

—Tie, antaŭ la pordo. La bindion oni devas pentri je sunlumo. En la ĉambro ne estas sufiĉe da lumo...

La bluaj okuloj de onklo Bend ekbrilis per mistera brilo. Padma rimarkis etan rideton sur liaj lipoj.

—Ĉu vi faros al mi la komplezon, Saroĝ, por momento eksidi sur la saman lokon? Prenu la speguleton kaj imagu ke vi denove pentras al vi bindion sur la frunton. Padma kaj mi rigardos vin el la domo sur la kontraŭa flanko de la strato.

—Se vi tion tre deziras, mi povas al vi fari tiun komplezon —respondis la junulino. Pro hontemo ŝi ne volis demandi pri la kialo, sed tiu deziro ŝajnis al ŝi stranga, kiel la fremdulo mem. Ŝi eksidis kaj prenis la spegulon.

Onklo Bend prenis je la mano Padma kaj kondukis ŝin trans la straton, por eniri en la novan domon. Kiam ili eniris, Pama ekkriegis pro timo, kvazaŭ ŝi estus ekvidinta serpenton. Tiu "spirito", tiu "luma io" denove trakuris la murojn, lumigante momente la duonmalluman ejon.

—Venu por vidi de kie venas via "spirito", —diris onklo Bend, montrante al la spegulo sur la kontraŭa flanko de la strato.

El la pordo de la nova domo oni klare povis vidi kiel Saroĝ sin plibeligas sidante apud la pordo. Ankaŭ fariĝis klare videbla kiel la speguleto reflektas la sunradiojn. Kaj kiel tiu reflekto saltadas tien kaj reen, laŭ la movetoj de la mano de la junulino, kelkfoje eĉ penetrante en la novan domon tra ĝiaj fenestroj. Padma subite ĉion komprenis. Konfuzita ŝi ekprenis la manon de onklo Bend kaj kune kun li ekmarŝis trans la straton. Kiam Saroĝ eksciis kial ŝi devis fari la pantomimon kun la speguleto, ŝi bonvoleme ekridetis. Ŝi per la mano ekkaresis la hararon de Padma kaj adiaŭis onklon Bend. Ŝi devis ankoraŭ multon fari en sia hejmo antaŭ la alveno de la gastoj, kaj ne havis multe da tempo por infanaj "spiritoj".

Dum la marŝado survoje hejmen, onklo Bend denove proponis karamelon al Padma. Pri spiritoj ili ne parolis.

Estis jam malfrua posttagmezo, kaj la suno jam troviĝis antaŭ subiro. Kiam Padma kaj onklo Bend alproksimiĝis al la hejmo, Kumar, la dommastro, eliris sur straton kaj akceptis ilin per jenaj vortoj:

—Mi ĝojas ke vi alvenis, ĉar mi jam zorgis pri vi ambaŭ. Mi ne sciis kie vi povas esti, nek kie vin serĉi. Ankaŭ mi ĝojas vidi ke vi jam renkontiĝis kaj konatiĝis.

—Ho jes, —respondis onklo Bend. —Jam ni eĉ amikiĝis, Padma montris al mi la vilaĝon, konatigis min kun Saroĝ, junulino kiu baldaŭ edziniĝos, kaj kun kelkaj interesaj popolkutimoj.

—Mi ĝojas pro tio, sinjoro Bend. Padma estas bona knabino, kvankam ŝi foje havas strangajn ideojn, kiel vi mem tion konstatos. Sed ion alian mi volis al vi diri. Mia edzino Arunah vin invitas esti regula gasto ĉe ni ankaŭ por la manĝoj. Ni ne estas riĉaj, kaj nia vilaĝa nutrado estas sufiĉe monotona, kaj pro tio mi ne scias ĉu ĝi plaĉos al vi.

—Koran dankon pro via invito, kaj mi volonte ĝin akceptas. Kaj vi tute ne zorgu, certe ĝi plaĉos al mi. Mi jam pli longan tempon troviĝas en Hindo, kaj mi komencas alkutimiĝi al viaj nutrad-kutimoj.

—Ĝuste estas tempo por vespermanĝo kaj Arunah jam ĉion preparis. Ni povas lavi la manojn kaj eniri la ĉambron —aldonis Kumar.

Dirinte tion, Kumar alportis kruĉon kun akvo por verŝi ĝin dum onklo Bend lavis siajn manojn kaj poste ankaŭ lavis sian vizaĝon per la sama akvo. Post tio la gasto volis transpreni la kruĉon por reciproki la verŝadon, sed la dommastro tion ne permesis, sed li mem verŝis akvon per la maldekstra mano, kaj li lavis nur la dekstran, farante tion tre lerte.

Ili eniris la ĉambron kiu havis malmulte da mebloj, tre simplaj. Laŭlonge de unu el la muroj estis sternita mallarĝa sed longa tapiŝo, sur kiun ili eksidis, unu apud la alia. Tra la malfermita pordo ili povis observi kiel Arunah kaŭris apud aperta fajrujo meze de la koto kaj bakas

ĉapatiojn[5] —specon de hinda pano. Tion ŝi faris tiel, ke ŝi prenadis po unu amaseton da pasto jam preparita je grandeco de pugno, kaj disetendadis tiujn amasetojn inter la manplatoj en rondajn maldikajn pecojn, similajn al patkukoj. Ŝi ĵetadis ilin sur varmegan ferplaton super la fajro, apogintajn sur du grandajn ŝtonojn. Post du—tri minutoj jam estis necese turni la farunaĵon, por ke ĝi iom bruniĝu ankaŭ sur la alia flanko, kaj post pluaj minutoj la ĉapatio estis preta. Kiam sur la lada telero akumuliĝis dudeko da ĉapatioj, Arunah enportis ilin en la ĉambron kaj metis la teleron meze de la tapiŝo, inter Kumar kaj Bend.

Denove ŝi eliris por alporti du pecojn da freŝe lavitaj bananfolioj, kaj lokigi ilin antaŭ la

---

5) speco de pano uzata en Hindio, plata kaj ronda kiel patkuko.

du viroj, sur la tapiŝon. La bananfolio povas kreski eĉ du metrojn longa, tiam ĝi rebrilas freŝverde kaj aspektas pura kaj netuŝita. En tiu tempo oni detranĉas tiujn foliojn, duonigas ilin kaj ili bone servas kiel improvizitaj "teleroj" por ununura uzo.

Sur tiujn improvizitajn telerojn la dommastrino vicigis el kaldronetoj kaj kaseroloj ĉerpitajn duonglobformajn amasetojn da rizo, terpomo, lentoj, dum en etaj metalaj ujoj ŝi alportis la pli likvajn manĝaĵojn el pizo, gion[6] —fanditan buteron uzatan en Hindio kiel grasaĵo kaj karion[7], —fortan spicaĵon tipan por la tieaj manĝkutimoj. Fine ŝi alportis varman supon en metalaj tasetoj.

Se iu atendas ke la dommastrino alportu kulerojn aŭ iun alian manĝilon, la atendado estas vana. En Hindio tradicie oni manĝas per la mano. Pli precize, per la fingroj de la dekstra mano. La dekstra mano estas konsiderata "pura" kaj la maldekstra estas la "malpura mano". Per la dekstra oni nur manĝas

---

6) fandita butero uzata en Hindio dum manĝado, kiel aldono al manĝaĵoj.

7) forta spicaĵo tipa por hindaj manĝkutimoj.

kaj neniun malpuran laboron plenumas per ĝi, dum la maldekstra estas ilo por ĉiuspecaj taskoj, krom por manĝado.

Kumar per la fingroj de la dekstra mano elprenis iom da rizo, miksis ĝin kun iom da lentoj, aldonis karioj, kaj el ĉio ĉi formis buleton, kiun li lerte enĵetis en sian buŝon, sen ke li tuŝu la lipojn per la fingroj. La sekvantan buleton li knedis per supo kaj aliaj ingrediencoj, kaj tiel laŭvice. Post ĉiu enĵetita bulo li deŝiris pecon de ĉapatio kaj manĝis ĝin, kiel oni en aliaj regionoj kun ĉiu manĝaĵo manĝas panon aŭ rizon. Bend jam antaŭe vidis tiun manĝmanieron en diversaj regionoj de la lando, sed kutime li portis en sia poŝo kuleron, kaj en la urboj li preferis uzi ĝin por manĝado. Sed nun, kiam li deziris laŭeble plej multe proksimiĝi al siaj gastigantoj, Bend mallerte klopodis imiti Kumar laŭ siaj povoj kaj kapabloj.

Bend kompreneble sciis ke en granda parto de Hindio oni tute ne manĝas viandon, nek ovojn, kaj eĉ ne lakton, ĉar ankaŭ ili estas bestaj produktaĵoj. La Hindoj estas vegetaranoj, kaj ili tiom respektas la bestojn, ke ili ne volas mortigi ilin por sin mem nutri, nek ili deziras forrabi iliajn produktojn, kies natura celo estas krei aŭ subteni novan vivon.

Kelkfoje la dommastrino proponis aliajn legomojn, kiel karotojn, betojn aŭ ruĝbetojn, kaj kiel deserto ŝi alportadis bananojn, kokosojn, akvomelonojn kaj aliajn fruktojn, el kiuj kelkajn oni en aliaj regionoj eĉ ne konas.

Tiel la gasto tute ne sentis ian monotonecon en la manĝado. La sola malfacilaĵo kiun li spertis estis, ke la buleto kiun li faris el la manĝaĵoj kelkfoje estis ne sufiĉe firma kaj disfalis antaŭ ol atingi lian buŝon, aŭ ĝi simple maltrafis la buŝon kaj forflugis direkten al la orelo aŭ ĝi falis en lian sinon.

Sed tio ne senkuraĝigis lin. Li estis konscia pri la fakto, ke oni povas akiri majstrecon nur konstanta ekzercado. Ankaŭ la sidado kun krucigitaj kruroj ne estis facila por la fremdulo, kaj tial tre ofte okazis de li dum la tagmanĝo devis leviĝi kaj iom marŝi por elstreĉi la krurojn kaj povi denove sidiĝi.

Ankoraŭ io estis kio ĝenis lin. En la ĉambro nur manĝis la du viroj. "Kaj kie troviĝas la dommastrino kaj Padma?" —demandis li plurfoje.

—Ili estas okupitaj en la kuirejo, —estis ĉiam la sama respondo.

Sed iom post iom li alkutimiĝis, ke en la hinda vilaĝo estas tia la kutimo: la viroj manĝas solaj en la ĉambro, priservataj de la virinoj, dum la virinoj kaj infanoj manĝas en la kuirejo.

Ĉiu manĝado finiĝas per refoja lavado de manoj, kvazaŭ nur per tio finiĝus la ceremonio.

Tiu vespero pasis en konversacio inter la gasto kaj la dommastro. La sekvantan matenon, kiam Bend renkontis Padma, li ekmemoris pri la renkonto kun la "spirito" la antaŭan tagon. Li demandis sian etan amikinon, ĉu ŝi ankoraŭ timas la spiritojn.

Padma mallonge respondis:

—Nun mi scias.

1. 귀신 이야기

어느 날, 수천 킬로미터를 여행하고 있던 한 여행자가 인도라는 나라의 콘다푸르Kondapur 마을에 발걸음을 멈추었다. 여행자 이름은 애석하게도 나는 그 여행자 이름을 기억할 수 없다. 그래서 우리는 그의 이름을 간단히 밴드 Bend 아저씨라고 부르자.

밴드 아저씨는 트럭을 타고 이 마을 근처에 도착했다. 차가 다닐 수 있는 도로는 이 마을에서 500m 떨어진 곳에 있었다. 밴드 아저씨는 트럭에서 내려 마을을 향해 천천히 걸어오고 있었다. 마을 어귀에서 가장 가까운 곳에 자리한 집들이 있는 곳에 다가서자, 그는 자신이 들고 있던 작은 여행 가방을 땅에 내려놓았다.

야자수 잎으로 만들어진 지붕과 흙으로 지은 작은 집들을 차례차례 눈으로 둘러보면서 그는 그 자리에 한동안 선 채, 이마에 난 땀을 자신의 손수건으로 닦고 있었다. 여름날 인도 마을에서만 느낄 수 있는 무더운 날씨였다.

이 마을을 찾는 여행자들은 흔치 않다. 그 때문에 자신들의 집 주위에서 일하고 있던 마을 사람 몇 명이 하던 일을 멈추고 낯선 방문객이 서 있는 쪽으로 걸어오기 시작했다. 그들은 다가오면서 그 이방인을 이리저리 관찰했다. 마을 사람들이 걸어오자, 밴드 아저씨는 그 마을 사람들이 아주 다양한 옷을 입고 있음을 알아차렸다. 어떤 사람은 일상적인 하얀 셔츠와 꽉 죄는 바지를 입었고, 어떤 사람은 '도티'[8] 라는 긴 허리감개 옷차림이었다. 그 차림은 바느질이 전혀 필요 없는 아주 간단한 의복 차림이었다. 입는 이가 하얀 긴 천의 한쪽 끝을 잡고서 자신의 엉덩이와 넓적다리 주위를 한 번 두른 뒤, 정강이 사이로 꺼내 허리띠에 말아넣은 차림이다. 또 중년의 사람들 대부분은 자신의 머리 주위로 늘어뜨린 긴 천이 달려 있고, 터번 모양을 하고 있었다. 젊은이들의 머리는 아무것도 쓰지 않은 채 있었다.

밴드 아저씨는 마을 사람들이 먼저 자신에게 어디서 왔는지 묻기를 기다리고 있었다.

"저는 먼 나라에서 왔습니다."

그는 그렇게 대답했다. 그리고 그는 자신의 주변에 모인 사람들에게 이 마을이 참 마음에 든다며, 이 마을에서 며칠 머물고 싶다고 설명했다.

그 말을 듣자 마을 사람들은 깜짝 놀라 서로를 쳐다보았다. 여러 해 동안 외부 사람들 몇 명만 그들이 사는 마을에 다녀간 적이 있었다. 또 만일

---

8) 역주: 남아시아 힌두교 문화권의 남자들이 전통적으로 입는 긴 허리감개 옷

누군가 왔다면, 그 사람은 필시 새로 법이 하나 만들어졌음을 알리거나, 세금 받으러 오는 공무원들이라고 했다. 만일 그들이 사는 마을에 누가 머물고 싶다고 한다면, 그 말이 그들에게 무슨 의미인지 이해할 수 없었다. 정말 신기하게 들렸다.

그러자 밴드 아저씨는 다시 한번 이 마을에 며칠 머물고 싶은 자신의 의사를 분명히 말하였다. 그러자 그 밴드 아저씨를 향해 말하는 마을 사람이 있었으니, 그 사람은 마을 사람들을 대표한 중년 남자인 쿠마르 Kumar라는 이였다.

"그렇다면, 만일 그렇다면, 환영합니다! 하지만, 도시와는 달리 우리에겐 손님이 묵을 별도의 집은 없답니다."

그러고는 잠시 주저하더니, 그는 이렇게 덧붙여 말했다.

"우리 집에 아들을 위해 마련해 둔, 새 방이 하나 있긴 합니다. 아들은 곧 결혼할 겁니다. 만일 선생께서 원하신다면, 그 방을 한 번 보셔도 좋습니다."

쿠마르는 그렇게 말하고는 밴드 아저씨의 작은 여행 가방을 집어 들고는, 그곳에 모인 사람들 모두를 자신의 집으로 안내했다. 그는 자신 있어 보였다. 그의 태도가 모든 것을 말하려는 듯이. 그의 태도는 마치 이러했다. '오, 우리 마을을 찾아온

손님에게 내가 거처를 마련해 줄 수 있다니, 난 얼마나 행복한 사람인가!'

밴드 아저씨는 그 집의 새로 준비된 방에 들어서자, 만족해하며 소리쳤다.

"아주 좋습니다! 제게 이런 행운이 기다리고 있었는지 몰랐습니다."

얼굴에 약한 웃음을 머금은 채 그는 반쯤 밝은 빈방의 신선한 온정의 분위기를 느끼며 이리저리 걸어 다녔다.

머리에 초록색 터번을 쓴 좀 더 나이 많은 남자가 -나중에 밴드 아저씨는 그 사람의 이름이 딜리프 Dilip 임을 알게 되었다- 말했다.

"저기요, 우리 집엔 아직 한 번도 쓰지 않은 침대가 하나 있습니다. 제 아들은 지금 군 에 가 있습니다. 그걸, 그 침대를 손님에게 내어줄 수도 있습니다."

그 말을 마친 그는 이미 자신의 집을 향해 가고 있었다.

잠시 뒤, 밴드 아저씨는 쿠마르 씨 댁에 거주하게 되었다. 새 손님을 맞은 집주인 쿠마르는 자기 아내에게 그 손님을 소개하고 싶었다. "아루나흐, 아루나흐Arunah"라고 두 번 부르자, 푸른 천의, 남루하지만 깨끗한 옷으로 자신의 몸을 감은 중년 여인이 문을 통해 모습을 보였다. 인도에서는 여성의 이런 평복을 '사리'라고 부른다.

아루나흐는 천천히 또 위엄을 갖춘 채 다가왔다. 그 여성은 비록 맨발이었으나, 밴드 아저씨는 자신을 향해 귀한 분이 가까이 다가오는 인상을 받았다. 여인의 두 팔에는 색깔이 있는 유리 팔찌가 여럿 걸려 있었다. 또 여인의 손가락과 발가락에는 은색 반지들이 끼워져 있었다. 여인이 가까이 오자, 쿠마르는 밴드 아저씨에게 말했다.

"저 사람이 내 아내올시다."

그러면서 남편은 아내를 향해 몸을 돌려 이렇게 말했다.

"이 분은 우리 집에 오신 새 친구입니다. 손님을 위해 시원한 물을 갖다 줘요."

"나마스테!"

아루나흐는 마치 기도할 때처럼 두 손을 합장하여 이마까지 올리면서 낮은 목소리로 인사했다.

밴드 아저씨는 인도의 여러 곳에서 이미 보아온 그 인사법을 이미 알고 있었다. 그 때문에 그도 두 손을 합장하며 고개를 숙이고, 미소를 지으면서 '나마스테'라고 공손하게 인사했다.

곧 안주인은 방에서 나갔고, 몇 분 뒤에 안주인은 토기로 만든 주전자에 물을 채워 들고 왔다. 무더운 여름날 오후의 시원한 물은 밴드 아저씨에겐 이 세상의 어느 다른 음료수보다도 더 맛났다.

쿠마르는 자신의 다른 가족 구성원도 밴드 아저씨에게 소개해 주려고 했다. 그때 마침, 집에 들어선 청년이 있었는데, 쿠마르가 이렇게 말했다.

"이 아이가 제 아들입니다."

청년은 케샤브Keshab라는 이름을 가지고 있었고, 여행자가 추정해 보기로는, 19살 정도 되어 보였다. 그리고 그는 호의적인 인상이었다. 매끈한 검은 머리카락 한 뭉치가 그의 이마 위로 흘러내렸다.

"케사브, 자넨 학교에 다녔는가?"

손님은 물었다.

"아닙니다. 여기엔 학교가 없습니다. 하지만 저희 마을을 방문한 몇 명의 도시 사람을 통해 배웠습니다. 이제는 조금씩 인도말로 읽고 쓸 줄도 알게 되었습니다."

"그것 좋군요, 케사브. 자넨 총명한 아이군요. 만일 자네가 더 노력하면 인생에서 더 많이 성취해 낼 수 있어요."

"우리 집엔 딸도 하나 있습니다. 필시 지금 그 아이는 집 밖의 어딘가에서 놀고 있을 겁니다."

그렇게 집주인은 말했다.

쿠마르의 아내는 남편에게 낮은 소리로 뭔가를 말하기 시작했다.

"지금 파드마Padma -딸의 이름- 를 찾을 수 없

어요. 어딘가로 숨어 버렸어요. 좀 전에 그 아이는 무슨 공포감을 주는 것을 보았다고 해요. 그때부터 아주 무서워하고 있어요."

"애들은 언제나 어리석은 놀이에 빠져 있으니."

그렇게 쿠마르는 자신의 아내에게 말했다. 집주인은 자신의 가족 전체를 지금 소개할 수 없어 조금 화났다.

밴드 아저씨가 이제 혼자 방에 남자, 자신의 여행 가방에서 몇 가지 물건을 꺼냈다. 그 뒤 그는 마을에 나 있는 길을 따라 산책하며, 마을을 더 자세히 알고 싶어 밖으로 나왔다.

그는 마을 주변과 마을 사람들을 알기 위해 호기심에 차 있었다.

자신이 머물게 된 집에서 나온 직후, 그는 10살의 소녀를 만나게 되었다. 그녀 얼굴은 창백해 있고, 두 눈은 무서움을 반사해 내고 있었다. 밴드 아저씨는 이 아이가 파드마 이겠구나 하고 곧 생각했다.

"파드마, 나는 파드마를 지금 찾고 있었어요!"

그는 캐러멜이 든 작은 통을 호주머니에서 꺼내면서 말했다.

파드마는 그 소리에 놀라며, 그 이방인을 쳐다보았다. 마치 그 아이가 '아저씨는 저를 한 번도 본 적이 없는걸요. 그런데 아저씨는 제게 캐러멜 주려고 저를 찾고 있었다니요!'라고 말하는 것처럼.

소녀는 10살의 나이에 비교해 충분히 키가 크고 날씬했다. 소녀의 갈색 얼굴 한가운데 까만 두 눈은, 마치 두 개의 까만 불꽃처럼, 특별한 반짝임으로 빛났다. 이 모든 것은, 마치 까만 폭포처럼, 머리의 가운데에서 나뉘어서 어깨와 등 뒤로 오른쪽과 왼쪽으로 내려져 출렁이는 까만 머리카락으로 인해 틀이 잡혀 있었다.

"나는 밴드라고 해요. 나는 파드마 부모님 댁에 머물고 있어요. 파드마가 원한다면, 나는 우리 두 사람이 친구가 되었으면 해요."

파드마는 고개를 끄덕였다. 소녀는 그런 제안에 아주 놀라워했지만, 이방인이 제안하는 우정을 받아들였다. 더구나 소녀는 자신과 이 어른인 이방인 사이의 우정이 뭘 의미하는지 전혀 상상조차 할 수 없었다.

"그럼, 좋아요. 이제 우리는 친구가 되었으니, 그렇게 밴드 아저씨는 말을 이어 갔다. 파드마가 좀 전에 무엇 때문에 숨었는지 그 비밀을 내게 말해 줄 수 있겠어요?"

소녀는 머뭇거렸다. 그러자 이방인의 호기심은 더욱더 커졌다.

"이제, 내게 한번 말해봐요! 파드마를 그렇게 두렵게 만든 게 무엇이었어요?"

파드마는 인도에서는 흔치 않게 만난, 새 친구의 푸른 두 눈을 곧장 쳐다보았다. 나중에 소녀 시선은 아래로 향해서 그 낯선 친구가 수수하게 차려입은 회색 옷으로 미끄러지고는, 곧 낯선 친구의 두 손에 멈추었다. 낯선 친구의 두 손은 마치 소녀의 까만 두 눈을 쓰다듬어 주려고 하는 것으로 보였다. 마침내 소녀는 낯선 친구를 믿기로 하고, 자신의 비밀을 털어놓기로 했다.

"저희 마을에 사람들이 집을 새로 짓고 있어요. 이미 지붕도 올렸어요. 그 때문에 그 집의 안에 들어가면 사방이 거의 어두워져요. 하지만 그 안은 덥지 않아요. 그곳에서 우리가 놀고 있었거든요."

그렇게 말하고는 소녀는 마치 자신이 하는 이야기를 계속하기를 주저하면서 멈추었다. 비밀은 밴드 아저씨가 기대하던 것보다 더 큰 것 같았다. 그의 얼굴은 이제 진지해졌다. 그는 그 이야기를 끝까지 들어보려고 기다리고 또 기다렸다. 파드마는 지금 멈출 수 없었다. 그것은 이방인이 소녀가 믿는 바를 완전히 믿고 있음을 느낄 수 있었다. 그 때문에 소녀는 계속하여 말을 이었다.

"우리가 놀고 있었거든요. 그런데 갑자기…. 우리가 놀고 있던 어두운 집 안으로 귀신이 달려 들어왔어요. 귀신은 모든 벽으로 달리고 있었어요. 또.

그러다 귀신은 자신이 들어왔던 문으로 빠져나갔어요.”

밴드 아저씨는 한 번 놀려 보려고 했다.

“귀신이 파드마를 벌주러 오지 않았을까요? 무슨 놀이를 하고 있었어요?”

파드마는 자신의 눈길을 아래로 향했다.

“우리가 도마뱀 한 마리를 잡았어요. 도마뱀 꼬리에 깡통을 매단 채, 우리는……”

“오, 너무 나쁜 행동을 하는 친구들은 아니군요.”

밴드 아저씨는 소녀를 위로해주려고 했다.

“나는 그 귀신이 온 이유를 알 수 없네요. 그런데, 그 귀신이 어떤 모습이었는지 말해봐요.”

파드마의 어깨 위로 늘어뜨린 자신의 머리카락의 끝자락이 흔들린 것으로 보아 소녀의 신경이 날카로워 있음을 보여 주고 있었다. 소녀는 눈길을 들지 않고, 마치 속삭이듯 말했다.

“그 귀신이 어떤 모습인지 아저씨에게 설명할 수 없어요. 귀신은 어둠 속에서도 반짝거렸고, 이 벽에서 저 벽으로 길이 방향으로 달리고 있고, 위로 또 아래로 달려갔어요. 제가 너무 무서워 큰소리를 지르자, 그 귀신은 사라져 버렸어요.”

“파드마, 들어 봐요. 파드마가 본 게 뭔지 모르겠어요. 하지만 그게 귀신이 아니라는 것은 말해 주고 싶어요.”

밴드 아저씨는 확실하게 자신의 말을 마무리했다.

"귀신이 없다는 걸 잘 이해하게 될 거요. 더구나, 우리가 오늘 파드마와 친구가 함께 놀던 그 집으로 한 번 가 보면 더 잘 알게 될 것 같아요."

파드마는 잠시 몸을 떨었다.

"안돼요! 아마 그 귀신이 다시 그곳에 나타날 수 있어요!"

"걱정하지 말아요. 나는 파드마가 생각하는 귀신보다 훨씬 강하거든요. 이젠 가요!"

그들은 불규칙하게 자리한 가옥들 사이로 난 길을 따라 걸어갔다. 갑자기 파드마는 새로 짓는 집 앞에 다다르자 무서워 멈춰 섰다. 밴드 아저씨는 새로 짓고 있는 집의 어둠 속으로 그녀를 데리고 들어가 보려 했다. 그 집의 안쪽은 바깥과는 달리 시원한 공기를 느낄 수 있었다. 반쯤 어둠도 바깥의 너무 빛나는 햇살 뒤에서 이방인의 두 눈을 편안하게 건드려 주었다. 그러나 파드마는 밴드 아저씨가 그곳의 어느 모퉁이로 들어가는 것을 보기만 할 뿐 더는 움직이지 않고 문 앞에 멈추어 섰다. 이방인은 아직도 축축한 벽들을 만져 보고 있었다.

"파드마, 보고 있어요? 여기엔 아무것도 없어요!"

그는 시선을 위로 향했다. 빽빽이 엮은 야자수 잎으로 된 지붕이 있었다. 그 잎들 사이에서는 뱀 조차도 들어 올 수 없었다. 그런데도 소녀의 두 눈이 그렇게 크게 두려워하자 밴드 아저씨는 그 소녀에게 정말 무슨 일이 벌어졌음을 추측해 볼 수 있었다. 일상적이지 않은 뭔가를, 소녀와 그 소녀의 다른 여자 친구를 공포로 빠뜨린 뭔가를. 하지만 그게 정말 뭘까? 그의 눈길은 이제 길을 따라가 보았다.

그 길의 맞은편에 대문이 활짝 열린 집이 한 채 보였다. 어느 아가씨가 나왔다가 들어가곤 했다. 필시 그 아가씨는 그 집에서 뭔가 준비하느라 바쁜 것 같았다. 밴드 아저씨는 파드마에게 자신의 몸을 돌렸다.

"저 아가씨는 누구지요?"

"저 언니는 사로쥐Sarog입니다. 저 언니는 결혼식 준비하고 있어요. 해가 질 때쯤 저 언니 약혼자의 아버지가 언니를 찾아온다고 해요. 지금 저 언니는 자신의 집을 청소하고, 손님을 맞을 준비를 하고 있어요."

"저 언니가 있는 집으로 가 봐요!"

파드마는 밴드 아저씨를 그 도로를 가로질러 안내했다.

이방인은 '나마스테'라는 말로 일상적인 인사를

한 뒤, 그 아가씨와 대화를 시작했다. 그는 곧 사로쥐가 정말 아름다운 아가씨구나 하고 알게 되었다. 아가씨는 새로 지은 노란 옷의 사리 아래 아름다운 초록 블라우스를 입고 있었다. 하얀 재스민 꽃으로 만든 작은 화환이 검고 매끈한 머리 묶음 주위에서 향기를 내뿜고 있었다. 그녀 귀걸이가 일곱 개의 금가락지들로 되어 있었다. 또 코끝 양쪽 주변에서도 금장식이 있었다. 그녀 코의 왼편에는 백옥으로 만든 장식이 매달려 있었다. 모든 인도 여성처럼 그녀도 이마 중앙에 분명하게 또 신선하게 붉은 가루로 칠한 큰 점인, '빈디'9)를 하고 있었다. 나중에 몇 개의 문장으로 질문하자, 사로쥐는 겸손하게 답해 주었다. 그러자 밴드 아저씨는 그 아가씨에게 물었다.

"언제 아가씨는 그 이마에 예쁜 빈디를 칠했나요?"

"약 한 시간 전에요."

사로쥐가 대답했다.

분이 든 나무상자, 화장용 크림들, 작은 거울과 다른 분장 도구들이 여전히 그 대문 옆에 놓여 있었다.

밴드 아저씨는 분장 도구들이 든 나무상자를 들

---

9) 인도 여성들이 양미간에 붙이는 점. 종교적 이유, 기혼임을 알리기 위해 붙임

여다볼 수 있는지 허락을 구했다. 사로쥐가 기꺼이 동의하자. 그는 그 나무상자에서 작은 사각형의 양면 거울을 꺼냈다. 다시 그는 자신을 그 아가씨에게 향하고는 물었다.

"이마에 빈디 칠할 때, 아가씨는 어디에 앉아 있었던가요?"

"저기, 문 앞에요. 빈디는 햇살이 있을 때 칠해야만 합니다. 방에는 빛이 충분하지 않아서요."

밴드 아저씨의 파란 두 눈은 신비한 반짝임으로 빛나기 시작했다. 파드마는 아저씨의 입에서 아주 작은 웃음을 읽어 낼 수 있었다.

"사로쥐, 잠깐 나를 위해서라도 이전에 앉았던 그 자리에 다시 가서 앉으면 안 될까요? 그리곤 작은 거울을 집어 들어, 이마에 빈디를 다시 칠한다고 생각해 봐요. 파드마와 나는 그 모습을 저 길의 맞은편에, 새로 짓는 집에서 한 번 볼게요."

"그럼, 아저씨가 정말 원하신다면, 그 모습을 다시 보여 드릴 수 있어요."

아가씨는 대답하였다. 수줍게 그 아가씨는 왜 그렇게 해야 하는지 연유를 물어보지는 않았지만, 그런 걸 왜 보고 싶은지, 또 이 이방인은 뭐 하는 사람인지 낯설게 보였다. 그래도 아가씨는 이전에 앉았던 그 자리에 가서 자리를 잡고는 거울을 집어 들었다.

밴드 아저씨는 파드마의 손을 잡고는 파드마를 그 길 맞은편의 새로 짓는 집으로 데려갔다. 그들이 들어섰을 때, 파드마는 자신이 뱀이라도 발견한 듯이 두려움으로 다시 고함을 질렀다. 그 '귀신', 그 '빛나는 무엇'이 다시 벽을 따라 나타나, 잠시 어두운 장소를 밝히고는 이리저리 달리고 있었다.

"'귀신'이 어디서 왔는지 알려면, 여기로 들어 와 봐요."

밴드 아저씨는 도로 맞은편에 거울을 가리키며 말했다.

새로 짓는 집의 문을 통해 그 두 사람은 사로쥐가 자신의 집 대문 옆에 앉아 어떻게 자신을 아름답게 하는지를 잘 볼 수 있다. 또 어떻게 거울이 햇빛을 반사하고 있는지를 잘 볼 수 있었다. 그리고 때때로 아가씨 손의 움직임에 따라 반사된 빛이 이리 저리로 뛰어다니고 있고, 때로는 새로 짓는 집의 창문을 통해 집 안으로 침투하기도 했다.

파드마는 갑자기 모든 것을 이해했다. 어찌할 줄 모르는 파드마는 밴드 아저씨의 손을 잡고는 그 아저씨와 함께 그 길의 맞은편으로 나왔다. 사로쥐가 자신이 거울로 무언극을 해야만 하는 이유를 알아차리자, 사로쥐도 웃음을 내보였다. 그녀는 자신의 한 손으로 파드마 머리카락을 쓰다듬어 주고는, 밴드 아저씨와 파드마 두 사람에게 작별 인사를 했다. 그녀에겐 손님들이 도착하기 전에 자기 집에서 할 일이 아직도 많이 남았다. 그리고 아이들의 '귀신'에 더 많은 시간을 허비할 수 없었다.

이제 두 사람의 발걸음이 집으로 향하는 동안, 밴드 아저씨는 다시 파드마에게 캐러멜을 쥐여 주었다. 그들은 이제 더 귀신에 대해 말하지 않았다.

이제 늦은 오후였다. 그리고 해지기 직전이었다. 파드마와 밴드 아저씨가 쿠마르의 집으로 다 왔을 때, 집주인은 길에 이미 나와 있고, 그들을 이렇게 말하며 맞아주었다.

"두 사람이 그렇게 함께 돌아오시니 반갑습니다. 저는 벌써 두 사람을 걱정했어요. 두 사람이 어디 있었는지, 어디 가면 두 사람을 찾아야 할지 몰랐습니다. 두 사람이 서로 만나, 인사를 나눈 걸 보니 기쁩니다."

그러자 밴드 아저씨가 말했다.

"오, 예, 벌써 우리 두 사람은 친해졌어요. 파드마가 제게 이 마을을 소개해 주었고, 곧 시집가는 사로쥐라는 아가씨도 소개해 주었습니다. 그리고 몇 가지 이곳 사람들의 흥미로운 풍습에 대해서도 알게 해주었습니다."

"그렇다니 기쁩니다. 파드마는 착한 아이입니다. 비록 저 아이가 때로는 이상한 생각을 하고 있긴

해도요. 그 점은 선생께서 나중에 알게 될 겁니다. 제 아내 아루나흐가 식사 때에도 저희의 정규적인 손님이 되었으면 하고 선생을 초대합니다. 저희는 부유하지 않습니다. 또 우리 마을에서의 식사는 아주 단조롭습니다. 그런 음식이 선생에게 맞을지 걱정이 됩니다."

"식사에 초대해주신다니, 정말 진심으로 감사드립니다. 그리고 저는 기꺼이 그 초대에 응하겠습니다. 주인장께서는 이 댁 음식이 맘에 들지 그런 걱정은 전혀 하지 않으셔도 됩니다. 저는 인도에 온 지 오래됩니다. 저는 이미 여러분의 식사하는 방식에 익숙해져 있습니다."

"지금이 바로 저녁 식사시간입니다. 아루나흐가 이미 모든 걸 준비해두었습니다. 손을 씻고 방으로 들어갑시다."

쿠마르가 덧붙였다.

그렇게 말한 뒤, 쿠마르는 물이 담긴 주전자를 가져와, 그 주전자를 밴드 아저씨에게 부어주자, 아저씨는 자신의 손을 씻었다. 나중엔 같은 물로 아저씨는 자신의 얼굴도 씻었다.

그 뒤, 이번에는 손님이 그 주전자로 주인을 위해 물을 부어 주려고 그 주전자를 받으려고 했으나, 집주인은 이를 사양하고는 자신의 왼손으로 직접 물을 부어, 아주 능숙하게 자신의 오른손을 씻었다.

그들은 많지 않은 가구가 놓인, 그것도 아주 단순한 가구가 놓여 있는 방으로 들어섰다. 방안의 한 벽에서부터 길이 방향으로 좁지만 긴 양탄자가 펼쳐져 있고, 그 위로 그들은 나란히 앉았다. 열린 문을 통해 그들은 아루나흐가 마당 한가운데 놓인 열린 화덕 옆에 웅크리고 앉은 채, 인도 빵의 일종인 '차파티'10)를 굽고 있었다.

안주인은 주먹 크기로 이미 만들어 놓은 작은 밀가루 반죽들을 집어서 이를 손바닥 사이에서 둥글고 얇게 조각내어 마치 팬케이크처럼 펼친 뒤, 이것들을 두 개의 튼튼한 돌로 지지가 되는, 불 위의 뜨거운 철판 위로 연거푸 던졌다. 이삼 분이 지나자 그 반죽을 뒤집어 다른 쪽도 어느 정도 갈색으로 변하도록 했다. 그렇게 또 몇 분이 지나자, 차파티가 준비되었다. 그렇게 해서 얇은 쇠로 만든 접시에 스무 개의 차파티가 준비되자, 아루나흐는 그 음식을 들고 방안으로 들어와, 쿠마르와 밴드 사이에 놓인 양탄자 중앙에 그 접시를 놓았다.

그 뒤, 안주인은 바깥으로 나가 신선하게 씻어둔 바나나 잎사귀 두 개를 가져와, 이를 두 남자 앞의 양탄자 위에 각각 놓았다. 바나나 잎사귀는 2

---

10) 통밀가루로 만든 얇고 납작한 빵.

m 정도까지 자랄 수 있다. 그러나 잎사귀가 아직 어린잎일 때, 1m의 길이가 될 때는 연한 초록색으로 반짝거린다. 그때는 신선하고 누구도 손대지 않은 것 같았다. 그때, 사람들은 그런 나뭇잎을 잘라서는 두 조각으로 내면 일회용 즉흥 '접시'가 된다.

즉흥 접시 위로 안주인은 여럿의 작은 가마솥과 냄비에서 퍼온 반쯤 둥근 뭉치의 밥, 감자, 렌즈콩을 순서대로 놓았고, 한편으로는 작은 쇠그릇들에는 안주인이 완두로 만든 물기가 있는 음식들과 기11)와 인도 정통 커리큘럼12)를 가져 왔다. 마침내 안주인은 금속 잔에 따뜻한 수프를 가져왔다.

만일 안주인이 숟가락이나 젓가락을 가져 오기를 기다리는 이가 있다면 아무리 기다려도 가져다주지 않을 것이니, 기다리지 말아야 한다. 인도에서는 전통적으로 사람들이 손으로 음식을 먹는다. 더 자세히 말하자면 오른 손가락들을 이용해서 먹는다. 오른손은 '깨끗한' 손으로 여기고, 왼손은 '더러운' 것으로 여긴다. 오른손으로 사람들은 먹기만 하고, 이 손으로는 더러운 일을 하지 않는다. 반면에 왼손은 먹을 때를 제외하고는 모든 종류의 일에 쓰이는 도구라고 보면 된다. 쿠마르는 자신의 오른 손가락으로 밥을 조금 집어 들고는 그 밥

---

11) 인도 요리에 사용되는 정제 버터의 일종.
12) 인도사람들의 전형적인 강력한 조미료.

을 렌즈콩과 섞고, 여기에 커리를 더해, 이 모든 것으로 자신의 입안에 능숙하게 집어넣을 수 있을 정도의 작은 덩어리를 만들었다. 그러면서도 그는 자신의 손가락이 자신의 입술을 닿지 않게 한다. 그는 수프와 다른 양념들을 이용해 두 번째 덩어리를 만든다. 그렇게 차례로, 그렇게 입안으로 그 덩어리들을 집어넣은 뒤, 그는 차파티를 조각내어 먹는다. 이는 마치 다른 지역에서 모든 종류의 음식과 함께 빵이나 밥을 먹는 것과 같다. 밴드 아저씨는 이전에도 이 나라의 다른 지역에서 이런 식사법을 본 적이 있어, 보통은 그가 자신의 호주머니에 숟가락을 넣고 다닌다. 그래서 도시에서 그는 식사 때 자신이 들고 다니는 숟가락을 사용하기를 더 좋아한다. 그러나 지금, 밴드 아저씨는 자신을 손님으로 맞이해 준 사람들과 가능한 한 더 가까이 가고 싶을 때, 밴드 아저씨는 자신의 능력과 가능성에 따라 쿠마르가 하는 방식대로 서툴게 흉내 내어 먹어 보려고 했다.

밴드 아저씨는 인도 대부분 지역에서 전혀 고기를 먹지 않는 것을 알고 있다. 달걀은 물론이고 우유도 먹지 않는다. 왜냐하면, 그것들도 동물에서 나온 부산물이기 때문이었다. 인도사람들은 채식주의자들이고, 그들은 동물들을 귀하게 여겨, 자신의 영양을 북돋우기 위해 동물들을 죽이지도 않는다. 그 사람들은 동물의 부산물들을 -이것들의 존재 이유가 새 생명을 창조하거나 지원하는 것이기에- 뺏어 가지도 않는다.

이런 사고방식을 밴드 아저씨는 인간 권리의 아주 정직한 이해라고 여기며, 오래전부터 그 자신도 채식주의자가 되기로 했다. 적어도 그가 채식주의자들 사이에 있을 때만이라도. 나중에 우리는 그가 그런 모습임을 보게 될 것이다.

여러 번 안주인은 당근, 비트(사탕무), 붉은 사탕무와 같은 다른 채소들을 내놓았다. 또 후식으로 안주인은 바나나, 야자수 열매, 수박과 다른 과일들을 -그중에 몇 가지는 다른 지역에 사는 사람들은 알지 못하는 것들이다- 내놓았다.

그렇게 손님은 식사 중에 뭔가 단조로움을 전혀 느끼지 않았다. 그가 경험한 유일한 것이라면, 그가 여러 음식물로 만든 작은 덩어리를 아주 단단하게 만들지 못해, 자신의 입에 가져가기도 전에 흘러내리거나, 또는 간단히 입안으로 들어가지 못하고, 귀밑으로 미끄러져 버리거나, 가슴 속으로 그만 빠져 버린 것이다.

그러나 그는 그 정도로는 그런 먹는 방식에 흥미를 잃지 않았다. 그는 사람들이 무슨 일이든 계속 연습하면 완벽함에 도달할 수 있다는 사실을 잘 알고 있다. 다리를 접은 채 앉은 자세도 이방인에겐 쉽지 않았다. 그 때문에 그는 식사 중에도 때로 자리에서 일어나, 다리를 뻗고는 다시 그런 자세를 유지하기 위해 조금 걸어야 했다.

그밖에도 그를 괴롭히는 것이 하나 있었다. 방 안에서 식사할 때는 남자가 두 사람뿐이었다.

"그런데, 안주인과 파드마는 어디에 있습니까?"

그는 여러 번 물었다.

"그들은 부엌일로 바쁩니다."

언제나 똑같은 대답이었다.

그러나 남자들이 방에서 홀로 식사를 하고 여성들이 그 남자들의 시중을 들게 되지만, 여자들과 아이들은 부엌에서 식사하는 것이 인도 마을 풍습이라는 것에 그는 점차 익숙해졌다.

모든 식사는 두 손을 다시 씻음으로써 끝난다. 마치 그렇게 함으로써 의식이 끝나는 것으로 보였다. 그 날 밤은 손님과 집주인의 대화 속에 흘러 갔다.

다음 날, 밴드 아저씨가 파드마를 만났을 때, 그는 어제의 '귀신'과 만남이 생각났다. 그래서 그는 자신의 어린 여자 친구가 아직도 귀신을 무서워하는지 물어보았다.

그러자 파드마는 짧게 대답했다.

"지금은 알아요."

2. Dresisto de Serpentoj

Iom post iom onklo Bend alkutimiĝis al la vivmaniero en Hinda vilaĝo. Kelkfoje li eksidis, kune kun siaj amikoj, sur bovĉaron kaj veturis por vidi kiel la homoj prilaboras la teron aŭ akumas ĝin.

Iun tagon, revenante el la kamparo, li vidis neordinaran viglecon en la vilaĝo. Sub la krono de granda arbo ĉe la rando de la vilaĝo staris grupo da viroj kaj virinoj scivoleme rigardante ion. Kompreneble, ankaŭ la infanoj kolektiĝis inter la rigardantoj. Alveninte al tiu loko, onklo Bend ĵetis rigardon super la ŝultroj de la kunveninta grupo. Sur la tero sidis, kun la kruroj interkrucigitaj, dresisto de serpentoj. Lia nura vestaĵo estis blanka tolaĵo volvita ĉirkaŭ la zono. Lian kapon ornamis ruĝa turbano, kies finaĵo pendis libere sur lia dorso.

La dresisto ludis iun monotonan melodion per strangforma fluto kun granda ventro, farita el seka kukurbo. Antaŭ liaj krucigitaj kruroj viciĝis en duonrondo kvar rondaj korboj, ĉiu el ili formita per sia kovrilo. En la komenco la melodio estis malrapida kaj apenaŭ aŭdebla. Iom post iom la flutotonoj plilaŭtiĝis... la muziko fariĝis pli vigla. Plivigliĝis ankaŭ la dresisto. Liaj okuloj subite komencis palpebrumadi, li fiksrigardis unu el la korboj per siaj grandaj nigraj okuloj. Lia vigleco transiris al la spektantoj, kaj ankaŭ onklo Bend sentis ke lia emocio kreskis. La muziko kreis inter la kunvenita publiko staton de senpacienca atendado. Kiam la melodio atingis sian kulminon, ĉiuj por momento ĉesis spiri. la dresisto per malrapida movo forigis la kovrilon de unu el la korboj, ne ĉesigante la muzikadon. Apenaŭ pasis kelkaj sekundoj, kiam el la korbo aperis la kapo de kobro, konata venena serpento.

Sekvante la melodion, kaj ankaŭ la ŝanceladon de la fluto. la kapo de la serpento lulis sin dekstren kaj maldekstren. En iu momento sur ĝia kolo etendiĝis la haŭto kvazaŭ ventumilo. Sur la dorsa flanko de ĝia kolo, kiu nun atingis grandecon de homa manplato, ekvidiĝis desegno simila al homa vizaĝo, aŭ pli ĝuste, du grandaj okuloj kaj inter ili longa nazo. Kun tiu natura desegnaĵo la kobro aspektis eĉ pli terura. Multaj el la ĉeestantaj infanoj la unuan fojon vidis kobrojn. Multon ili aŭdis pri tio kiel danĝeraj ili estas, kaj nun iuj el ili certe pensis kiel terure estus se ĝi eksaltus por ataki ilin. Tial pluraj el la infanoj puŝis sin malantaŭen, por esti laŭeble plej malproksime de la serpento, kiam ĝi, sekvante la sonojn de la fluto, tute eliĝis el la korbo. La kobro lulis sian strangan kapon pli kaj pli rapide, sekvante la ritmon de la melodio kiun la fluto aŭdigis, kaj kiu ŝajne ĝin tute obsedis.

Subite la venena serpento komencis konduti kvazaŭ tre kolerigita. Ĝiaj subitaj saltoj estis kompanataj per elstreĉado de ĝia lango kaj siblaj voĉoj kiujn ĝi ellasis, kaj kiu agacis la ĉeestantojn. Ĝi komencis saltadi en direkto de la dresisto. Li iom retiriĝis, en kaŭranta pozicio, sed la serpento ne forlasis la batalon. Ĝi daŭre saltadis kun la ŝajna intenco mordi sian mastron.

—Ĝi mordos lin! —diris Kumar al la viro kiu staris apud li.

La rigardo de onklo Bend serĉis Padma. Ŝi

staris proksime al la dresisto, sufiĉe proksime al la korboj kun la venenaj serpentoj, pri kiuj ŝi jam antaŭe estis aŭdinta diversajn rakontojn, unu pli terura ol la alia. Sed, eĉ se sonas mirinde, nun ŝi staris tie kun la rigardo plena de scivolemo, sed sen eĉ guto de timo en la okuloj. Ŝi tenis la manon de Virendra, knabo kun kiu ŝi plej ofte ludis. Je la momento kiam onklo Bend rimarkis ilin, Virendra ion flustris al Padma kun petolema rideto sur la vizaĝo.

Onklo Bend pensis: "Ho, se mi povus aŭdi kion li flustras al ŝi. Ĉiuj aliaj estas zorgoplenaj pro la danĝero en kiun falis la dresisto, kaj tiu eta petolulo kvazaŭ estas preparanta iun petolaĵon."

Intertempe la dresisto sukcesis estri la serpenton. Li devigis ĝin eniri en la korbon, kaj tuj poste li sukcesis kovri ĝin per la kovrilo. Ekestis murmurado pro la admiro de la kuraĝo de la dresisto kaj lia sukcesa ago. Tion li profitis por kolekti monerojn kiel libervolan donaceton pro la komenciĝanta spektaklo. Ĉiu kiu povis, volonte donis po unu monero aŭ du, ĉar ĉiuj estis kontentaj pri tiel efekta komenciĝo de la spektaklo. Tiuj kiuj ne havis monon, alportis por la dresisto iom da manĝaĵo. Iu virino alportis du ĉapatiojn. La dresisto ankoraŭ longe elmontradis la spektaklon en kiu partoprenis ĉiuj kvar serpentoj kaj lia magia fluto. Kiam la suno subiris, la publiko komencis disiĝi komentante kun granda entuziasmo ĉion viditan kaj travivitan.

Intertempe la dresisto komencis vespermanĝi el la modestaj donacaĵoj de la spektantoj. Post la vespermanĝo, laca pro la tuttaga marŝado, la dresisto komencis prepari sian dormolokon sub la sama arbo, sub kiu li prezentis sian spektaklon kun la serpentoj. Lia "lito" estis tre simpla. Ĝi konsistis el du grizaj tukoj, kiuj iam verŝajne estis blankaj. Unu li sternis sur la teron, por kuŝi sur ĝin, dum la alia servis al li kiel kovrilo. La mano kiun li lokigis sub sia kapo estis lia plej mola kuseno, al kiu li jam estis alkutimiĝinta. La fakto ke li tuj ekdormis estis pruvo ke tio estis lia kutima maniero dormi sur siaj vojaĝoj tra diversaj regionoj de Hindio.

Jam plena mallumo regis super la vilaĝo, kaj

ankaŭ la lastaj voĉoj malaperis. Eĉ la griloj eksilentis por ne ĝeni iun ajn en lia dormado.

Je certa tempo de la nokto aŭdiĝis timigitaj krioj el iu el la vilaĝaj domoj. La krioj estis aŭdeblaj en tuta vilaĝo. kaj ili vekis la loĝantojn de la ĉirkaŭaj domoj. Baldaŭ sur la strato troviĝis tuta homamaso. Kelkaj viroj per la brulanta torĉo lumigis la vojon al la domo el kiu aŭdiĝis la krioj, kaj la homamaso tien direktiĝis. Oni povis aŭdi komentojn:

—Tie, en tiu ĉi domo!

—Mortigu ĝin tiu, kiu ĝin unua ekvidas!

Kvankam neniu menciis ke temas pri la kobro, ĉiuj sciis ke estas ĝuste ĝi la kaŭzanto de la paniko. Ĉiuj sin demandis, kiel ĝi sukcesis liberigi sin el la korbo de la dresisto kaj alveni la tutan distancon ĝis tiu ĉi domo. En momento kiam neniu tion atendis, la serpento aperis sur la rando de unu el la fenestroj de la domo kaj komencis rampi malsupren laŭ la muro. La virinoj tuj forkuris kriegante pro timo. La viroj ekkriis unuj al aliaj ion, samtempe ĉiu ion alian, tiel ke neniu povis kompreni la diron de alia. En tiu momento okazis io neatendita. Virendra kaj Padma trarompis al si vojon inter la ĉirkaŭ starantaj homoj, kaj ekiris rekte al la serpento. La ĉirkaŭstarantoj kriegis avertante ilin pri la danĝero, sed la du infanoj kvazaŭ ili nenion aŭdus, pluiris. Ili haltis sur du paŝojn antaŭ la serpento. Per rapida movo, kvazaŭ li estus ekzercinta tion dum longa tempo, la knabo kaptis la kobron je ĝia kolo, per ambaŭ manoj. Samtempe Padma sukcesis kapti per ambaŭ manoj la voston de la besto, kiu frapadis ĉiuflanken kiel vipo. Subite ekestis plena silento. La vilaĝanoj staris kvazaŭ ŝtonigintaj, ne kredante al siaj propraj okuloj. Tiu ĉi okazaĵo ekscitis ilin pli ol la tuta spektaklo kiun la dresisto prezentis al ili la antaŭan vesperon. Dum ili firme tenis ĝin, la kobro konstante sin freneze turnadis kaj volvadis klopodante liberiĝi el la manoj de la geknaboj. Al ĉiuj ŝajnis ke la larĝe malfermita buŝego de la bestaĉo, bone videbla je la lumo de la torĉoj, morte vundos iun el la kuraĝaj geknaboj.

Padma kaj ŝia plej bona amiko baraktis por firme teni la kaptaĵon, tamen ili ne sciis kion fari per ĝi. Ili ekmarŝis en la direkto de la ĉirkaŭ starantaj homoj, sed ili rapide flankeniĝis lasante liberan vojon al la etaj herooj. En tiu momento aŭdiĝis panika voĉo el la mallumo krieganta.

—Kio okazas?... Kie estas mia kobro?

Baldaŭ aperis la dresisto kuranta, alportanta la korbon el kiu estis malaperinta la kobro. Kiam li aŭdis bruon kaj kriadon el la vilaĝo, li tuj leviĝis kaj ekrigardis la korbojn por kontroli ilian enhavon. Kiam li rimarkis ke unu el la korboj estas malplena, paniko lin kaptis.

Ĉiuj trankviliĝis kiam la kovrilo de la korbo denove fermiĝis super la serpento. La dresisto rapide foriris, timante la insultojn kaj kaj riproĉojn de la vilaĝanoj, ĉar li ne sufiĉe bone prizorgis siajn serpentojn.

Padma kaj Virendra subite fariĝis herooj en la okuloj de siaj gepatroj, najbaroj, geamikoj...

Dum ŝi viŝis la larmojn el la okuloj, la patrino de Virendra kun fiero diris:

—Se via mortinta avo vidus vin, li estus la plej fiera homo en la mondo.

Ankaŭ onklo Bend sukcesis trabori al si vojon

al la junaj herooj. Li ekkaresis Padma kaj ŝiam amikon, sen diri eĉ vorton.

La flustrado estis pli videbla ol aŭdebla inter la vilaĝanoj, koleraj rigardoj direktiĝis al diversaj flankoj, kaj al onklo Bend ŝajnis ke ankaŭ li mem estis celo de tiaj rigardoj. En iu momento li alproksimiĝis al Raĝap, kiu ekde la komenco evitadis kontakton kun li, kaj povis aŭdi jenajn liajn vortojn:

— ...Ekde kiam tiu fremdulo venis en nian vilaĝon, multaj strangaj aferoj ĉe ni okazadas. Kiu scias kio ankoraŭ okazos...

Al Bendo ne plaĉis ke iu suspektis ke li havis rilaton kun la eskapo de la serpento, tamen li decidis ŝajnigi ke li pri tio nenion aŭdis, kaj ankaŭ nenion entrepreni tiu rilate, krom se iu lin rekte akuzas.

La homoj iom post iom foriris hejmen, kaj post nelonge la vilaĝo denove dronis en profundan dormon.

Matene la vilaĝanoj vekiĝis iom dormemaj. La sola temo de konversaccio estis la okazaĵo de la antaŭa nokto. Ankaŭ onklo Bend leviĝis frue kaj ekmarŝis en direkto de la vilaĝa puto, ĉar li vidis ke Padma iris tien kun granda kruĉo sur la kapo. Li observis kiel ŝi zorgeme plenigas la kruĉon per akvo. Tiam li surprizis ŝin per neatendita demando.

—Ĉu vi volus diri al mi kion Virendra flustris al vi hieraŭ vespere, dum vi rigardis la dancadon de la serpento sub la arbo?

Padma konfuziĝis.

—Nenion!... Nenion li diris. —La demando tiel konfuzis la knabinon, ke ŝi komencis verŝadi la akvon apud la kruĉo. Onklo Bend komencis helpi al ŝi en la plenigado de la kruĉo.

—Mi ion aŭdis. Mi ne estas certa ĉu li ĝuste tion diris al vi. Mi esperis ke vi mem rakontos al mi tion.

Padma silente prenis la plenigitan kruĉon kaj ekmarŝis hejmen. Onklo Bend malrapide sekvis ŝin. Li nenion plu demandis, ĉar li estis konvinkita ke nenion plu li aŭdos pri la sekreta flustrado de Virendra. Sed en la momento kiam li jam nenion esperis, Padma ekparolis:

—Virendra diris al mi ke la dresisto nin trompas. Li elprenis la venenajn dentojn de la kobro. Kaj mi povis vidi ke tio estas vero.

—Kaj ĉu ne estis interkonsento inter vi du, ke vi la serpenton... Do, vi komprenas kiom mi volas demandi, ĉu ne?

—Paaadmaaa!!! —aŭdiĝis krio de la konata voĉo de ŝia patrino el malproksimo.

—Mi nun devas rapidi, panjo min atendas.

Dirinte tion, Padma rapide levis la kruĉon sur la kapon, kaj preskaŭ kurante ŝi forlasis onklon Bend.

La fremdulo reiris al la puto, kaj longe sidis sur ĝia rando, rigardante en la malhelan profundon. De tempo al tempo tra lia vizaĝo traflugis rideto de homo, kiu konas ĉiujn infanajn petolaĵojn de la mondo. Neniam plu onklo Bend parolis kun Padma pri la serpento. Pro tio restos por ĉiam sekreto, kio fakte okazis tiun ekscitigan nokton en la malgranda hinda vilaĝo Kondapur.

2. 뱀의 조련사

밴드 아저씨는 인도 마을의 생활방식에 조금씩 익숙해졌다. 몇 번 그는 새로 사귄 친구들과 함께 소가 끄는 마차에 앉아 논밭을 가는 마을 사람들의 모습이나 물을 대는 사람들의 모습을 보러 돌아다녔다.

어느 날, 들판에서 돌아오면서 그는 자신이 거주하는 마을이 특별히 활발해진 모습을 볼 수 있었다. 마을 어귀의 어느 큰 나무의 화관 아래 남녀 여럿이 호기심으로 뭔가 내려다보며 서 있었다. 물론, 어린아이들도 그 관찰자들 사이에 끼어 있었다. 밴드 아저씨도 그곳에 도착해, 모인 사람들 어깨너머로 그 안을 들여다보았다. 맨땅에 결가부좌를 한 채 앉아 있는, 뱀을 부리는 조련사가 있었다. 허리 주변을 휘감은 하얀 천이 전부인 단출한 차림의 조련사였다. 그의 머리에는 붉은 터번이 장식되어 있었는데, 터번 끝이 그의 등 뒤에 자유로이 매달려 있었다.

조련사는 마른 호박으로 만든, 배가 큰 이상한 모양의 피리로 단조로운 멜로디를 연주하고 있었다. 그의 결가부좌한 다리 앞에는 반구 모양의 둥근 광주리 네 개가 놓여 있었다. 네 광주리 모두 뚜껑이 덮여 있었다. 처음에 멜로디는 느렸고, 겨우 들릴 정도였다. 점차 그 피리 소리는 소리가 더욱 높아갔다. 음악은 이제 더욱 활달해졌다. 마찬가지로 조련사도 활발해졌다. 그의 두 눈은 갑자기 껌벅거리기 시작했고, 그는 자신의 크고 까만 두 눈으로 광주리 중 한 곳을 뚫어지게 바라보았다. 그의 활달함은 관중들에게로 이전되었다. 밴드 아저씨도 자신의 감정이 고무되고 있음을 느끼고 있었다. 음악은 관중들 사이에서 끊임없는 기다림의 상태를 만들어 내고 있었다. 어느 순간 그 멜로디가 절정에 다다르자, 모두 잠깐 숨을 멎을 정도였다. 조련사는 음악을 멈추지 않은 채 천천히 움직여 자신의 광주리 중 한 개의 뚜껑을 들어 벗겼다. 몇 초가 지났을까. 광주리에서 독이 있는 뱀으로 알려진 코브라의 머리가 보였다.

멜로디에 따라, 또 피리의 흔들림에 따라, 코브라 머리가 한 번은 오른쪽으로, 한 번은 왼쪽으로 움직였다. 어느 순간에는 코브라 목 주위 피부가 마치 부채처럼 펼쳐졌다. 이제는 코브라 목이 사람 손바닥만 한 크기로 변하자, 코브라 목의 뒷면엔 사람 얼굴 같은 모습, 아니면 더 정확히 말하자면, 두 개의 큰 눈과 그 눈들 사이로 긴 코가 보이기 시작했다. 여기 모인 아이 중엔 난생처음 코브라를 보는 아이들이 많았다. 그들은 코브라가 얼마나 위험한지 여러 번 들어왔다. 지금 어떤 이는 만일 저 코브라가 자신을 공격하러 뛰쳐나오기라도 한다면 얼마나 놀라운 일일까 하며 필시 생각하고 있었을 것이다. 그 때문에 코브라가 피리 소리를 따라 광주리에서 완전히 빠져나올 걸 대비해, 아이 중 여럿은 코브라에게서 가능한 한 멀리 있으려고 뒤로 물러섰다. 코브라는 피리가 들려주는 소리에 온전히 매료된 채, 멜로디 리듬을 따라 자신의 이상한 머리를 더욱 빨리 구부렸다.

갑자기 그 독을 가진 뱀은 아주 화난 듯이 행동하기 시작했다. 그 뱀의 갑작스러운 뜀뛰기 뒤로 뱀은 혀를 내보이고, 쉬-익 하는 소리도 냈다. 참석자들은 불쾌감을 숨길 수 없었다. 뱀은 조련사가 이끄는 방향에서 뛰기 시작했다. 조련사는 결가부좌한 자세에서 좀 물러나 있었지만, 뱀은 이 싸움에서 물러나지 않았다. 뱀은 자신의 주인을 물 기세로 계속 뛰어다녔다.

"뱀이 저 사람 물겠어!"

쿠마르가 조련사 옆에 서 있던 남자에게 말했다.

밴드 아저씨는 순간 파드마를 찾고 있었다. 파드마는 이전에도 여러 이야기를 들은 적이 있었다. 어느 이야기 속에 등장하는 뱀은 다른 이야기에 나오는 뱀보다 더 무섭다는 그런 이야기들을 여러 번 들어왔다. 그런데 파드마는 독을 가진 뱀이 들어 있는 광주리들에서 충분히 가까운 곳에, 조련사와 가까운 곳에 서 있었다. 하지만 지금 파드마는 자신을 더 놀라게 하는 소리에도 불구하고 호기심 가득 찬 눈길로 그곳에 서 있다. 하지만 파드마의 두 눈엔 한 점 두려움도 없었다. 파드마는 자신과 가장 자주 놀던 소년인 뷔렌드라Virendra의 손을 잡고 있다. 밴드 아저씨가 그들의 위치를 알아차린 순간, 뷔렌드라는 장난기 어린 미소를 얼굴에 짓고 있는 파드마에게 속삭였다.

밴드 아저씨는 생각했다. '오, 만일 내가 저 소년이 저 소녀에게 속삭이는 말을 들을 수 있다면. 다른 사람들 모두가 저 조련사가 만들어 놓은 위험 때문에 걱정이 가득한데, 저 어린 장난기 많은 소년은 마치 뭔가 장난을 준비하는 것 같네.'

이제 조련사는 그 뱀을 조종하는 것에 성공했다. 그는 뱀을 다시 자신의 광주리 안으로 들여 넣고는 곧장 그 뱀의 광주리 뚜껑을 덮는 일에 성공했다. 모인 사람들은 조련사의 용기에 감탄하고, 그의 성공적 행동에 감동이 되어 웅성거렸다. 조련사는 그 기회를 이용해, 이미 시작한 공연에 대한 대가를 받으려고 모인 관객들로부터 자유로운 선의의 선물인 동전을 모으려고 했다. 모두는 자신들이 할 수 있는 한, 한두 개의 동전을 던져 주었다. 왜냐하면, 모두는 공연의 효과적 시작에 만족하고 있었다. 돈을 지니지 않은 이들은 조련사를 위해 약간의 음식을 제공했다. 어느 아주머니는 신선한 바나나 잎 조각 위에 밥 한 주먹을 가져 왔다. 다른 아주머니는 두 개의 차파티를 가져 왔다. 조련사는 네 마리의 뱀과 함께 자신의 마술피리가 참여하는 공연을 이어 갔다. 태양이 지자, 관중은 이제 지금까지 보고 또 체험한 모든 것에 감동을 한 말을 서로 건네면서 헤어지기 시작했다.

그동안 조련사는 관중들이 가져다준 수수한 선물들로 저녁을 먹기 시작했다. 식사를 마친 뒤, 온종일 걷고 여기서 행한 공연으로 피곤해진 조련사는 자신의 뱀들과 함께 공연했던 바로 그 나무 아래 자신의 잠자리를 준비하기 시작했다. 그의 '잠자리'는 아주 간단했다. 두 개의 회색 수건이 전부였는데, 한때 그것들은 아마도 흰색이었을 것이다. 수건 하나를 땅에 펼친 뒤 그는 그 위에 눕고, 다른 수건 하나를 덮는 이불로 이용했다. 자신의 머리 아래 놓인 그의 손 하나가 자신에겐 가장 폭신한 방석이 되었다. 그가 곧장 잠에 빠져든 것으로 보아, 그것이 인도의 아주 다양한 지역에서 여행길에 잠자는 그의 일상적 방식이었다.

이젠 어둠이 완전히 마을을 뒤덮었다. 그리고 마을 사람들의 마지막 목소리도 들리지 않았다. 귀뚜라미들조차도 그의 잠을 어떤 형태로든지 방해하지 않으려고 잠자코 있었다.

그런데, 한밤중의 어느 시각에 마을의 어느 집에서 두려움으로 외치는 소리가 갑자기 들려 왔다. 그 외침은 온 마을에 들려 왔다. 그 소리에 놀란 인근의 다른 집의 사람들이 잠에서 깼다.

곧 길에 많은 사람이 보였다. 몇 명의 남자는 불타는 횃불을 들고 외치는 소리가 나는 집으로 길을 비추었다. 마을 사람들은 모두 그곳으로 향했다. 사람들은 아직도 그 외치는 소리를 들을 수 있었다.

"저기요, 이 집에요!"

"맨 먼저 보는 사람이 그걸 죽여!"

아무도 코브라를 화제로 말하고 있지는 않지만, 모두는 그게 이 낭패의 주인공일 것으로 알고 있었다. 모든 마을 사람들은 코브라가 자신의 조련사가 마련해 준 광주리에서 자유로이 빠져나오는 데 성공해, 이 집까지 어떻게 도달할 수 있었는지를 스스로 묻고 있었다.

아무도 기대하지 않은 순간에 그 뱀은 그 집의 여러 창문 중 한 곳의 가장자리에 나타나서는 벽을 따라 천천히 기어가기 시작했다. 여자들은 무서워 고함을 지르면서 내빼기 시작했다. 남자들은 서로를 향해 뭔가 외치고, 동시에 뭔가를 말해 모두가 이 상황을 이해하도록 했다.

순간, 기대하지 않은 일이 벌어졌다. 뷔렌드라와

파드마가 에워싼 사람들을 헤쳐 길을 내어 기어 왔다. 그들은 뱀에게로 곧장 다가갔다. 에워싼 사람들은 위험하다고 고함을 질렀다. 그러나 그 두 아이는 마치 아무것도 듣지 못한 것처럼 앞으로 나아 갔다. 두 아이는 그 뱀에게서 두 걸음 앞에 섰다. 그때 뷔렌드라 소년은 코브라의 목을 두 손으로 붙잡았다. 동시에 파드마는 회초리처럼 여기 저기로 때리는 뱀의 꼬리를 자신의 맨손으로 붙잡는 데 성공했다. 사람들은 자신들의 눈앞에 벌어진 일이 믿기지 않는다는 듯, 마치 돌이 된 것처럼 서 있었다. 이 사건은 뱀 조련사가 전날 오후에 자신들에게 보여 준 공연보다 훨씬 더 마을 사람들을 흥분시켰다. 두 소년·소녀가 코브라를 잡은 동안 코브라는 마치 미친 듯이 자신을 구부려, 두 소년·소녀의 손아귀에서 벗어나려고 자신을 감았다. 모두에게는 그 나쁜 동물이 넓게 벌린 입으로 인해 ─횃불로 인해 더욱더 잘 보여─ 저 용감한 소년·소녀 중 한 사람이 상처를 입을 수도 있겠구나 하고 생각할 정도였다.

파드마와 그 소녀의 가장 친한 남자친구는 그렇게 붙잡은 동물을 단단히 잡으려고 애썼지만, 그들은 이 동물을 어찌 처리해야 할지 모르고 있었다. 두 사람이 자신들을 에워싼 사람들 쪽으로 걸어 나오니, 사람들은 황급히 그 작은 영웅들을 위해 자유로이 길을 내어주었다. 그 순간에 어둠 속에서 고함을 질러대는 공황 상태의 다른 목소리가 들려 왔다.

"무슨 이런 일이 있어…? 내 코브라 어디 갔지?"

곧장 코브라가 사라진 광주리를 들고 뱀 조련사가 달려왔다. 그는 마을에서 소동과 외치는 소리를 듣자, 곧 깨어서는 자신의 소유물들이 제대로 있는지 광주리들을 일일이 확인했다. 광주리 중 하나가 비어 있음을 알았을 때, 그는 낭패감이 들었다.

모든 사람은 광주리 뚜껑이 내뺐던 뱀 위에서 다시 닫히자, 그때야 평온을 되찾았다. 자신이 관리하는 뱀들을 잘 관리하지 못한 조련사는 마을 사람들의 욕설과 비난이 겁이 나, 황급히 달아나 버렸다.

파드마와 뷔렌드라는 갑자기 자신의 어버이, 이웃과 친구들의 눈에 영웅이 되었다.

뷔렌드라의 어머니는 두 눈에서 눈물을 흘리다가, 아들의 용감한 행동에 감동해 자신만만하게 말했다.

"돌아가신 할아버지께서 너를 보셨더라면, 그분은 이 세상에서 너를 가장 든든하게 여기실 것이다."

밴드 아저씨도 그 어린 영웅들을 향해 다가가는

데 성공했다. 그는 파드마와 파드마의 남자친구에게 한마디도 하지 않은 채 껴안아 격려해 주었다.

그런데, 누군가의 수군거리는 소리가 마을 사람들 사이에 들린다는 것보다는 볼 수 있다고 하는 편이 더 낫겠다. 조금 전까지 화를 낸 눈길들이 여러 방향으로 향했고, 밴드 아저씨는 자신도 그런 눈길의 목표가 된 것 같은 느낌을 받았다.

어떤 순간에, 밴드는 처음부터 그 남자와의 만남을 피해 왔다. 밴드는 라잡Raghap이라는 사람이 불평하는 말을 들을 수 있었다.

"낯선 사람이 우리 마을에 온 뒤로, 이상한 일이 우리에게서 자주 일어나네. 앞으로 무슨 일이 또 벌어질지 누가 어떻게 알아."

밴드는 자신을 저 뱀이 도망친 것과 관련지어 추측하는 것이 마음에 들지 않았지만, 그 일에 대해 아무것도 못 들은 채 참고 있기로 했다. 밴드는 자신을 직접 지목해 고발하는 경우를 제외하고는 그런 일에 끼어들고 싶지 않았다.

사람들은 이제 각자 자신의 집으로 향했다.

머지않아 마을은 다시 깊은 잠으로 빠져들었다.

다음 날 아침, 마을 사람들은 좀 잠이 고픈 듯이 깨었다. 그들 대화의 유일한 주제는 전날 밤에 일어난 사건이었다. 밴드 아저씨도 일찍 잠자리에서 일어나, 마을 우물이 있는 곳으로 걸어갔다. 그는 파드마가 큰 주전자를 자신의 머리에 이고서 우물로 가고 있는 것을 보았기 때문이었다. 그는 파드마가 주전자에 얼마나 조심스럽게 물을 채우는지 관찰하고 있었다. 그때 그가 갑자기 묻자, 파드마는 놀랐다.

"어제 오후, 저 나무 아래 춤추는 뱀을 보면서 뷔렌드라와 너, 두 사람이 속삭인 것을 내게 말해 줄 수 있겠니?"

파드마가 혼비백산했다.

"아무것도요!. 그 아이는 아무 말도 하지 않았어요."

그 질문에 소녀는 그렇게 혼비백산해 주전자 옆으로 물을 쏟기 시작했을 정도였다. 밴드 아저씨가 주전자에 물을 다 채우는 일을 도와주었다.

"내가 뭔가 들은 게 있어요. 소년이 정확히 그것을 파드마에게 말했는지는 모르겠어요. 나는 파드마가 언젠가 이야기해 줄 것으로 기대해요."

파드마는 조용히 물을 가득 채운 주전자를 들고 집으로 향했다. 밴드 아저씨는 천천히 소녀를 뒤따랐다. 그는 더 묻지 않았다. 그는 뷔렌드라의 비밀스러운 속삭임에 대해 더 아무것도 듣지 못할 거로 확신하고 있었다. 그런데, 그가 이미 아무것도 기대하지 않은 순간에 파드마가 말을 시작했다.

"뷔렌드라가 내게 말하기를, 저 조련사는 우리에게 거짓말한다고 했어요. 그는 코브라의 독이 나오는 이빨이 모두 뽑혀 있다고 했어요. 그리고 나는 그게 정말인 것을 볼 수 있었어요."

"그럼, 너희 두 사람 사이에선, 너희들이 그 뱀을……. 약속이 없었니? 파드마는 내가 무슨 말을 물어보려고 하는지 이해가 되지요?"

"파아아드마아아!!!"

멀리서 파드마 어머니가 익숙한 목소리로 외치는 소리가 들려 왔다.

"지금 서둘러야 해요. 엄마가 저를 기다리고 있어서요."

파드마는 놀라면서, 서둘러 자신의 머리 위로 주전자를 올려서는, 마치 뛸 듯이 밴드 아저씨를 떠났다.

이방인은 다시 우물로 가서 오랫동안 우물 주위에 앉고서, 어두운 깊음 속을 내려다보았다. 때로는 이 세상의 모든 어린아이가 장난을 벌인다는 걸 알고 있는 사람의 미소가 그의 얼굴에 떠올랐다. 더 이상 밴드 아저씨는 뱀에 관해 이야기하지 않았다. 그 때문에 실제로 인도의 작은 마을 콘다푸르에서 흥분된 그 날 밤의 사건에 대해 영원히 비밀로 남아 있었다.

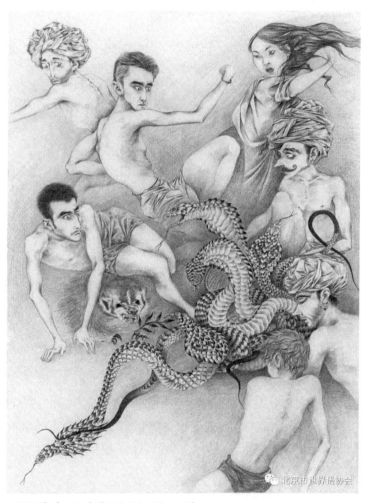

*중국화가 뚜어얼군(多尔衮) 그림.

3. Bunta Printempo

—En Hindio dum la vintro ne estas malvarme. Nur iom malpli varme ol dum aliaj partoj de la jaro. Pro tio en tiu ĉi lando la printempo ne signifas la renaskiĝon de la naturo, kiel en aliaj mondpartoj.

—Jes, mi scias, —respondis Padma. —Vi ja rakontis al mi, ke en via lando dum la vintro eĉ neĝo falas.

Tiu ĉi interparolo inter Padma kaj onklo Bend ne estis hazarda. En tiuj tagoj komenciĝis en la vilaĝo grandaj preparoj por la festo holi o[13] per kiu oni festas la komenciĝon de printempo. Ĉiuj vilaĝanoj, junaj kaj maljunaj, klopodis kontribui al la sukceso de tiu ŝatata festo. Iuj kolektadis branĉojn kaj branĉetojn por bruligi fajron meze de la vilaĝo. Aliaj estis okupitaj per purigado, ordigado kaj farbado de la domoj. Aliaj sin amuzis preparante diversajn farbojn en polvo aŭ en likvaĵo. La senpacienco estis granda.

La vesperon antaŭ la festo la loĝantoj de

---

13) festo per kiu hinduoj festas la komenciĝon de printempo.

Kondapur kuniĝis ĉirkaŭ la granda fajro meze de la vilaĝo. La flamo de la solena fajro leviĝis tre alten en la mallumo, signante tiel ke la holia festo jam komenciĝis. Kiam la fajro estis plej vigla, Rama, mezaĝa najbaro de Kumar, alportis homan figuron faritan el multaj koloraj paperoj, kiun li kun kelkaj aliaj viroj dum multaj tagoj preparis en granda sekreto. Post rondiro ĉirkaŭ la fajro, meze de aplaŭdo de ĉiuj kaj granda kriado de la infanoj, li ĵetis la figuron en la fajregon. Samtempe ĉiuj ekkriis: "Mortu la maljusto!" ..."Morton al la malbono!"..."Mortu la malsanoj!"

Per la bruligo de tiu paper—figuro la vilaĝanoj, laŭ malnova moro, deziris forigi el la mondo ĉion kio estis malbona en ĝi. Tial precipe la pli aĝaj vilaĝanoj rigardis kun granda kontento kiel la fajro iom post iom forvoras la homfiguron kune ĝia ligna skeleto. Samtempe la knaboj kaj ankaŭ kelkaj knabinoj saltadis kaj petole kriegis ĉirkaŭ la fajro, montrante apartan gajecon. La inaŭguro de la festo ĉirkaŭ la fajrego ne daŭris longe. Kiam la fajro malgrandiĝis, la pli aĝaj leviĝis kaj komencis disiri. Post ili baldaŭ ankaŭ la infanoj ekiris hejmen por dormo.

Matene, kiam la suno per sia flaveta brilo plenigis la vilaĝon, el la domoj jam estis aŭdebla gaja bruo. La viroj vestis purajn ĉemizojn kaj la virinoj belajn sariojn. Sur la vizaĝo estis videbla bonhumoro. Onklo Bend tre interesiĝis pri tiu popola festo, kaj tial li eliris sur la straton por ne perdi iun detalon. Elirinte sur la straton li tuj rimarkis ke jam multaj vilaĝanoj troviĝas surstrate, kaj ĉiu el ili portas ion en la mano, precipe poton, sitelon aŭ botelon.

Tiam venis la surprizo. La viroj komecis surverŝi unu sur la alian ruĝan pulvoron. Subite iu elverŝis likvan verdan farbon sur la vizaĝon de alia, ne zorgante pri tio ke ĝi makulas ankaŭ lian puran ĉemizon. Ankaŭ blua kaj flava koloroj baldaŭ aperis el la siteloj, potoj kaj kruĉoj, kaj post duonhoro jam viroj, virinoj kaj infanoj, ĉiuj estis multkolore makulitaj de la kapo ĝis la piedoj. Kaj neniu eĉ provis eviti ke amiko, najbaro aŭ iu alia surverŝu sur lin aŭ ŝin iun ajn farbon el sia ujo. Rigardante tiun ekscitigan kaj strangan spektaklon, Bend eĉ ne rimarkis ke du junuloj alproksimiĝis al li. Unu el ili diris:

—Holio estas nia plej gaja festo. Venu ankaŭ vi festi kun ni.

Onklo Bend hezitis por momento. Se li ne aliĝas al la festantoj, certe ili ofendiĝos. Se li aliĝas, sendube oni surverŝos lin per farboj, kaj estos malfacile lavi ĉemizon kaj pantalonon. Fine li diris al si mem: "Se la malriĉaj vilaĝanoj povas riski sian ĉemizon kaj pantalonon pro la festo kaj la gajeco, kial ne ankaŭ mi?"

Sammomente sur onklon Bend verŝiĝis ĉiuj koloroj de la ĉielarko el la siteloj kaj aliaj ujoj de pluraj gejunuloj. Nun li similas al ĉiuj aliaj: Liaj hararo, vizaĝo, ĉemizo, pantalono, ĉio sur li estis feste bunta.

Al la ĝenerala gaja rido aliĝis ankaŭ Padma. Ŝi ege ĝojis, ĉar onklo Bend konsentis kunludi kun la tuta vilaĝo, eĉ je kosto de vestoj. Ankaŭ la vestaĵo kaj la vizaĝo de Padma estis bunta kiel de aliaj, pro la koloroj per kiuj oni surverŝis ŝin tiun matenon.

—Ĉu vi scias kio estas la novaĵo? —turnis sin Padma gaje al onklo Bend. Kaj ne atendante respondon ŝi daŭrigis: "Mia frato Keŝab revenis antaŭ momento el la najbara vilaĝo. Li rakontis al mi ke li tie vidis belegan dancistinon. Posttagmeze ŝi alvenos ĉi tien, en nian vilaĝon.

Onklo Bend ekĝojis. Li jam volis diri ke li neniam estis vidinta hindan dancistion, kiam Padma ekscitite daŭrigis:

—Mi neniam vidis veran dancistinon. Mi jam delonge revas pri tio vidi kiel dancas vera dancistino. Kredu al mi, onklo Bend, tiu estos por mi la plej bela tago de la vivo se mi vidos ŝin.

Padma kaj ŝia amikino Dipa pasigis kune preskaŭ la tutan tagon. Ili vizitadis komunajn amikojn, aliĝis al iu aŭ alia gaja grupo surstate kaj marŝis kune kun aliaj.

Kiam ili atingis la domon de Sita, ili vidis la dommastrinon okupitan per iu laboro ekster la domo. En ligna trogo ŝi knedis per la manoj bovfekaĵon, kiun ŝi antaŭe kolektis sur la vojo kie pasis bovoj al paŝtejo.

Ŝi miksis la bovofekaĵon kun erigita pajlo, kaj

post knedado ŝi elprenadis manplenojn de tiu miksaĵo kaj algluadis ilin en vicojn sur la blankan eksteran muron de sia domo. Kiu ne konas tiun kutimon, certe ne povus kompreni kion Sita ĝuste faras, kaj kial ŝi malbeligas kaj malbonodorigas sian domon. Sed antaŭ Padma kaj Dipa tio ne estas sekreto. Al ili estas klare ke Sita preparas hejtaĵon por kuirado. Post kelkaj tagoj, kiam la algluitaj amasetoj sekiĝos, estos facile deglui ilin de la muro kaj aranĝi en konusformajn skatojn flanke de la domo. Tiel dum la tuta jaro ŝi havos materialon por hejti, ĉar en la ĉirkaŭaĵo mankas arboj kaj aliaj hejtiloj.

Pluraj tiaj skatoj, altaj kiel homo, jam staris apud la domo, pruvante ke Sita estas laborema dommastrino.

En la sama strato Padma kaj Dipa renkontis alian laboreman dommastrinon. Ŝi nomiĝis Puŝpa. Ili salutis ŝin de malproksime:

—Namaste, onjo Puŝpa, ĉu vi estas laborema?

—Ne sufiĉe, ĉar kiel vi povas vidi, nur nun mi finas la antaŭfestan purigadon de la domo.

Verdire la purigado jam estis delonge

plenumita, kaj nun onjo Puŝpa estis okupita per pentrado kaj ornamado de la domo. Kiam ŝi eĉ la plej etajn panerojn kaj la apenaŭ videblajn araneaĵojn kolektis el ĉiuj anguloj de la domo, kaj sub ĉiuj benkoj kaj kestoj, onjo Puŝpa en trogo per akvo likvigis bovofekaĵon, kaj per tiu bruna likvaĵo, uzante ĉifonpecon kiel penikon, komencis kolorigi la teran surfacon de la planko, glate kaj unuece. Tiu surfaco havas agrablan odoron por tiuj kiuj alkutimiĝis al ĝi, kaj samtempe forpelas la kulojn kaj aliajn insektojn, kiuj en tiuj vilaĝoj foje estas vera plago. Kiam la planko de la ĉambro estis pentrita, kaj ankaŭ la muroj ĝis super la kapo de Padma, onjo Puŝpa same kolorigis grandan kvadratan pecon de tero antaŭ la pordo de la domo, kiun ŝi antaŭe bone purigis per balailo. Tuj poste ŝi komencis la ornamadon de la ĵus kolorigitaj surfacoj. Unue ĉe la rando de la kolorigita parto sur la muroj ŝi per kalko desegnis strion, ondan linion kaj rondetojn, tie kaj jene iun homfiguron, ĉevalon aŭ elefanton. Ĉio ĉi kreis harmonian tuton kun la kolorigia ĉambro. Tiuj poste la dommastrino komencis plenumi similan laboron sur la kolorigita surfaco antaŭ la domo. Tie ŝi desegnis blankan punton, kiu harmonie formis rondon por la solena enirejo al ŝia domo.

Tiu ĉi ornamado, kompreneble, estis bone konata al la knabinoj, ĉar ofte en okazo de iu festo la virinoj de la vilaĝo konkuris inter si por laŭ eble plej bone ornami sian domon kaj ĝian ĉirkaŭaĵon. Tamen ili volonte observis la laboron de onjo Puŝpa. Oni ĉiam povas ion novan lerni.

Posttagmeze, kvazaŭ hazarde, la knabinoj troviĝis ĉe la eliro el la vilaĝo, sur ĝia suda flanko, de kie devis veni la anoncita dancistino.

—Nenie ŝi estas videbla, —diris Dipa kuntirante la okulojn por pli bone observi la malproksimon.

Kaj Padma daŭrigis laŭte sian penson:

—Mi ŝatus scii ĉu ŝi vere estas tiel bela kiel oni rakontas ke estas la veraj dancistinoj.

Kaj iom pli poste ŝi daŭrigis:

—Ĉu vi opinias ke ŝi eniros dancante en nian vilaĝon, aŭ simple marŝante kiel iu ajn virino?

—Ŝajnas al mi —diris Dipa ekscitite — ke tie

malproksime io moviĝas... Jes, devas esti ŝi!... Ĉu vi aŭdas la muzikon?

Efektive, ĉirkaŭ la kvara horo posttagmeze la ritma batado de tamburo venanta el malproksimo anoncis la alvenon de vojaĝanta ensemblo de amuzantoj. Kiam la eta grupo eniris la vilaĝon, ĉiuj vilaĝanoj estis sur la strato.

Frunte de la grupeto iris junulo portanta grandan panelon sur kiu troviĝis surskribo per ne tro lertaj literoj: "ARTA TRUPO DE CENTRA HINDIO".

Malantaŭ li marŝis du muzikistoj. Unu kun granda tamburo sur la ventro, kiun li fervore batadis, kaj alia kun fluto tenata flanke de la buŝo, kaj per kiu li tiel milde muzikis, ke oni apenaŭ povis ĝin aŭdi pro la bruego kiun la tamburo produktis.

Sekvis la dancistino. Ŝi ekde la eniro en la vilaĝon iradis per dancaj paŝoj, kaj samtempe ŝi turnadis kaj volvadis siajn brakojn kvazaŭ ili estis du petolemaj serpentoj.

La lastaj en la grupo estis du pluaj muzikistoj, unu kun malgranda tamburo kaj cimbalo, kaj alia kun trumpeto. Tiuj ĉi lastaj muzikistoj muzikis dum la tuta tempo, sed samtempe ili per unu mano tiris ĉareton ŝarĝitan per teatraj ornamaĵoj sed ankaŭ per personaj vestaĵoj de la modesta artista trupo.

La dancistino estis vere bela, kiel Padma atendis. Kompreneble, la bunta vestaĵo kaj la ŝminko sur la vizaĝo elstarigis eĉ pli ŝian belecon, kaj ankaŭ ŝiajn movojn. Ŝia bluzo havis fajre ruĝan koloron, kaj la etaj pecoj de spegulo fiksitaj al ĝi rebrilis ĉe ĉiu ŝia movo. Sub la larĝa jupo el flava silko, ĉirkaŭ la maleoloj ŝi havis rimenojn kun vicoj da tintiloj. Ili harmonie tintadis je ĉiu ŝia paŝo. Ĉirkaŭ la maleoloj ŝi havis ankaŭ du pezajn ringojn. La fingroj de ŝiaj manoj kaj piedoj estis ornamitaj per arĝentaj ringoj. Abundis sur ŝi la diverskoloraj brakringoj, kolĉenoj, ornamoj pendantaj de la nazo kaj la oreloj, kaj sur ŝia frunto pendis ora medaliono.

Tia ŝi aperis en la rondo de spektantoj kiuj senpacience atendis ŝian alvenon. La plej internaj rondoj sidis surtere, aliaj genuis aŭ staris en la pli eksteraj vicoj.

Antaŭ ol komenci la dancadon, ŝi salutis la spektantoj kun la manoj kunigitaj antaŭ la vizaĝo, kaj tiel staris iun tempon, murmurante iun preĝon dediĉitan al la dioj.

Ŝi ekmoviĝis per leĝeraj dancmovoj, sekvante la ritmon de la muziko. Kaj iom post iom, kiel la muziko vigliĝis, ankaŭ ŝiaj movoj fariĝis pli kaj pli viglaj. Ŝiaj ruĝe kolorigitaj piedoj faris rapidajn saltojn kaj saltetojn, donante ritmon al la danco per la tintiloj. En certaj momentoj ŝi tiel lerte kaj elaste kurbiĝadis, kvazaŭ ŝi ne havus dorsan spinon. Ŝi dancis per ĉiu parteto de sia korpo. Ŝiaj okuloj dancadis por si mem, kaj aparte la manoj, la ŝultroj, la brovoj, lipoj kaj ĉio sur ĝi estis samtempe en intensa movo. La plej bela el ĉio estis la movoj de ŝiaj manoj. En iu momento ili aspektis kiel birdoj kiuj volas ekflugi... Tuj poste ili transformiĝis en cervon kiu trinkas akvon ĉe fonto, aŭ eble foliaro tremanta je venteto.

De tempo al tempo onklo Bend ĵetis rigardon al Padma. Ŝia senmova emociigita rigardo klare montris ke ŝi estas ĉarmita de la dancistino kaj ŝia danco, kaj ke ŝi estus feliĉega se iun tagon ŝi mem kapablus tiel danci.

Kiam la danco finiĝis, la muzikistoj disiris inter la ĉeestantoj por kolekti monerojn kiel premion por ilia laboro kaj la ĝuo kiun ili donis al la vilaĝanoj. La viroj kaj virinoj kun suĉinfanoj komencis disiri, kaj restis ĉefe nur geknaboj kiuj scivoleme observadis la dancistinon kaj ankaŭ la muzikinstrumentojn. Ankaŭ Padma estis inter ili. Ŝi atente observadis la dancistinon, kvazaŭ la danco ankoraŭ daŭrus, per larĝe malfermitaj okuloj.

—Ĉu ŝi plaĉas al vi? — demandis onklo Bend. Padma silente kapjesis.

—Ĉu vi ŝatus lerni kelkajn dancmovojn de ŝi? Padma denove nur kapjesis, sed kun sufiĉe da entuziasmo.

Onklo Bend tiam aliris al la dancistino kaj iom diris al ŝi, montrante per la okuloj en la direkto de Padma. Li donis ion al la dancistino, sed neniu povis vidi tion. Kvankam la dancistino certe estis laca, ŝi alvokis Padma per mansigno.

—Knabino, ĉu vi ŝatus danci kiel mi? Venu ĉi
tien.

Padma embarasita staris apud ŝi, ne sciante
kion ŝi devas fari, nek kiel konduti apud la
dancistino.

—Faru unue tian paŝon kiel mi nun. Jen
tiel...!

Padma heziteme kaj iom mallerte faris ĉiun
paŝon kiun la dancistino montris al ŝi.

—Tre bone, —kuraĝigis ŝin la dancistino.
—Nun provu sola. Per la manoj faru jenajn
movojn... Nun la kapo moviĝu tiel. Bonege. Nun
provu samtempe per la piedoj, la manoj kaj la
kapo...tiel, jen ĝuste tiel...

Padma iom post iom liberiĝis de la embaraso,
kaj klopodis ripeti la paŝojn kaj la movojn
laŭeble akurate.

Onklo Bend flanke starante kun plezuro
observis kiel almenaŭ parte komencis realiĝi la
revo de lia amikino. Ŝi nun lernis danci de vera
dancistino, kiun ŝi persone ekkonis, kaj pri kiaj
ĝis tiam ŝi nur rakontojn aŭdis. Tiu ĉi estis
tute malsama de la dancistinoj el la rakontoj: ŝi
estis vera, vivanta dancistino. Estas vero ke ŝi

ne flugis, kiel tiuj el la rakontoj, sed ŝi turniĝadis kaj saltadis per magia forto. Padma povis ŝin tuŝi, kaj je tuŝo ŝi sentis varmon de ŝia malhelbruna haŭto, kaj ŝi povis vidi kiel de ŝia frunto rulas grandaj perloj de ŝvito. Ĉio ĉi plezurigis Padman, ĉar nun ŝi sciis ke tio, kio kun ŝi okazas estas realeco, kaj ne sonĝo kiel ĉiam ĝis nun. Ŝi sciis ke post tio ĉi ne estos vekiĝo kaj seniluziiĝo, kiel ĝis nun ĉiam okazadis.

La instruado ne povis longe daŭri, ĉar la artista trupo devis jam foriri al la najbara vilaĝo. Antaŭ la disiĝo Padma kolektis sian tutan kuraĝon por demandi la dancistinon:

—Kiel okazas ke kiam vi dancas, ŝajnas kvazaŭ vi tuj ekflugus? Diru al mi tion, mi petas.

La dancistino ekridetis kontenta. Ĝojigis ŝin ricevi tian belan laŭdon de la knabino. Per leĝera movo ŝi deprenis de la maleolo sian dikan arĝentan ringon:

—Vidu, knabino, tiu ĉi estas la sekreto kiu helpas al vi flugi. Kiam vi, iun tagon, dancos publike, metu sur la piedon tiun ĉi ringegon, kaj pensu je mi. Vi flugos!

Tiun nokton, post tago plena je festaj okazaĵoj kaj gajeco, ĉiuj agrable dormis. Ĉiuj krom Padma. Ŝi en sia lito longe turnadis en la manoj la arĝentan ringegon, donacon de la dancistino kiu flugas. Kaj kiam ŝi ekdormis, en la sonĝo ŝi mem daŭrigis la dancadon. Vestita per belega vestaĵo ornamita per ora brodaĵo kaj multaj etaj spegulpecoj ŝi dancis senlace, same kiel la dancistino kiun ŝi tiun tagon vidis la unuan kaj la lastan fojon, sed kion ŝi retenos en la memoro por ĉiam.

3. 아름다운 봄

"인도에서는 겨울엔 춥지 않네요. 한 해의 다른
계절에 비교해 다소 서늘할 뿐이네요. 그 때문에
이 나라에서 봄이란 다른 대륙에서처럼 자연이 다
시 태어난다는 뜻은 아니군요."

"그래요, 나는 알아요."

파드마가 대답했다.

"아저씨가 나에게 말씀해 주셨어요. 아저씨의 나
라에는 겨울에 눈도 내린다면서요."

파드마와 밴드 아저씨에게는 이런 대화가 우연
이 아니었다. 요즈음 이 마을에서는 봄의 시작을
알리는 홀리 축제14)를 맞이하기 위한 대대적 준
비가 시작되었다.

나이 불문하고 마을 사람들 모두 자신들이 좋아
하는 이 축제의 성공을 위해 이바지하려고 애썼
다. 어떤 이는 마을 한가운데에 불을 피울 크고
작은 나뭇가지들을 잘라 왔다. 다른 이들은 집 안
의 청소, 정리 정돈과 페인트칠로 바빴다. 또 다른
이들은 다양한 색깔의 가루를 준비하여, 색 가루
를 물에 풀면서 준비에 즐거워했다. 마을 사람들
의 분주함은 대단했다.

---

14) 홀리 축제: 인도의 음력 12월(그레고리안력으로는 보통 3월 초) 보름
날인 15일에 열리는데 보통 3~4일에 걸쳐 열린다.

그 축제의 전날 저녁, 콘다푸르 마을주민들은 마을 한가운데 놓인 큰 노천 화롯불 주변에 모였다. 커다란 불의 화염은 어둠 속에서 아주 높이 올라갔다. 이 불길은 이제 홀리라는 축제가 시작됨을 뜻했다. 그 불길이 가장 활발하게 빛을 발할 때, 쿠마르의 이웃인 중년 남자 −라마라는 이름을 가진 사람− 가 마을 남자들이 며칠간 몰래 준비한 형형색색 종이로 만든 사람 모양의 커다란 인형을 가져 왔다. 그리고는 그가 화롯불 주변을 한 바퀴 돌자 모두 손뼉을 쳤고, 아이들은 환호성을 질렀다. 그렇게 한 바퀴를 돈 뒤 그는 그 인형을 큰 불길 속으로 던져 버렸다. 동시에 모두는 외쳤다. "부정한 것은 물러서거라!", "악귀는 물러 가라!", "악귀는 없어져라!"

인형을 불 속에 던져 넣은 뒤, 마을 사람들은 옛 풍속에 따라 이 세상에서 나쁜 것이면 뭐든 이 세상에서 없어지기를 기원했다. 그 때문에, 특히 나이 많은 사람들은 아주 만족한 표정으로 저 불길이 점차 그 인형의 나무 뼈대로 번져 가며 인형에 호의를 베푸는 것을 바라보고 있었다. 동시에 소년들과 몇 명의 소녀는 특별한 유쾌함을 보이면서 불 주위에서 뛰기도 하고, 귀엽게 외치기도 하였다. 큰 불길의 주변에서 축제의 서막은 그리 길게 계속되지는 않았다. 이제 불길이 작아지자, 더 나이 많은 이들은 일어나 자신의 집으로 뿔뿔이 흩어져 가기 시작했다. 그들을 따라서 아이들도 잠자러 자신의 집으로 가기 시작했다.

태양이 자신의 옅은 노란 반짝임으로 온 마을을 비추는 아침이 되었다. 집마다 유쾌하게 떠들썩한 소리가 들려 왔다. 남자들은 깨끗한 셔츠를 입었고, 여자들은 아름다운 사리를 입었다. 모두의 얼굴에는 기분 좋은 표정이 뚜렷했다. 밴드 아저씨는 이 민속 출제에 대해 아주 관심이 많았다. 그래서 그는 이 축제의 세세함까지 놓치지 않으려고 도로로 나와 보았다. 도로로 나와 보니, 그는 이미 수많은 마을 사람들이 도로에 나와 있음을 알 수 있었다. 그리고 그들 모두 자신의 손에 뭔가 들고 있었다. 그것은 항아리 또는 양동이, 병 같은 것이었다.

바로 그때, 놀라운 일이 일어났다. 남자들이 붉은색 가루를 다른 사람에게 붓기 시작했다. 갑자기 다른 사람은 또 다른 사람의 얼굴에 축축한 초록 물감을 쏟아부었다. 그러면서도 그는 다른 사람이 입은 깨끗한 셔츠가 더럽혀지는 것을 전혀 개의치 않았다. 곧 푸른색과 노란색이 양동이, 항아리와 주전자에서 보였다. 그리고 반 시간 뒤, 이미 남자들과 여자들과 아이들도 보였다. 모두 머리에서부터 발까지 형형색색으로 칠해져 있었다.

그리고 친구나, 이웃이나 다른 사람이 남녀노소 누구에게나 자신이 가진 물감통에서 어떤 종류의 물감을 쏟아부어도 사람들은 전혀 피하지 않았다. 밴드 아저씨가 이 흥분되고도 이상한 장면을 쳐다보고 있는 동안, 어떤 젊은이 둘이 그에게 다가오는 것을 전혀 눈치채지 못하고 있었다. 그 둘 중 한 젊은이가 말했다.

"홀리는 우리의 가장 유쾌한 축제입니다. 아저씨도 저희와 함께 이 축제를 즐깁시다."

밴드 아저씨는 잠시 머뭇거렸다. 만일 그가 이 축제를 즐기는 사람들에게 속하지 않으면, 그것은 그 사람들의 마음에 상처를 입히게 될 것으로 생각했다. 만일 그가 그들에게 속하게 되면, 필시 사람들은 그에게 물감을 쏟아부을 것이다. 그리고 셔츠와 바지를 씻는 것이 어려워질 수 있다. 마침내 그는 자신에게 이렇게 말했다. '만일 저 가난한 사람들이 이 축제에, 이 유쾌함에 자신의 셔츠와 바지를 망가뜨리는 것을 개의치 않는데, 나라고 왜 안 되는가?'

순식간에, 여러 젊은이는 자신들이 지닌 양동이와 다른 물감통을 통해 무지개 색깔로 밴드 아저씨에게 쏟아부었다. 이제 그는 모든 다른 사람들과 비슷한 모습이었다; 그의 머리카락, 얼굴, 셔츠, 바지, 그가 입은 모든 것은 다양한 색깔의 축제 모습으로 변했다.

　모두의 유쾌한 웃음에 파드마도 합류했다. 소녀는 밴드 아저씨가 온 마을 사람들과 함께 놀이를 즐기는 일에 동참하고, 자신의 옷을 더럽히는 것에도 동참하자 아주 기뻤다. 파드마의 옷과 얼굴에도 오늘 아침에 그녀에게 쏟아부은 여러 가지 색깔들로 인해, 다른 사람들의 모습처럼 다양한 색을 하고 있었다.

　"새 소식이 어디에서 왔는지 아세요?"

　파드마는 유쾌하게 밴드 아저씨에게 몸을 돌려 말했다. 그리고 대답도 기다리기 전에 그녀는 계속 말을 이어 갔다.

　"좀 전에 저희 오빠 케샤브Keshab가 이웃 마을에 갔다가 돌아왔어요. 오빠 말로는 아주 아름다운 무용수 한 사람을 그곳에서 만났다고 해요. 그 무용수가 이곳, 우리 마을로 오늘 오후에 온대요."

　밴드 아저씨는 기뻤다. 그는 지금까지 인도 무용수를 한 번도 본 적이 없다고 말하고 싶었다. 그때 파드마가 흥분된 채 말을 이었다.

　"나는 한 번도 진짜 무용수를 본 적이 없어요. 나는 오래전부터 진짜 무용수를 보는 것을 꿈꾸어 왔어요. 밴드 아저씨, 제가 하는 말 믿어 주세요. 그 무용수, 만일 그 무용수를 볼 수 있다면, 저에겐 가장 아름다운 날이 될 거예요."

파드마와 그녀의 여자 친구 디파Dipa는 온종일 함께 있었다. 그들은 자신들이 함께 아는 친구들을 찾아갔고, 그 친구들과 함께 도로에서 유쾌하게 무리를 지은 채 돌아다녔다.

그들이 시타Sita가 사는 집에 도착했을 때, 집 밖에서 뭔가 분주한 안주인 시타를 만났다. 시타는 이전에 소들이 풀을 뜯으러 다니는 길에 싸놓은 쇠똥들을 주워 모아놓았던 것을 나무로 된 여물통에서 반죽하고 있었다.

시타는 잘라놓은 짚과 쇠똥을 섞은 뒤 반죽하였다. 그리고는 그녀는 반죽한 것을 손바닥 크기로 펼쳐 만들고는 자기 집의 하얀 바깥벽에 차례로 붙여 나갔다. 풍습을 잘 모르는 이라면 시타가 지금 뭘 하는지 이해가 되지 않을 수 있다. 또 왜 그녀가 자신의 집을 더럽히고, 나쁜 냄새를 풍기게 하는지 이해되지 않을 수 있다.

그러나 파드마와 디파 앞에선 그것은 비밀이 아니었다. 그들에겐 시타가 음식 만들 때 쓸 땔감을 준비하고 있음이 분명해 보였다. 그렇게 붙여둔 덩어리들이 며칠 뒤 마르게 되면, 벽에서 떼어내기 쉽게 되고, 집 한쪽에 원뿔꼴 모양의 딱지들처럼 쌓아 둔다. 그렇게 하면 그녀는 한 해 동안의 땔감을 확보할 수 있었다. 왜냐하면, 마을 주변에서는 나무들이 많지 않아, 다른 땔감이 없기 때문이었다.

여러 겹으로 쌓아 둔, 딱지 같은 뗄감이 사람 키만큼의 높이로 집 옆에 놓여 있다. 이 뗄감을 마련해 두었다는 것은 시타가 정말 일 잘하는 안주인임을 입증해 주었다.

같은 거리에서 파드마와 디파는 일을 하는 다른 안주인을 만났다. 그녀의 이름은 푸시파Pushpa 였다. 소녀들은 저 멀리서 그 안주인에게 인사를 했다.

"나마스테, 푸시파 아줌마, 일하세요?"

"이것도 부족해. 왜냐하면, 너희들도 보다시피 집안에 벌여놓은 축제일 이전의 청소를 방금 마쳤거든."

정말로 그 청소는 오래전에 마쳤고, 지금은 푸시파 아줌마가 집을 칠하고 장식하는 것에 바빴다. 아줌마는 자신의 집 안 구석구석을 뒤져 가장 작은 빵 조각을 찾아내고, 모든 벤치와 상자들 아래의 겨우 보이는 거미집들도 찾아내었다. 아줌마는 쇠똥을 여물통 안에 넣어 물과 섞고 있었고, 그런 갈색으로 된 물을 헝겊 조각에 묻혀 마치 붓처럼 사용하여 자기 집의 땅바닥을 매끈하게 또 통일되게 색칠하기 시작했다. 그러자 그 바닥 표면은 그것에 익숙한 이들에겐 반가운 냄새를 풍겼다. 이는 동시에 마을마다 간혹 진짜 재앙이 되기도 하는 모기들과 다른 해충들을 내쫓는 효과를 가져다 준다. 아줌마는 방바닥에 색깔을 칠한 뒤, 파드마의 키 높이보다 높은 위치의 벽도 칠하였다. 아줌마는 마찬가지로 앞서 빗자루로 잘 쓸어 둔, 대문 앞의 네모난 땅도 칠했다. 그리곤 곧장 아줌마는 방금 칠한 표면을 장식하기 시작했다. 먼저 아줌마는 칠이 된 사방 벽의 가장자리에 석회로 줄을 하나 긋고, 물결무늬의 선을 긋고는 작은 원들을 그렸다. 또 그곳에 사람 모습이나 말이나 코끼리 모양을 그렸다. 이 모든 것은 이미 칠한 방과 완벽한 조화를 이루었다. 그리고 아줌마는 집 앞의 칠한 표면 위에도 비슷한 일을 시작했다. 그곳을 아줌마는 자신의 집으로 향하는 출입구를 위엄스럽게 보이려고 원도 그리고 하얀 레이스도 그려 넣었다.

이 장식하는 행위는, 물론, 소녀들에게도 잘 알려져 있다. 왜냐하면, 어떤 축제가 있을 때면 이 마을 여인들은 자신들끼리 누가 자신의 집과 집 주변을 가장 잘 장식하는지를 두고 자주 경쟁하게 된다. 하지만 그들은 기꺼이 푸시파 아줌마의 일을 관찰하고 있었다. 사람들은 언제나 뭔가 새로운 것을 배울 수 있다.

오후가 되자, 마치 우연인 듯이 소녀들이 마을 어귀에 모습을 보였다. 그곳에서 남쪽인 곳에서부터 이미 온다고 알려진 무용수를 소녀들은 기다리고 있었다.

"아직 아무 곳에도 무용수가 보이지 않네."

디파가 저 먼 곳을 응시하듯이 두 눈을 찡그리며 말했다.

이번에는 파드마가 큰 소리로 자기 생각을 말했다.

"무용수가 정말 사람들이 말하는 것처럼 그렇게 아름다운지 난 알고 싶어."

그리고 조금 뒤, 그녀는 말을 이었다.

"네 생각엔 무용수가 우리 마을에 들어오면서 정말 춤추며 들어올까, 아니면 간단히 어떤 다른 여성들처럼 걸어올까?"

"뭔가 내 눈에,"

바로 그때 흥분한 디파가 말했다.

"저 멀리 뭔가 움직여…. 그래, 무용수가 분명해…. 너희도 음악 소리 들리지?"

실제로, 오후 네 시경, 저 멀리서 북을 규칙적으로 두들기는 것은 가무단의 순회 공연단이 곧 도착함을 알려 주고 있었다. 작은 공연단이 마을에 들어섰을 때, 마을 사람들 모두 도로에 나와 있었다.

작은 공연단의 맨 앞에는 큰 널빤지를 들고 한 청년이 보였다. 널빤지에는 잘 쓰인 글자들이지는 않았지만, "중앙 인도 예술단"이라고 쓰여 있었다.

그 젊은이 뒤에는 두 연주자가 걸어오고 있었다. 한 사람은 자신의 배 위에 큰 북을 매달고서 그 북을 열정적으로 두들기고 있었고, 다른 한 사람은 입가에 피리를 물고 있었고다. 피리가 온화하게 음악 소리를 내었지만, 큰 소리가 나는 북소리 때문에 피리 소리는 겨우 들릴락 말락 하였다.

그 뒤로 무용수가 왔다. 그녀는 우리 마을로 들어오면서부터 무용 걸음걸이로 걸어왔다. 동시에 그녀는 자신의 두 팔을 마치 두 마리의 장난스러운 뱀인 양 돌리는 자세를 취하기도 하고, 감는 자세를 취하기도 하였다.

무리의 뒤에는 두 사람의 다른 연주자들이 있었는데, 한 사람은 작은 북과 심벌즈를 들고 있었고, 다른 한 사람은 트럼펫을 들고 왔다. 뒤따르는 연주자들은 한 번도 쉬지 않고 연주를 했지만, 동시에 그들은 연극에 쓰는 장식물들과 가난한 예술단의 개인 의복을 실은 작은 수레를 한 손으로 끌고 있었다.

무용수는 파드마가 기대한 것처럼 정말 아름다웠다. 물론 다채로운 복장과 얼굴의 분장 때문에 무용수는 더욱 아름다워 보였고, 동작 하나하나를 돋보였다. 무용수의 블라우스는 불처럼 빨간색이었고, 블라우스에 고정해 놓은 작은 거울 조각조각이 그녀가 동작할 때마다 반짝거렸다. 노란 비단으로 만든 넓은 치마 아래, 발목 주위로 무용수에게는 여러 열로 된 방울들이 달린 가죽끈이 있었다. 그 방울들은 무용수가 움직일 때마다 조화롭게 소리를 냈다. 또 발목 주위에 무용수에게는 두 개의 무거운 은방울이 달려 있었다. 무용수의 손가락들과 두 발에는 은반지들이 장식되어 있었다. 무용수의 코와 귀에는 다양한 색의 팔찌, 목걸이, 장식물이 달려 있었고, 이마에는 금빛의 작은 보석상자가 매달려 있었다.

그 무용수가 도착하기만 기다려온 관중의 한 가운데로 무용수가 모습을 나타냈다. 관중의 가장 내부의 원에 속한 사람들은 맨땅에 앉았고, 다른 큰 원들에 속한 사람들은 더 바깥의 열에서 무릎을 꿇거나, 선 채 있었다.

무용수는 춤을 시작하기에 앞서, 자신의 얼굴 앞에 두 손을 합장해 인사하고, 신에게 바치는 어떤 기도문을 중얼거리듯이 잠깐 그렇게 섰다.

무용수는 음악 리듬에 따른 가벼운 무용 동작으로 움직이기 시작했다. 그리고 조금씩 음악이 활발해지듯이, 무용수의 동작도 더 활발해졌다. 무용수의 붉게 칠한 발은 빠른 뛰어오름과 작게 뛰어오름의 모습을 보여 주었다. 그러자 방울들이 춤에 리듬을 더해 주었다. 어느 순간, 무용수가 더욱

세련되고 또 탄력적으로 자신의 몸을 굽히자 마치 그녀 등의 척추가 없는 것으로 보였다. 무용수는 자기 몸의 모든 부분을 이용해 춤을 추었다. 모든 동작 중 가장 아름다운 것은 손의 움직임이었다. 어느 순간에 두 손은 마치 날고 싶어 하는 새의 모습을 하고 있었다. 그리곤 곧장 그 손들은 샘에서 물을 먹는 사슴 모습으로 바뀌기도 하고, 때로는 약한 바람에 흔들리는 나뭇잎 같은 모습을 하기도 하였다.

때때로 밴드 아저씨는 파드마를 쳐다보았다. 파드마가 미동도 하지 않은 채 감동한 채 보고 있는 모습으로 보아, 파드마는 저 무용수와, 무용수의 동작 하나하나에 정말 매료되어 있음을 보여 주었다. 또 파드마 자신이 장래의 어느 날 저렇게 멋지게 춤출 수 있다면 정말 행복하리라는 것을 분명하게 보여 주고 있었다.

이제 무용이 끝나자, 악사들은 자신들의 공연과 그 공연으로 마을주민들에게 준 기쁨에 대한 보상을 받으려는 듯이 마을 사람들에게 동전들을 받으려고 관중 속으로 흩어져 갔다. 남자들과 여자들과 젖먹이들은 이제 자리에서 일어나 흩어지기 시작했으나, 아직도 그 신기한 무용수와 악기들을 관찰해온 소년 소녀들이 주로 남았다. 파드마도 그들 사이에 남아 있었다. 파드마는 마치 아직도 무용이 계속되고 있는 듯이, 두 눈을 크게 연 채 무용수를 유심히 쳐다보고 있었다.

"저 무용수가 마음에 들어요?"

밴드 아저씨가 물었다.

파드마는 조용히 고개를 끄덕였다.

"저 무용수에게서 몇 가지 춤동작을 배우고 싶나요?"

파드마는 다시 고개를 끄덕이며, 여전히 충분한 열정을 보였다.

그때, 밴드 아저씨는 무용수에게 다가가서, 눈길이 파드마를 향해 있음을 그 무용수에게 보이면서 무슨 말인가 했다. 밴드 아저씨가 무용수에게 뭔가를 내밀었다. 하지만 아무도 그게 뭔지 볼 수 없었다. 무용수는 비록 피곤했지만 파드마를 손짓으로 불렀다.

"애야, 너도 나처럼 춤추는 걸 좋아하니? 그럼, 이리 와 봐요."

파드마는 당황하였지만, 무용수 옆에 섰다. 파드마는 무용수 옆에서 뭘 해야 하는지, 어떤 행동을 취해야 하는지 모른 채 있었다.

"먼저 내가 지금 하는 걸음걸이를 해 봐요. 이렇게!"

파드마는 주저하면서도 또 좀 서툴게 무용수가 가르쳐 주는 대로 한 걸음 한 걸음을 따라 했다.

"아주 좋아요. 무용수는 파드마를 격려했다. 이제 혼자서 해 봐요. 두 손으로 이런 동작을 해 봐요…. 이젠 머리는 이렇게 움직여 봐요. 아주 잘하네요. 이젠 발과 손과 머리도 동시에 한 번 해봐요…. 그렇게, 바로 이렇게……."

파드마는 점차 당황스러움에서 벗어나, 가능한한 정확하게 발걸음과 동작을 되풀이해 보려고 애썼다.

즐거운 마음으로 밴드 아저씨는 그 옆에 선 채, 자신의 여자 친구의 꿈이 어떻게 부분적이나마 실현되기 시작하는지 바라보고 있었다. 파드마는 자신이 직접 알게 된, 또 그때까지는 이야기들만 들어왔던 진짜 무용수를 통해 지금 춤을 배우고 있다. 이 무용수는 파드마가 지금까지 들어 온 이야기들 속의 무용수들과는 전혀 달랐다. 이 무용수가 진짜, 살아 있는 무용수였다. 그 무용수가 지금까지 들어온 이야기 속의 무용수들처럼 날지 않았지만, 몸을 돌리기도 하고, 마술적 힘으로 뜀뛰기도 하였음은 진실이다.

파드마는 그런 무용수를 직접 만져 볼 수 있었고, 그런 만짐을 통해 소녀는 그 무용수의 어둡지만 따뜻한 갈색 피부도 느낄 수 있었고, 소녀는 그 무용수의 이마에서 큰 땀방울이 어떻게 흘러내리는지를 직접 눈으로 볼 수 있었다. 이 모든 것은 파드마를 정말 즐겁게 해 주었다. 왜냐하면, 파드마는 지금까지 언제나 꿈으로만 여겨진 일이 아니라, 자신에게서 실제로 벌어진 상황임을 지금 알고 있다. 이 일 뒤로 지금까지 언제나 있어 온 것처럼 환상에서 깨어나는 것도 아님을 파드마는 알게 되었다.

그러나 이런 가르침도 오래 할 수는 없었다. 예술단은 이젠 이웃의 다른 마을로 가야만 했다. 작별에 앞서 파드마는 무용수에게 뭔가 물어보려고 모든 용기를 내었다.

"어떻게 하면 선생님이 춤출 때, 선생님이 곧장 날아갈 것 같은 모습을 할 수 있나요? 그 점을 나에게 말해 주고 가시면 안 되나요?"

무용수는 만족한 듯이 살짝 웃었다. 소녀에게서 그런 아름다운 칭찬을 듣자, 무용수는 정말 기뻤다. 가벼운 동작으로 무용수는 자신의 발목에서 자신의 두꺼운 은반지를 뗐다.

"이 봐요, 파드마. 이건 내가 날고 싶을 때, 내가 날 수 있게 도와주는 비밀 도구야. 파드마가 어느날, 사람들 앞에서 춤추는 날이 올 때, 파드마의 발에 이 큰 반지를 매달아 보렴, 그리고 무용수인 나를 한 번 생각해 봐. 그러면 파드마는 날게 될 거야!"

축제의 여러 사건과 즐거움으로 가득 찬 하루가

끝난 뒤인, 그날 밤은 모두가 편안하게 잠을 잤다. 파드마를 빼고 모두. 파드마는 자신의 침대에서 오랫동안 두 손으로 그 '날아다니던' 무용수가 선물로 준 은반지를 돌려 보았다. 그리고 파드마가 잠이 들자, 꿈속에서 파드마 자신은 계속 춤을 추고 있었다. 피곤함도 잊은 채, 파드마는 금빛의 자수와, 수많은 작은 거울 조각들로 장식한 아주 아름다운 복장으로 갖추고, 그날 낮에 처음이자 마지막으로 본, 그러나 이젠 영원히 기억 속에서 남아 있게 될 무용수처럼 그렇게 춤추고 있었다.

4. La Saduo[15] kaj liaj rakontoj

La tempo pasis kaj nenio signifoplena okazis en Kondapur. Ĝis kiam iun tagon senanonce en la vilaĝo aperis saduo. Tiun nomon oni donas al la homoj, kiuj okupiĝas pri la religiaj pripensadoj. La saduoj vivtenas sin el manĝaĵo kiun la homoj donacadas al ili dum iliaj konstantaj migradoj de unu loko al alia. La kontraŭservo al ili estas rakontado de malnovaj legendoj kaj klarigado de hindaj religiaj kredoj.

Tiu saduo kiu eniris Kondapuron estis kiel la plejmulto de saduoj en tuta Hindio. Li havis longan blankan barbon. Lia frunto estis ornamita per granda ruĝa punkto kaj pluraj flavaj strioj. Dotio estis lia sola vestaĵo. Lia korpo estis ŝmirita per cindro, kiu devis protekti lian haŭton de la forta suno. Ĉirkaŭ lia kolo pendis longa kolĉeno el grandaj globformaj semoj de iu planto. La tuta havaĵo de la saduo estis longa fera bastono kun tri pintoj ĉe la supra fino.

Lia maldika figuro eniris la vilaĝon. Li

---

15) hindua religiulo, saĝulo kaj rakontisto.

eksidis en ombro de granda arbo.

Iu virino tuj alportis al la sanktulo ―kiel ankaŭ oni kutimas nomi la saduojn ―kruĉon kun freŝa akvo, kaj iu viro proponis al li manplenon da rizo, kion la saduo akceptis en tre digna maniero. Li ne dankis, ĉar li kutimiĝis al tio, ke viroj kaj virinoj donacas al li ĉiujn liajn bezonaĵojn, kaj tiuj bezonaĵoj estis vere malmultaj.

Tiuj kiuj ne estis okupitaj per iu grava laboro, alvenis kaj eksidis ĉirkaŭ la saduo. Iuj faris al li demandojn pri liaj ĝisnunaj vojaĝoj. La saduo respondadis per voĉo apenaŭ aŭdebla. Li rakontis diversajn okazaĵojn dum siaj vojaĝoj dum kiuj li trapasis multajn vilaĝojn, riverojn kaj montojn.

Kiam onklo Bend venis kune kun Padma por vidi la saduon, la rondo de aŭskultantoj jam estis sufiĉe granda. En tiu momento la sanktulo rakontis pri iu dometo en kiu li loĝis ĉe la piedoj de la montaro Himalajo. La kabano estis proksime al templo konstruita honore al dio Ŝivao. La templo estas vaste konata, ĉar en ĝi troviĝas belega statuo kiu prezentas dion

Ŝivaon dancantan. Tuj kiam la saduo menciis dancadon, Padma ekvigliĝis. Ŝajnis al ŝi strange ke iu dio dancas. Tial flustre ŝi demandis onklon Bend:

—Kial la dio Ŝivao dancis?

—Ni demandu la saduon. Li certe scias!

Kiam la demando atingis la saduon, li tre surpriziĝis.

—Ĉu vi ne sciis ke Ŝivao estis la plej granda dancisto en la mondo kiu iam ajn ekzistis? Li sciis 108 dancmovojn. Laŭ la legendo li povis ĉirkaŭdanci la tutan mondon.

Li iom ekhaltis por ripozigi sian voĉon, kaj poste daŭrigis.

—Ŝivao havis por edzino princinon Ŝoti. Iun tagon ŝia patro, la reĝo, organizis grandan festenon kaj invitis multajn gastojn. Tiu potenca reĝo ne ŝatis sian bofilon, kaj ne invitis lin al la festo. Ne nur ke li ne invitis lin, sed eĉ kalumnis lin antaŭ la gastoj. Li diris ke Ŝivao estas vagabondo malaltranga. Li aldonis, ke li ne komprenas ke kelkaj homoj povas apreci tian vagabondon, kiu nur vagadas tra arbaroj kaj montaroj kaj pasigas la tempon ludante per kobroj.

Pluraj el la gastoj ne konsentis kun la reĝo, ĉar ili tre estimis Ŝivaon. Sed plej multe malgajiĝis la princino, edzino de Ŝivao. Ŝi estis tiel trafita de la insultoj al ŝia edzo, ke ŝi surloke mortis. La reĝo konsterniĝis vidinte kion li kaŭzis. Kaj dum li kun la gastoj embarasite staris, iu neatendite enkuris en la palacon, levis de la planko la korpon de Ŝoti kaj malaperis. Ĉiuj gastoj en tiu subita kaj mistera vizitanto rekonis Ŝivaon, kiu el la palaco eliris dancante. Li daŭrigis la dancadon kaj ne ĉesis ĝis kiam li ne ĉirkaŭdancis la tutan mondon. Li ankoraŭ hodiaŭ estus dancanta, se oni ne estus foriginta de lia ŝultro la korpon de la tiom amata edzino.

La saduo finis la rakonton per la frazo: "Tiel diris la legendo."

La publiko aŭskultis en plena silento. Kiam la rakonto finiĝis, iu el la publiko diris:

—Rakontu ankoraŭ unu!

La saduo estis preta por plenumi la deziron. Li trinkis buŝplenon da freŝa akvo, iom ekmovis la krurojn, kaj rekomencis:

—En fora tempo, kiam ankoraŭ dioj kaj diabloj marŝadis sur la tero, iu diablo transformis sin en homon, kaj uzis ĉiun rimedon por plezurigi la dion Viŝnuon. Laŭ lia peto la dio kompencis lin per la povo, ke nek homo nek besto povu lin mortigi per iu ajn armilo, nek en la domo nek ekster ĝi, nek dum tago nek dum nokto. Kiam li ricevis tian eksterordinaran povon, la diablo kies nomo estis Hiranjakasipu komencis fanfaroni pri sia potenco, kaj spiti al homoj kaj dioj. Tiel estis ĝis kiam iun tagon la tuta afero kolerigis Viŝnuon. Ĉar li estas dio, Viŝnuo ĉion povas. Tiel li iun tagon aperis ĉe Hiranjakasipu kiel estaĵo duone homa kaj duone leona, ke li estis nek homo nek besto. Subite li kaptis la diablon kaj trenis ĝin al la sojlo, tiel ke ili troviĝis nek en domo nek ekster ĝi. En tiu momento la suno estis subiranta, kaj ne plu estis tago, sed ankoraŭ ne estis nokto. Hiranjakasipuon la estaĵo duonhoma duonleona dispecigis per siaj ungegoj, ĉar estis promesite ke neniu armilo povos mortigi lin, kaj la ungegoj ne estas konsiderataj kiel armilo!

Kiam la saduo finis tiun ĉi rakonton, neniu kuraĝis peti lin pri nova rakonto, kvankam ĉiuj tion deziris. Ĉar dum la rakontado li sufiĉe ripozis de la marŝado, la saduo leviĝis kaj tre digne ekmarŝis por eliri el la vilaĝo. Baldaŭ lia malgrasa figuro perdiĝis en la vojkurbiĝo. Sed li ne marŝis sola. Akompanis lin onklo Bend. Lin interesis kien iras tiu religiulo, kaj tial li akompanis lin ĝis ekster la vilaĝo. Rakontante pri siaj estontaj vojaĝoj, la saduo diris al onklo Bend ke nun li iras rekte al Benareso, urbo kiu troviĝas sur la sankta rivero Gango.

—Tie mi deziras submetiĝi al kompleta purigado de ĉiuj pekoj, ĉar tion povas fari nur la akvoj de tiu sankta rivero, —diris la saduo adiaŭante de onklo Bend.

Reirante al vilaĝo onklo Bend rimarkis ke al li renkonten iras Padma. Verŝajne en ŝia kapo denove naskiĝis iu demando je kiu ŝi senpacience atendas respondon.

—Onklo Bend, ĉu estas vero ĉio kion rakontis al ni la saduo?

Onklo Bend ne atendis tian demandon, kaj pro tio momente li devis pripensi la respondon.

—La rakontoj kiujn vi aŭdis estas elpensitaj. La vero kuŝas en tio, ke multaj el tiaj rakontoj okazadas ankaŭ en la vivo. La celo de la rakontoj estas ke la homoj el ili eltiru siajn proprajn konkludojn. Pro tio estas utilaj tiuj malnovaj rakontoj. Dank' al tio ili sukcesis vivi milojn da jaroj... kaj la homoj sukcesis eviti multajn proprajn erarojn.

4. 사두와 그가 남긴 이야기들

시간은 흘렀지만 다른 의미 있는 일은 콘다푸르 마을에서 일어나지 않았다. 이 마을에 아무 통지도 없이 어느 날 갑자기 사두가 나타나기 전까지는 그러하였다. 이 사두라는 이름은 사람들이 종교적 명상을 실천하는 이들에게 붙여 준 것이다. 사두 자신은 이 마을에서 저 마을로 끊임없이 돌아다니며 마을 사람들이 그에게 주는 음식물로 끼니를 해결한다. 그런 사두에 보답하는 봉사 행위는 인도의 옛 전설의 이야기 속에도 있고, 인도의 종교적 믿음 속에서도 설명이 된다.

콘다푸르 마을에 들어선 그 사두는 인도 전국에서 볼 수 있는, 대다수의 사두와 같은 모습이었다. 그는 백발의 긴 수염을 하고 있었다. 그의 이마에는 큰 붉은 점과 여러 개의 노란 줄로 장식되어 있었다. 도티라는 의복이 그의 유일한 복장이었다. 그의 온몸은 강력한 햇살로부터 자신의 피부를 보호해야만 하는 회색의 재로 칠해져 있었다. 그의 목 주변에는 어떤 식물의 큰 구슬 모양의 씨앗들로 만든 긴 목걸이가 달려 있었다. 사두가 가진 것이라곤 세 가닥의 뾰족한 끝이 있는 긴 쇠막대기였다.

깡마른 몸의 사두는 우리가 사는 마을로 들어왔

다. 그는 어느 큰 나무의 그늘에 자리를 잡았다.

마을의 어느 여자가 그 성자에게 곧 —사람들은 사두를 성자로 부르는 습관이 있듯이— 시원한 물한 주전자를 주었고, 또 다른 남자는 사두에게 쌀한 줌을 보시하자, 사두는 아주 위엄스러운 자세로 그 보시를 받았다. 그는 자신에게 남자 여자들이 자신의 모든 필요한 것들을 보시하는 것과, 그자신이 필요로 하는 것이 정말 작아, 그런 보시에 이미 익숙해져 있으니, 그는 고마움을 표하지도 않았다.

그리 중요한 일이 오늘 없는 마을 사람들이 사두 주위로 찾아와, 자리를 잡았다. 어떤 사람은 사두에게 지금까지의 여행에 대해 질문하기도 했다. 그러자 사두는 겨우 들릴락 말락 하는 목소리로 대답을 했다. 사두는 수많은 마을, 강과 산을 여행하면서 겪은 다양한 이야기를 해주었다.

밴드 아저씨가 사두를 보러 파드마와 함께 왔을 때, 청중이 만든 원은 이미 충분히 컸다. 그들이 도착한 순간, 그 성자는 자신이 히말라야산맥의 어느 산자락에 머물 때의 오두막집 이야기를 하고 있었다. 그 오두막집은 시바[16] Shiva 신의 영광을

---

16) 힌두교의 3주신인 트리무르티 중 하나인 파괴의 신이자 마하데비(닥샤야니, 파르바티, 두르가, 칼리)의 남편이다. 3주신은 우주의 창조 · 유지 · 파괴의 세 가지 우주적인 작용 중 창조의 작용을 하는 신인 브라흐마, 유지의 작용을 하는 신인 비슈누, 그리고 파괴와 재생의 작용을 하는 신인 시바다.

위해 지은 사찰에 가까이 있었다. 그 사찰은 널리 알려져 있었다. 왜냐하면, 그 사찰 안에는 춤추는 시바 신을 표현하는 아주 아름다운 동상이 서 있었다. 사두가 춤 이야기를 하자, 파드마는 활달해졌다. 파드마에겐 어느 신이 춤을 춘다는 것이 신기하게 여겨졌다. 그 때문에 파드마는 작은 소리로 밴드 아저씨에게 물었다.

"시바 신은 왜 춤을 추어요?"

"그럼, 우리가 저 사두에게 물어봅시다. 저분은 분명히 알 것이에요."

그 질문이 사두에게 닿자, 아주 놀랐다.

"언제라도 존재한 세상에서 가장 위대한 무용수가 시바라는 것을 모르고 있나요? 그분은 108개의 춤동작을 알고 있어요. 전설에 따르면 그분은 온 세상을 춤추며 돌아다닐 수 있답니다."

그는 자신의 목소리를 조금 쉬기 위해 멈추었다가 다시 계속했다.

"시바에게는 쇼티[17])Shoti라는 이름의 공주가 아내였습니다. 어느 날 쇼티의 아버지이신 왕이 큰 잔치를 벌여 많은 손님을 초대했습니다. 그러나 그 강력한 왕은 자신의 사위를 좋아하지 않아 잔치에 사위를 초대하지 않았습니다. 왕이 자기 사위를 초대하지 않음은 물론이거니와, 사위를 여러

---

17) 자비의 여신. '사티'라고도 부름.

손님 앞에서 비난하기조차 하였습니다. 왕이 말씀하시길, 시바는 낮은 계급의 떠돌이라고 했답니다. 또 왕이 덧붙여 말하길, 사람들이 밀림으로 또 산속으로 돌아다니기만 할 뿐, 코브라를 가지고 놀면서 시간만 보내기만 하는 그런 떠돌이인 사위를 왜 칭찬하는지 이해가 되지 않는다고 했습니다.

그런데 잔치에 참석한 손님 중 여럿은 왕의 의견과는 의견이 달랐습니다. 왜냐하면, 그들은 아주 많이 시바를 존경하고 있었습니다. 그런데도 가장 슬퍼하게 된 이는 시바의 아내인 공주였습니다. 공주는 자신의 남편이 받은 모욕으로 마음이 상해, 궁전에 놓인 길에서 그만 죽게 되었습니다. 그 왕은 자신이 한 말로 인해 딸이 죽게 된 것을 알고는 깜짝 놀랐습니다. 그래서 왕은 손님들과 함께 당황해 어쩔 줄 몰라 하고 있었는데, 자신의 궁전으로 누군가 갑자기 들어오더니, 길바닥에서 쇼티의 몸을 일으켜 세우더니, 갑자기 사라져 버렸습니다. 그 갑작스럽고도 신비한 방문으로 인해 모두는 그이가 궁전에서 춤추며 빠져나가는 시바임을 알아차릴 수 있었습니다. 그는 춤추는 것을 계속하고는, 자신이 온 세상을 돌아다니며 계속 춤추며, 그 춤을 중단하지 않았답니다. 사람들이 시바에게서 그토록 사랑하는 아내의 몸을 그의 어깨에서 없애지 않는다면, 시바는 오늘도 춤추고 있을 겁니다."

그렇게 사두는 다음의 이야기로 끝냈다.

"그렇게 전설은 이야기하고 있습니다."

이제 청중은 완전히 침묵 속에 듣고 있었다. 그 이야기가 끝났을 때, 청중 속에서 누군가 말을 꺼냈다:

"하나만 더 해 주세요!"

사두는 그 열망을 완성하기 위해 준비가 되어 있었다. 사두는 시원한 물을 한 입 들이키더니, 조금 다리를 움직이고는 이야기를 다시 시작했다.

"이 땅에 신들도 다니고 또 여전히 악마들도 이 땅에 다니던 옛날, 어느 악마가 자신을 사람의 모습으로 바꾸었습니다. 그리고는 비슈누[18] 신을 즐겁게 해 주려고 모든 방법을 사용했습니다. 그의 요청에 따라, 비슈누 신은 사람이나 짐승도 어떤 무기로도 또 집 안에서도 또 집 밖에서도, 밤에도 낮에도 그를 죽이지 못하게 하는 능력을 그에게 주어 보답했습니다. 악마가 그 특이한 능력을 받았을 때, 악마는 —악마 이름은 히라냐카시푸 Hiranjakasipu이었는데— 자신의 능력을 사람들에겐 물론이고 신들에게도 자랑하며 다녔습니다. 어느 날, 비슈누를 화나게 하는 일이 생기기 전까지

---

18) 힌두교의 3주신 중 하나. 세계를 지키고 유지하며 다르마(도덕률)의 원상 복구자로 숭배되는 인도의 신.

는 그렇게 하고 다녔습니다. 왜냐하면, 비슈누 신은 모든 것을 할 수 있는 신이었습니다. 그래서 비슈누 신은 어느 날 히라냐카시푸 앞에 반은 사람이고 반은 사자의 모습으로 나타났습니다. 그 모습은 사람도 아니고 동물도 아니었습니다. 갑자기 그는 악마를 붙잡아서는 악마를 문턱까지 끌고 왔습니다. 그렇게 해서 그들은 집 안도 아니고 집 바깥도 아닌 곳에 있게 되었습니다. 그 순간 해는 지고 있었어요. 그렇지만 그 시각은 낮도 아니고, 그렇다고 밤도 아니었습니다. 반은 사람이고 반은 사자인 존재가 자신의 긴 발톱을 이용해 히라냐카시푸를 박살 내 버렸습니다. 왜냐하면, 어느 무기로도 그를 죽일 수 없다고 이미 약속한 터라, 또 발톱을 이용하니, 그것은 무기에 해당하지 않았습니다!"

사두가 이 이야기를 끝냈다. 모두가 다른 이야기를 듣고 싶은 열망이 있어도 아무도 그에게 새로운 다른 이야기를 요청해 볼 용기가 생기지 않았다. 왜냐하면, 그런 이야기를 들려주면서 그 사두는 피곤한 걸음에서 벗어 날 수 있는 충분한 휴식을 취했기 때문이었다. 사두는 자리에서 일어나, 마을을 떠나기 위해 아주 위엄 있게 섰다. 곧 그의 작은 모습은 마을의 굽이진 곳에서 사라져 버렸다. 그러나 그는 혼자 걷고 있지 않았다. 밴드 아저씨가 그를 동반하고 있었다. 종교인이 어디로 가는지 밴드 아저씨는 궁금했고, 그 때문에 그는 그 마을 입구까지 그를 배웅했다. 사두는 자신의 앞으로의 여행을 이야기하면서, 밴드 아저씨에게 이젠 자신이 바라나시 Benareso[19]라는 도시로 - 그 신성한 갠지스 강가의 도시인- 곧장 지금 가는 길이라고 했다.

"그곳에서 나는 모든 죄를 완전히 씻는 것으로 나 자신을 맡기려고 합니다. 왜냐하면, 신성한 강물 만이 그 일을 할 수 있습니다."

그렇게 사두는 밴드 아저씨에게 작별 인사를 하면서 말했다.

마을로 돌아온 밴드 아저씨는 자신을 만나러 오는 파드마를 발견했다. 정말로 파드마의 머릿속에는 누군가에게서 대답을 하염없이 기다리고 있는, 다시 새로운 질문이 생겼나 보다.

"밴드 아저씨, 저 사두가 하신 말씀 전부가 진실인가요?"

밴드 아저씨는 그런 질문을 기대하지 않았다. 그리고 그 때문에 그는 순간 대답을 생각해야 했다.

"파드마, 네가 들은 이야기들은 만들어진 거예요. 진실이란 그런 이야기들 속에서 일어나는 일이 우리가 살아 있는 동안에도 일어난다는 걸, 그

---

19) 인도 북부 우타르프라데시 주 남동부에 있는 도시.

안에서 알아야만 해요. 그런 이야기들이 의도하는
목적은 그런 이야기들 속의 사람들이 자기만의 결
론을 꺼내야만 한다는 거예요. 그 때문에 그런 옛
이야기들은 도움이 되어요. 그 덕분에, 그런 이야
기들은 수천 년 동안 살아남았어요. 그리고 사람
들은 많은 자신의 실수들을 피할 수 있게 되기도
해요."

5. Geedziĝfesto

Tiun tagon multaj vilaĝanoj estis okupitaj ĉirkaŭ la domo en kiu loĝis Saroĝ kun siaj gepatroj. Por la vespero estis antaŭvidita la edziniĝo de Saraĝ. Por tio la domo estis ornamita per longaj girlandoj de floroj. Antaŭ la enirejo de la domo estis konstruita triumfarko el verdaj branĉetoj kaj folioj ornamitaj per flagetoj kaj buntaj paperoj.

Baldaŭ post la vesperiĝo sur la vojo proksime al la vilaĝo aperis malgranda grupo de gajaj viroj kaj virinoj. Ili alproksimiĝis akompanataj de du muzikistoj. Unu el ili ludis fluton, dum la alia akompanis lin per batado de la tamburo. Jam de malproksime la grupo estis videbla pro la brulantaj torĉoj kiujn kelkaj el ili portis en la mano. Kiam la grupo alproksimiĝis, inter ĉiuj elstaris alta, bonaspekta junulo. Li estis la fianĉo. Li estis facile rekonebla ĉar, laŭ malnova moro, li rajdis sur blanka ĉevalo. Li esis vestita per vestaĵo de malnova militisto. De lia blanka turbano pendis multaj ĉenoj el vitraj globetoj kaj aliaj ornamaĵoj kiuj kovris lian vizaĝon.

Kiam la gaja sekvantaro atingis la triumfarkon, aliris al ĝi la patro de Saroĝ kun unu akompananto. La fianĉo lerte saltis de la ĉevalo por saluti la domastron, tra la sono de muziko de la orkestro kiu ne ĉesis muziki.

Post kiam la fianĉo ĉiujn salutis, alproksimiĝis lia patro al patro de Saroĝ, ĉirkaŭprenis lin ĉirkaŭ la talion kaj levis lin tiel alten kiel li povis. Tuj poste aliris ankaŭ aliaj parencoj de la fianĉo kaj komencis levadi la familianojn de la fianĉino. Tiu amika reciproka leviĝado ŝajnis stranga al onklo Bend. Li petis Kumaron klarigi al li tiun moron. Kumar klopodis tion fari:

—Ili ŝajnigas luktadon de familio kontraŭ familio. La alvenintoj ŝajnigas ke ili perforte forkondukas la fianĉinon, dum ŝiaj gepatroj kaj parencoj ŝajnigas kvazaŭ ili volus defendi ŝin. Niaj prauloj vere batalis por junulinoj, kaj tia moro restis el tiuj foraj tempoj.

Intertempe la fianĉino eliris el la domo. Ŝia vizaĝo estis kovrita per ruĝa vualo kun oraj ornamaĵoj. Saroĝ, pli bela ol iam ajn antaŭe, alproksimiĝis al la fianĉo kun mallevita rigardo. Alveninte al li, ŝi metis ĉirkaŭ lian kolon girlandon de ruĝaj kaj flavaj floroj. Ankaŭ li ŝin ornamis per simila florgirlando. La gefianĉoj tiam eksidis sub tegmento el palmofolioj kaj la ĉeestantoj ilin superŝutis per rizo. La muzikistoj intertempe ne ĉesis sian muzikadon.

En la domo kaj en la apuda tendo ĉiuj trovis lokon por dormi. Matene, post rapida matenmanĝo, la festo rekomenciĝis. La gajan atmosferon subite interrompis krioj:

—Kie estas nia ĉevalo?...Mi ne vidas la ĉevalon!

Vilaĝanoj kaj gastoj tuj komencis serĉi la blankan ĉevalon.

—Kia honto! —ekkriis iu. La fianĉo devas nun iri hejmen piede kaj ne sur ĉevalo kiel estas kutimo.

Kompreneble, ĉevalo ne esas kudrilo, por povi facile perdiĝi. Ankaŭ la tero ne povis engluti ĝin.

Inter la ekscitita homamaso estis ankaŭ la vilaĝestro:

—Homoj, ni devas trovi la ĉevalon! Estus

granda honto ke ĉevalo malaperu en nia vilaĝo... Ni disiru en la vilaĝo por serĉi la ĉevalon! —Poste li komencis disdonadi instrukciojn kie oni devas serĉi la blankan ĉevalon de la fianĉo.

Kaj ĝuste kiam la homoj volis disiĝi por la granda serĉado, oni ekaŭdis la hufobatojn de ĉevalo kiu galope alproksimiĝadis. Ĉiuj ekrigardis al tiu flanko de kiu la sonoj venis. Efektive, freneze galopanta, alproksimiĝis al la domo de la fianĉino la blanka ĉevalo ornamita per florgirlandoj. Alveninte ĝis la homgrupo, la ĉevalo haltis kaj baŭme ekstaris sur siajn malantaŭajn piedoj. Nur kiam ĝi iom trankviliĝis, ellasante bruajn vaportufojn tra la naztruoj, la ĉirkaŭstarantaj homoj komencis serĉi la rajdanton.

—Filo mia! —interrompis la silenton la voĉo de iu virino. Ŝi estis Sita, la patrino de Virendra, la plej bona amiko de Padma.

Kelkaj viroj alkuris por depreni de la selo la rajdanton apenaŭ videblan, kuŝantan sur la dorso de la ĉevalo. Li tenis sin per ambaŭ manoj je la kolhararo de la ĉevalo. Oni trinkigis

al li iom da akvo. Virendra komencis
senkulpigadi sin per plorema voĉo:

—Mi volis...Mi nur iomete volis... —lia ploro
sufokis la vortojn.

—Bone vi faris, nun vi rajdis sufiĉe por
kelkaj jaroj, knabeto mia... —trankviligis lin
Kumar.

Iu donis signon al la muzikistoj, kaj ili
daŭrigis la muzikadon. Oni ankaŭ komencis
distribui la tagmanĝon. Ĉiu ricevis tason da teo,
kio estas konsiderata lukso en la eta vilaĝo.

En gaja atmosfero la tempo rapide pasis.
Onklo Bend sidis kun Kumar kaj interparolis
kun li pri la popolaj moroj dum geedziĝa festo.
Li elprenis notlibreton el la poŝo, kaj ĉiam
notis kion Kumar rakontis. Tiel li kutimis fari
ankaŭ en aliaj okazoj. Kaj kiam li troviĝis en
sia ĉambro, ofte oni vidis lin skribi tutajn
paĝojn en sia pli granda kajero. Kiam la
maljuna Dilip demandis lin kion li faras, li
respondis:

—Estas bone ke la homoj konu la aliajn, eĉ
se ili loĝas milojn da kilometroj de ili. Pro tio
mi notas ĉion kion mi vidas kaj kio al mi

ŝajnas interesa, kaj poste eble iam oni presos tion.

—Ho jes, tio estas bona por tiuj kiuj scias legi. Sed kion faru ni kiuj ne scias?

—Viaj filoj kaj nepoj lernu legi, kaj iru al lernejo, kaj poste ili laŭtlegu por vi.

—Tio estas bona ideo por lokoj kie ekzistas lernejo, sed vi scias do, ke en nia malgranda vilaĝo neniam estos lernejo, do.

La geedziĝa festo gaje daŭris dum la posttagmezo. Subite onklo Bend rememoris ion:

—Ĉu ne estus bele se ni denove povus rigardi dancistinon kiel antaŭ kelkaj semajnoj?

Tiuj sidantaj proksime de onklo Bend ekridetis je tiu lia rimarko. Vere, estus bele se iu ĉarma dancistino plibeligus ankaŭ tiun ĉi geedziĝan feston.

Oni ekrigardis lin mirigite. Li devus esti vera sorĉisto por trovi dancistinon, tie kie neniam estis dancistino, krom unu solan tagon.

Onklo Bend faris mansignon en la direkto de la nova domo, trans la strato. Samtempe, laŭ lia peto, la muzikistoj ekludis melodion tre konvenan por dancado. Ĉiuj rigardis en la direkto en kiun Bend signalis. De tie alproksimiĝis junulino kun la vizaĝo kovrita per ruĝa vualo, lulante sian korpon laŭ la ritmo de la muziko. La miro de la vilaĝanoj atingis sian kulminon, kiam la mistera dancistino alvenis antaŭ la vilaĝestro kaj kun kunmetitaj manoj kaj profunda kliniĝo omaĝis lin, kiel decas. La ĉeestantoj estis surprizitaj kaj demandadis unu la alian, de kie subite aperis tiu dancistino, kaj kiu ŝi fakte estas? Apenaŭ ŝi komencis danci, oni ekaŭdis mallaŭtan krion de Kumar, la gastiganto de Bend:

—Padma, filino mia!

Inter la ĉeestantoj ekestis murmurado interrompita de krietoj. Ĉiuj laŭ sia maniero miris kaj esprimis ŝaton al ŝia dancado. Ju pli vigla fariĝis la muziko, des pli gaje tintadis la tintiloj sur la piedoj de Padma. Kiel bela estis Padma... Kiel harmonie ŝi movadis la manojn kaj la kapon, kaj eĉ ŝiaj brovoj moviĝadis. Subite ŝi komencis salteti kaj eksaltis kvazaŭ ŝi tuj ekflugus tra la aero...

Ĉiuj estis ĉarmita. Eĉ pli ol antaŭ kelkaj semajnoj kiam vera dancistino dancis antaŭ ili.

Pluraj el ili miris ke tia dancistino povis naskiĝi en ilia vilaĝo.

Kiam la unua ekscitiĝo pasis, preskaŭ ĉiuj sin demandis, kiel kaj kiam ŝi lernis danci. La knabinoj kaj junulinoj el la vilaĝo estis precipe scivolemaj, ĉar por ili estis granda sekreto kie kaj kiel Padma sukcesis havigi al si tiel belan ornamitan vestaĵon, ornam—juvelojn, kaj tintilojn por la piedoj. La tuta knabino ŝajnis mistera, kaj ĉiu kiu ŝin ekrigardis devis emociiĝi. Nur onklo Bend ne partoprenis en la granda surprizo. Nur li sciis kiel Padma lernis danci "barata natjam[20]", la dancon kiun ŝi nun tiel bele prezentis. Nur li konis la sekreton de la robo de Padma, de ŝiaj juveloj kaj la tintiloj kiuj nun tiel gaje tintadis laŭ la ritmo de la eta geedziĝa orkestro.

Padma sciis nur solan dancon. Ĉar ĝi estis mallonga, ŝi ripetis ĝin. Ŝiaj manoj ankoraŭ foje estis birdoj "kiuj volas ekflugi", kaj "cervoj ĉe la fonto"... Ŝiaj saltoj estis tiom leĝeraj ke ŝajnis kvazaŭ ŝi ŝvebus. Kiam ajn ŝi eksaltis, onklo Bend vidis la rebrilon de la arĝenta

---

20) Unu el hindiaj tradiciaj dancoj.

ringego kiun Padma ricevis donace de la vera dancistino. Tiu ringego havis en tiuj momentoj magian povon.

Neniu en tiu ekscito rimarkis ke la knabino tie kaj jene eraris en la ritmo de la paŝoj, nek tion ke ŝi foje stumblis je malglataĵo de la tero kaj preskaŭ falis. Kaj kiu eĉ povus rimarki ke ŝiaj ludemaj manoj, kiam ili prezentis cervon trinkantan akvon ĉe la fonto, pli similas al kovkokino kiu bekfrapas ovojn. Neniu povis imagi –krom onklo Bend – ke ŝiaj belegaj vestaĵoj estis pecoj de jam foruzitaj roboj de tiu "vera" dancistino, kiuj onklo Bend elaĉetis, kaj Padma tre diligente lavis, gladis kaj kunkudiri.

Kadre de la surprizo kaj en la rapideco kiel ĉio okazis, la tuta spektaklo estis mirinda travivaĵo por ĉiuj vilaĝanoj.

La danco finiĝis. Padma kun kunmetitaj manplatoj kaj profunda kliniĝo salutis la spektantojn. Aparte ŝi riverencis al la gefianĉoj. Iom honteme ŝi aliris al sia patro kaj genuiĝis apud li. La patro embarasite karesis ŝian hararon. Tiam subite, kvazaŭ ŝi rememorus ion.

Rapide ŝi leviĝis kaj per la okuloj ŝi serĉis onklon Bend. Dum li kontenta ridetis, ŝi klinis sin antaŭ li. Poste ŝi ripetis tion antaŭ sia patrino.

Kelkajn horojn poste ĉiuj el la vilaĝo dormis post la amuzoj kaj ekscitoj de la tago. Ĉiuj, krom unu knabino kiu kuŝis sur sia lito sendorma kaj revanta. Inter la du etaj manoj ŝi premadis kaj karesadis grandan arĝentan ringon.

Ankaŭ onklo Bend ne ekdormis longe. Li pensadis pri knaboj kaj knabinoj en lia hejmlando kaj pri iliaj deziroj. Li fine ekdormis kontenta pro la fakto ke li povis kontribui ke almenaŭ parte realiĝu la revo de knabino en ĉi tiu fora lando, Hindio.

5. 결혼식

그날, 많은 마을 사람은 사로쥐와 그녀의 부모가 함께 사는 집 주변에서 분주했다. 그 날 저녁에 사로쥐의 결혼식이 있었다. 꽃으로 긴 화환을 만들어 그 집을 장식했다. 집의 출입구에는 싱싱한 나뭇가지들과 나뭇잎들로 개선문을 만들고, 사람들은 그 개선문을 작은 깃발들과 형형색색의 종이들로 장식했다.

저녁이 되자, 마을로 향하는 길 가까이서 남자들과 여자들이 곧장 즐겁게 무리를 지어 나타났다. 그들은 두 명의 악사를 데리고 왔다. 한 명은 피리를 불고, 다른 한 명의 악사는 북을 두들기며 피리 부는 이를 따라 왔다. 일행 중 몇 명이 손에 횃불을 들고 있어, 그 무리를 이미 멀리서도 볼 수 있었다. 무리가 다가오자, 그중에 키가 크고 잘생긴 청년이 돋보였다. 오늘 결혼할 약혼자였다. 그는 쉽게 구분될 수 있었다. 옛 풍속에 따라, 그는 하얀 말을 타고 있었기 때문이었다. 그는 옛 군인 복장을 한 채 왔다. 그의 하얀 터번에는 얼굴을 덮은 유리구슬들로 만든 많은 고리와 다른 장식물들이 매달려 있었다.

그 즐거워 보이는 일행이 개선문에 다다르자, 그 일행을 맞으러 신부인 사로쥐의 아버지가 한 사람을 데리고 다가갔다. 그치지 않은 오케스트라의 음악이 들려 오는 가운데, 이제 신랑이 장인어른에게 인사를 하러 자신이 탄 말에서 능숙하게 뛰어내렸다.

신랑이 기다리며 모여 있던 사람들에게 인사하였다. 그러자, 신랑 아버지가 신부 아버지에게 다가가 신부 아버지의 허리를 붙잡더니 자신이 할 수 있는 한 높게 들어 올렸다. 곧이어 신랑의 다른 친척들이 다가서더니, 신부의 다른 가족들을 높이 들어 올렸다. 이 우호적인 서로 들어 올리는 광경은 밴드 아저씨에겐 이상하게 비쳤다. 그는 쿠마르에게 이 풍습을 설명해 달라고 요청했다. 쿠마르는 이를 설명해 주려고 애썼다:

ㅡ저이들은 신랑 가족 대 신부 가족 간의 씨름을 하는 체합니다. 다가선 사람들은 자신들이 강제로 신부를 데려가는 체합니다. 한편 신부 부모와 가족은 자신들이 그런 신부를 뺏기지 않으려고 막는 체합니다. 선조들은 정말 저런 아가씨들을 보호하기 위해 싸웠기에 이 풍습은 저 먼 시대에서부터 오늘날까지 남아 있지요.

그러는 동안 신부 사로쥐가 이제 자신의 집 안에서 나왔다. 신부 얼굴은 금빛 장식을 한 채, 붉은 면사포로 가려져 있었다. 어느 때보다 더 예쁜 모습의 신부는 자신의 눈길을 아래로 한 채, 신랑에게 다가갔다. 신랑에게 다가간 신부는 신랑의 목에 노란 꽃과 붉은 꽃으로 만든 화환을 걸어 주었다. 신랑도 신부에게 비슷한 화환을 걸어 주었다. 신랑 신부는 그때야 야자수 잎으로 만든 지붕 아래 앉았다. 그리고 참석자들은 오늘의 신랑 신부에게 쌀을 뿌려 주었다. 악사들은 그동안에도 자신의 음악을 멈추지 않았다.

그날 밤의 그 집과 또 인근의 텐트에서 모두 잠자기 위한 자리를 잡았다.

다음 날 아침, 서둘러 아침 식사를 한 뒤에도 잔치가 계속되었다. 그런데 그 유쾌한 분위기는 갑작스러운 외침으로 중단되었다.

"우리 말이 어디 있지?. 우리 말이 보이지 않아요!"

그 외침에 마을 사람들과 손님들은 모두 그 없어진 하얀 말을 찾기 시작했다.

"이런 부끄러운 일이!"

누군가 외쳤다.

"말이 없으면 신랑이 집으로 걸어가야만 하는데. 풍속에 따라, 말을 타고 갈 수 없다니."

물론, 말은 쉽게 잃어버릴 수 있는 바늘 같은 존재가 아니었다. 마찬가지로 땅도 그 동물을 집어삼킬 수 없었다.

흥분된 군중 속에는 마을 이장도 있었다.

"여러분, 우리가 그 말을 꼭 찾읍시다! 말이 우리 마을에서 없어졌다는 것은 아주 수치스러운 일입니다. 우리가 흩어져 말을 찾으러 갑시다!"

그리고는 그는 신랑이 데려온 하얀 말이 갈만한 곳을 알려 주기 시작했다.

그 사람들이 일제히 수색하러 헤어지려는 바로 그 순간, 말발굽 소리를 내며 다가오는 말의 소리를 들을 수 있었다. 모두는 그 소리가 나는 쪽으로 눈길을 보냈다. 실제로, 화환들로 장식된 하얀 말이 신부의 집 쪽으로 미친 듯이 달려오고 있었다. 사람들이 모여 있는 곳까지 온 말은 그곳에서 앞발을 높이 쳐든 채, 뒷발을 이용해 섰다. 말은 그렇게 뒷발로 선 채, 자신감으로 충만한 채 또 꽃으로 장식된 채 섰다. 말이 자신의 콧구멍을 통해 갈색의 콧김을 내보내며 진정해지자, 그제야 주변에 섰던 사람들은 그 말을 타고 있는 사람이 누구인지 알아차리게 되었다.

"아들아!"

어느 여자 목소리가 침묵을 깼다. 그 여자는 파드마의 가장 친한 친구인 뷔렌드라의 어머니인 시타였다.

남자 몇이 말 등에 앉아 있는, 보일락 말락 하는 소년을 말안장에서 내리게 하려고 달려갔다. 소년은 말 목덜미의 머리칼을 양손으로 쥐고 있었다.

사람들은 그에게 물을 조금 마시게 했다. 뷔렌드라는 울먹이는 듯한 목소리로 다가갔다.

"해 보고 싶었어요……. 제가 조금 해 보고 싶었어요……."

그의 울음은 하고픈 말을 삼켰다.

"잘 했어. 이제 너는 몇 년 동안 충분히 말을 탄 것 같구나, 애야……."

그렇게 그 아이를 안심시킨 이는 쿠마르 였다.

누군가 악사들에게 신호를 보내자, 곧 곡이 연주되었다. 사람들은 이젠 점심을 나눠 먹기 시작했다. 모두 한 잔의 차를 받았다. 그것은 이 작은 마을에서 사치처럼 보이는 것이다.

유쾌한 분위기 속에 시간은 빨리도 지나갔다. 밴드 아저씨는 쿠마르 옆에 앉아 결혼식 풍습에 대한 민속 이야기를 계속 듣고 있었다. 그는 호주머니에서 작은 수첩을 꺼내, 쿠마르가 말해 주는 모든 것을 기록했다. 그렇게 그는 다른 기회들에서도 일상적으로 그렇게 하듯 했다. 또 그가 자신의 방으로 들어가면, 자주 더 큰 공책의 여러 페이지에 걸쳐 뭔가 써 내려 가는 것을 사람들은 볼 수 있었다. 나이 많은 딜리프Dilip가 그에게 뭘 하는지 묻자, 그는 이렇게 대답했다.

"세상 사람들이 비록 수천 킬로미터 떨어져 살아도 서로를 잘 이해하게 되면 좋습니다. 그 때문에 저는 제가 본 것, 그중 흥미로운 것을 적어두면 나중에 언젠가 이를 바탕으로 책을 만들 수 있습니다."

"오, 그렇군요. 그건 글을 읽을 줄 아는 이들에겐 좋겠네요. 그런데 글을 읽지 못하는 우리에겐 무슨 소용이 있나요?"

"어르신의 아들과 손자들이 읽는 법을 배우고, 학교에 가고, 그러면 나중에 어르신을 위해 큰 소리로 읽어 드릴 겁니다."

"그건 학교가 있는 곳에서는 좋은 생각이지만, 선생이 보다시피, 우리같이 작은 마을에는 앞으로 절대로 학교란 세워지지 않을 거요."

결혼식은 유쾌하게 오후까지 계속되었다. 갑자기 밴드 아저씨는 뭔가를 기억해 냈다;

"우리가 몇 주 전에 본 무용수를 다시 볼 수 있다면 아름답지 않겠어요?"

밴드 아저씨 옆에 앉아 있던 사람들은 그런 그의 주장에 살짝 웃음을 내보였다. 정말이다. 만일 어느 매력적인 무용수가 이 결혼식을 더 아름답게 빛나게 해 준다면 멋진 일일 것이다.

"제가 찾아보겠어요. 제가 누군가를 찾을 수 있을 겁니다."

그렇게 조금 농담을 깃들어 밴드 아저씨가 말했다.

사람들은 그를 놀라 쳐다보았다. 그는 지난날의 그 날 하루 외에는 한 번도 무용수가 없었던 곳에서 무용수를 찾아내는 진짜 마술사가 되어야 했다.

밴드 아저씨는 도로 건너편의 새로 짓고 있는 집 쪽으로 손짓을 했다. 동시에, 그의 요청에 따라, 악사들이 춤추기에 아주 편한 멜로디를 연주하기 시작했다. 모두는 밴드가 손짓하는 쪽으로 쳐다보았다. 그곳에서 붉은 면사포로 얼굴을 가린 한 아가씨가 음악의 리듬에 맞춰 자신의 몸을 흔들며 다가오고 있었다. 신비스러운 무용수가 두 손을 모은 채, 또 존경받기에 적당한 마을 이장에게 몸을 깊숙이 숙여 인사하자 마을 사람들의 놀라움은 최고조에 다다랐다. 참석자들은 깜짝 놀라, 갑자기 저 무용수가 어디에서 나타났는지 또 저 무용수가 실제로 누군지 서로에게 물었다. 무용수가 춤을 시작하자, 사람들은 밴드 아저씨를 머무르게 해준 집주인 쿠마르가 외치는 소리를 들었다.

"파드마, 내 딸이네!"

청중들은 그 작은 외침으로 중단된 소곤거리는 소리를 다시 이어갔다. 모두는 자신의 방식대로 파드마가 추는 춤에 호의적인 감정을 드러냈다. 음악이 더 활발하면 할수록, 더욱더 유쾌하게 파드마의 두 발에서는 방울들이 딸랑딸랑 소리를 냈다. 파드마의 모습은 얼마나 아름다운가…. 파드마는 자신의 두 손과 머리를 조화롭게 움직였고, 또 그녀의 두 눈썹이 얼마나 조화롭게 움직이는가. 갑자기 소녀는 마치 자신이 공중에서 곧장 날기라도 하듯이 살짝 뛰어오르기를, 뜀뛰기 시작했다.

모두가 매료되었다. 진짜 무용수가 그들 앞에 춤추었던 몇 주 전보다도 더욱더. 그들 중 몇 명은 그런 무용수가 자신들의 마을에서도 태어날 수 있음에 놀라워했다.

첫 번의 흥분이 가시자, 모두는 도대체 파드마가 언제 어떻게 춤을 배웠는지 서로 물어보았다. 마을의 소녀들과 아가씨들이 더 궁금해했다. 그들에겐 파드마가 그렇게 아름다운 의복과 장식용 보석과 발에 쓰인 방울들을 갖게 된 것이 더 궁금했다. 파드마의 전체 모습이 신비했다. 소녀를 보게 된 모두는 감동할 만했다. 밴드 아저씨만 그 대단한 놀라움에 동참하지 않았다. 그만 파드마의 의복과 소녀의 보석과, 지금까지 이 작은 결혼식 오케스트라의 리듬에 따라 그렇게 유쾌한 소리를 낸 방울들에 대한 비밀을 알고 있었다.

파드마는 인도의 전형적인 전통춤 중 하나인 '바라트 나티얌'이라는 그 한 가지 춤만 알고 있었다. 왜냐하면, 그 춤은 짧아, 그 춤만 되풀이했다. 그녀의 두 손은 여러 번 '날고 싶어 하는' 새의 모습이었고, '샘가에 물 마시러 온 사슴들'의 모습이었다…. 소녀의 뜀뛰기는 그렇게 가벼워, 마치 소녀가 공중에 떠 있는 것 같은 모습이었다. 소녀가 새로 뜀뛰기를 할 때마다, 밴드 아저씨는 파드마가 진짜 무용수로부터 선물로 받은 큰 은반지가 반짝거리는 모습을 볼 수 있었다. 큰 은반지는 순간마다 마술의 능력을 갖추고 있었다.

흥분 속에서 아무도 소녀가 여기저기 발걸음의 리듬에서 실수했는지를, 또 소녀가 간혹 땅의 거친 자리에서 넘어졌거나, 거의 넘어질 뻔했음을 알지 못했다. 그리고 소녀의 놀이를 좋아하는 손길이, 그 손길이 샘가에서 물을 마시는 사슴을 표현할 때의 모습이 알을 부리로 깨뜨리는 암탉의 모습에 더 비슷하였다 해도 이 점도 알아차리지 못했다. 무겁고 큰 은반지가 뜀뛰기 할 때마다 언제나 파드마의 발목을 아프게 한다는 것도 예측할 수 없었다. 파드마가 날 수 있는 능력에서 여전히 아주 멀리 와 있음을 스스로 느끼고 있는 것도 아무도 추측할 수 없었다. 그리고 그것조차도 아무도 알 수 없었다. ―밴드 아저씨를 제외하고는―. 그녀의 아주 아름다운 의상은 그 '진짜' 무용수의 이미 낡은 의상 일부임을. 그 의복은 밴드 아저씨가 몰래 사 두었고, 파드마가 아주 열심히 세탁하고, 다림질하고 또 꿰맨 것임도.

그런 놀라움을 별도로 하고, 또 이 모든 일이 순식간에 벌어진 것은 별도로 하고도 그 전체 장면은 모든 마을 사람들에겐 아주 놀라운 체험이 되었다.

이제 춤은 끝났다. 파드마는 두 손을 합장하며 몸을 깊숙이 숙여 관중에게 인사했다. 특별히, 파드마는 신랑 신부에게 정중한 인사를 했다. 좀 부끄러워하면서 파드마는 자신의 아버지에게 다가가, 아버지 옆에 무릎을 꿇었다. 아버지는 당황하여 딸의 머리카락을 쓰다듬어 주었다. 그때 갑자기, 마치 소녀는 뭔가가 생각난 듯했다. 황급히 파드마는 자리에서 일어나, 두 눈으로 밴드 아저씨를 찾고 있었다. 밴드 아저씨가 만족한 듯이 웃음을 보이자, 파드마는 그의 앞에 몸을 숙여 인사했다. 나중에 소녀는 자신의 어머니에게도 몸을 숙여 인사했다.

몇 시간이 흐른 뒤, 모든 마을 사람들은 오늘 하루의 즐거움과 흥분을 뒤로하고 잠자리에 들었다. 자신의 침대에서 잠을 못 이룬 채 꿈꾸고 있는 한 소녀를 제외하고 말이다.

그 작은 두 손 사이에 파드마는 큰 은반지를 잡기도 하고, 쓰다듬기도 하였다.

밴드 아저씨도 오랫동안 잠자리에 들지 못했다.

그는 자신의 고국에 사는 소년 소녀들이 생각났고, 그들의 꿈도 생각났다. 그는 마침내 자신이 먼 외국의 나라인 인도에서 한 소녀의 꿈을 부분적으로 실현할 수 있게 되는 일에 조금이라도 도움이 되었다는 그 사실로 적어도 만족하며 잠을 청했다.

6. La Malkovro de Nova Fantomo

Onklo Bend bedaŭris ke tiel inteligentaj geknaboj kiaj estas Padma kaj Virendra ne povas iri al lernejo ĉar la plej proksima lernejo troviĝas en la urbeto Udajanagar[21], je dudeko da kilometroj for de Kondapur. Pro tio la fremdulo proponis al iliaj gepatroj, ke li volonte klopodos enskribi ilin en la lernejon de tiu urbeto. Iliaj gepatroj konsentis, kaj la infanoj estis entuziasmaj pri la ideo. Ili kun senpacienco atendis la tagon kiun onklo Bend fiksis por iri al Udajanagar por la enskribiĝo.

Tiun fiksitan tagon Padma kaj Virendra leviĝis tre frue. Ili ne povus dormi pli eĉ momenton pro la ekscitiĝo. Post rapida matenmanĝo ili ekmarŝis kune kun onklo Bend. Tio estis por ili la unua vizito al iu urbeto.

Apenaŭ la triopo eliris al la ĉefvojo, en la vilaĝo oni komencis paroli pri ili. Ilia foriro estis ne nur la plej grava evento de la tago, sed io kio neniam antaŭe okazis en Kondapur.

La gepatroj de Padma estis tre fieraj ĉar

---

21) 인도 카르나타카 주 방갈로레 시내에 위치한다.

ilia gasto el fora lando tiel amikiĝis kun ilia filino, ke li pri ŝi okupiĝis kaj kuraĝigis en multaj aferoj. Kaj fine nun li ŝin elektis por konduki ŝin en la lernejon, kaj fari el ŝi la unuan skribokapablan knabinon en la vilaĝo. Tio estis por ili granda honoro kaj plezuro. Sian fieron ili ne kaŝis en la interparolo kun la vilaĝanoj. Verdire ili tre zorgis pri tio, kiel ŝi sentos sin for de siaj gepatroj, de kiuj ĝis nun ŝi neniam disiĝis.

Pro tio ili plendis al kelkaj najbaroj. Tie aperis ankaŭ Sita, la patrino de Virendra.

—Mi ne scias kion diros pri tio mia edzo, kiam li post kelkaj tagoj revenos de la vojaĝo, sed mi esperas ke li aprobos mian decidon konsenti kun la propono de la fremdulo. Ankaŭ mi estas fiera same kiel Kumar, ke la gasto elektis ĝuste mian filon por enskribi lin en lernejon. Fakte mia knabeto ĉiam estis saĝa, por diri la veron. Iom ludema kaj petolema, sed eble nur por tio, ĉar estas por li enue ĉiam konduti bone. Sed neniam li estis malica aŭ nehonesta. Mi kredas ke en la lernejo li lernos ne nur legi kaj skribi, sed ankaŭ multajn aliajn aferojn kiujn scias homoj en la urboj. al mi ŝajnas ke tiu ĉi estis la unika okazo por ke iu el nia vilaĝo fariĝu instruita homo. Kaj al onklo Bend ni devas esti dankemaj ke li tion ebligis al ni.

—Kia "onklo Bend", —enmiksiĝis en la konversacion Raĝap, pli juna vilaĝano kun ŝirita ĉemizo kaj malpura dotio. —Kiu scias, kia estas lia vera nomo, kaj de kie li venis! Kaj kio estas la plej grava, kial li fakte venis ĉi tien! Tio ke li ekŝatis ĝuste nian vilaĝon, tion povas kredi al li nur naivuloj! Vi transdonis viajn infanojn al iu fremdulo, al nekonatulo, kaj vi scias nek kien li kondukis ilin nek pro kio! Ĉu vi neniam aŭdis ke ekzistas homoj kiuj forŝtelas alies infanojn kaj vendas ilin kiel sklavojn, aŭ kripligas ilin kaj devigas almozpeti por ili? Kiu scias kia sorto atendas viajn infanojn en iu fora lando! Kun tiu Bend kvazaŭ diablo estus enirinta en nian vilaĝon! Kaj antaŭe ni vivis tiel trankvile!

Ĉiuj eksilentis. Fine ekparolis Dilip, kiu elstaris per sia alteco kaj sia verda turbano:

—Al mi, do, estis ĉiam strange, ke kiam ajn

mi preterpasis lian ĉambron, li ĉiam sidis interne kaj skribis ion. Kian diablon, do, iu povas havi por ĉiam skribi, do. Al mi tio ĉiam estis suspektinda.

—Ŝajnas ke li skribas ĉion kion ni interparolas, kvazaŭ iu spiono —diris la malhelhaŭta Kriŝna. —Min tute ne surprizus se morgaŭ venus al nia vilaĝo la polico kaj arestus nin ĉiujn pro tio kion ni parolis.

—Sed mi nenion parolis kontraŭan al la leĝoj, —tuj konstatis Kumar.

—Neniu el ni faris tion, —respondis Dilip. —Sed kiu, do, scias kion notadis tiu fremdulo.

De ie aŭdiĝis mallaŭta plorsingultado. Tiu estis la voĉo de Arunah, la patrino de Padma, kiu jam pensis pri ĉio plej malbona.

La interparolo fariĝis pli laŭta kaj pli akra, kaj ĝi dividis la vilaĝanojn en du partojn. Dum iuj atakadis Bendon kaj diris pri li ĉion plej malbonan, kvankam ili havis nenian pruvon pri tio ke li faris ion ajn malican, aliaj lin defendadis, iom singardema, kun hezito, ĉar fakte ankaŭ ili havis neniam pruvon pri liaj bonaj intencoj.

Ŝajnis ke tuj ekestos interbatado inter la vilaĝanoj.

—Sed kial ni disputas, Bend ankoraŭ ne foriris. Ĉi tie en la ĉambro estas ĉiuj liaj aĵoj, kaj li devos reveni por preni ilin.

—Jes, ĉi tie estas lia valizeto kun kelkaj libroj kaj amaso da plenskribitaj paperoj, kiujn nur li scipovas legi. Se li havis iujn malbonajn intencojn, sen tiuj paperoj li ankoraŭ povos vivi.

Kaj dum la vilaĝanoj dividiĝis en amikoj kaj kontraŭuloj de Bend, la tri vojaĝantoj, eĉ ne konjektante kio okazas en la vilaĝo, iom post iom mallongigadis la distancon al Udajanagar.

Kvankam la pejzaĝo tra kiu ili pasis ne multe diferencis de tiu en kiu ili loĝis, al Padma kaj Virendra ŝajnis vidi neordinarajn kaj interesajn lokojn. Oni devas konfesi, estis kelkiu nova jam en la komenco de la vojo. Virendra rimarkis sur la flanko de iu monteto malgrandajn pecetojn de kampo semitajn per rizplantoj. La etaj kampoj aspektis kvazaŭ longaj balkonoj pendantaj unu super la alia. Tiuj etaj kampoj alvokis lian atenton kaj admiron.

Simiojn ili vidis ankaŭ en sia propra vilaĝo.

Sed nun tiuj simioj, kiujn ili renkontis en la kamparo, ŝajnis al Padma pli viglaj, pli gajaj kaj petolemaj ol aliaj. La tri vojaĝantoj ekhaltis por momento, por observi kiel unu simia patrino nutras sian bebon per pecetoj de la frukto mango. Estis kortuŝe rigardi kiel pacience la simieto atendas sian vicon por ricevi peceton da frukto. Ĝi vere kondutis kiel bone edukita infano.

La suno jam troviĝis alte sur la ĉielo, kiam ili alvenis al malnova tombejo. Tiu tombejo ekestis en malnovaj tempoj, kiam ankoraŭ Mogula[22]j reĝoj regis super Hindio. Ĉar Padma kaj Virendra neniam vidis tian tombejon, onklo Bend haltis por klarigi al ili:

—La Moguloj estis mahomedanoj laŭ religio. Ilia religo ordonas, ke siajn mortintojn ili enterigu kaj sur la tombon metu ŝtonan signon kun surskribo, por ke oni ĉiam sciu kiu estas sur tiu loko enterigita.

Al la geknaboj tiu moro ŝajnis stranga. Ĉar en ilia vilaĝo nur hinduoj loĝas, kaj neniam enterigas la mortintojn, sed bruligas ilin. Poste

---

22) periodo 1526~1857 en Hindio

iliajn cindrojn oni disŝutas super iu rivero.

Marŝante tiel en vigla interparolo, la vojaĝantoj eĉ ne rimarkis kiam ili alvenis al la urbeto Udajanagar.

Ili tuj iris al la lernejo, kaj tie serĉis la instruiston. Por la du geknaboj tiu estis la unua renkonto kun lernejo. Ili rigardis per larĝe malfermitaj okuloj kiel la infanoj sidas en la lernoĉambro.

Kiam aperis la instruisto, la alvenintoj tuj rimarkis kiel ordema kaj pura estis lia vestaĵo. Li portis longan blankan ĉemizon, mallarĝan blankan pantalonon, kaj sur la piedoj li uzis malpezajn sandalojn. Onklo Bend flankeniris kun la instruisto, kaj ion longe interparolis kun li. Fine Padma kaj Virendra povis aŭdi la instruiston diri:

—Estas en ordo, sinjoro Bend. Nun alproksimiĝas la festoj, kaj ni havos feriojn. Sed tuj kiam la instruado rekomenciĝos, ili ambaŭ povas veni en la lernejon. Mi mem trovos por ili loĝejon, kaj ankaŭ familion en kiu ili povas havi nutraĵon. Se iliaj gepatroj povos sendi al la familio iom da rizo kaj legomoj, ĉio estos en ordo.

Tie la instruisto haltis, kvazaŭ li ekmemorus ion. Kun rideto survizaĝe li daŭrigis:

—Vi scias, nun estas tagmezo, kaj estus bone ke vi ĉiuj iom ripozu kaj tagmanĝu ĉe mi.

En Hindujo plej varmaj estas la posttagmezaj horoj. Pro tio la instruisto proponis ke liaj gastoj iom ripozu post la tagmanĝo, kaj ke ili poste ekiru por vespere atingi sian vilaĝon.

Padma kaj Virendra ekkuŝis sur maton, sed ili longe ne povis ekdormi pro ekscita vizito al la lernejo, kaj ankaŭ por la multaj interesaĵoj kiuj ĉirkaŭis ilin. La puraj blankaj muroj de la ĉambro de la instruisto kaŭzis ilian admiron, kiel ankaŭ la multkoloraj bildoj kiuj troviĝis sur la muroj. Sed ili pleje admiris la grandan bretaron kun multaj libroj, kaj la terglobon kiu staris en la angulo de la ĉambro.

Kiam pasis la plej intensa varmego, la triopo preparis sin por ekiri. Ili dankis al la instruisto la gastamon kaj post adiaŭo ekmarŝis al Kondapur. Kiam ili estis en la centro de la urbeto, onklo Bend diris:

—Mi devas aĉeti kelkajn aĵojn. Intertempe vi

iru malrapide, kaj poste mi atingos vin. Baldaŭ aperos la luno, kaj mi esperas ke vi ne timas solaj sur la vojo.

Bend rapide aĉetis ĉiujn aĵojn kiujn li bezonis. Tuj poste li ekrapidis por atingi la geknabojn. Kiam li atingis la kamparon, la plenluno jam vaste lumigis la pejzaĝon per sia arĝenta duonlumo. Ili verŝajne iris tre rapide, ĉar li jam marŝis preskaŭ unu horon, kaj ankoraŭ ne atingis la geknabojn. Kiam li jam komencis zorgi pri ili, subite li ekvidis unu el la infanoj kurantan renkonte al li.

—Onklo Bend, onklo Bend, — kriis Padma per plorema voĉo, alproksimiĝante. Ne iru tiun ĉi vojon!

Onklo Bend haltis embarasita. Malantaŭ Padma li vidis Virendron. Li verŝajne estis tiel timigita, ke li ne povis eĉ vorton elparoli.

—En tiu tombejo tra kiu ni pasis ĉi matene, ni vidis ion strangan... pri kiu mi scias ke ne estas fantomo, ĉar vi diris ke spiritoj kaj fantomoj ne ekzistas, sed mi ne scias kio ĝi estas! —diris Padma, nun jam tute proksime al onklo Bend.

Intertempe atingis ilin ankaŭ Virendra. Per ploranta voĉo li decide konfirmis la vortojn de Padma; Ili ambaŭ vidis teruran fantomon!

—Ne estas vero, —diris la knabino —ni ne povis vidi fantomon, ĉar tiaj ne ekzistas. Tio devis esti io alia... Mi ne scias kio ĝi povus esti. Ĉu vi scias kion, Virendra, plej bone estos se ni mem tion esploros!

—Ne, ne, mi ne iras tien, ĉu vi estas freneza! —baraktis la knabo timigita.

Sed Padma kunigis sian tutan kuraĝon, prenis je la mano onklon Bend kaj diris per tremanta voĉo:

—Onklo Bend, mi volas ke ni eltrovu kio estas tio kio aspektas kiel fantomo. Vi instruis min ke fantomoj ne ekzistas, kaj se io tia aperas, plej bone estas esplori pri kio temas.

—Vi pravas, Padma. Do, ni ekiru malrapide kaj ni eltrovos la veron.

Padma ekiris antaŭe, per malrapidaj kaj singardemaj paŝoj, kvazaŭ ŝi estus marŝanta sur ovoj. Malgraŭ la timo kiun ŝi sentis, ŝi ne volis halti en la entrepreno. Onklo bend tenis ŝian manon, kaj tra ĝia tremado li povis senti kiel ekscitite batas ŝia koro. Subite, je dudeko da paŝoj de ili, io blanka ekmoviĝis, per grandaj skuoj, kaj ĉiu skuo estis akompanata de la sonoj de iu sonorilo.

La knabino haltis por momento. La forta ektremo de ŝia mano sciigis al onklo Bend ke ŝia ekscitiĝo alvenis al la kulmino.

—Ĉi tie fakte troviĝas io, kio moviĝas, kaj ni baldaŭ vidos kio ĝi estas, —diris Bend. —Ĉu vi volas ke mi iru antaŭe?

—Ne, mi ne volas. Mi ne volas timi, ĉar mi scias ke fantomoj ne ekzistas. Mi volas esti kuraĝa... kiel vi instruis min. —Ŝi eĉ forte premis la grandan manon de sia amiko, kaj pluiris, malrapide, eĉ pli singarde. Dum la tuta tempo Virendra estis duonmorta pro timo. Li firme tenis la randon de la jako de onklo Bend kaj kun fermitaj okuloj iris post li paŝon post paŝo.

Padma iris antaŭen, kvazaŭ magie altirata de la tintado de la sonorileto. Ŝi stumbladis je la tomboj kaj frapadis per la piedoj ŝtonkolonojn. Eble ŝi eĉ sangvundis sin ie, sed ŝi ne volis halti, ŝi devis iri antaŭen, pli kaj pli. Subite la sono estis aŭdebla de tute proksime. Se la fantomo vere ekzistas, ĝi devas troviĝi preskaŭ je manatingo. Tamen momente estis nenio videbla, krom la tomboŝtonoj, al kiuj la lunlumo donis strangan grizblankan brilon.

Subite Padma haltis. Tra ŝia tuta korpo trairis forta ekstremo. Inter la tomboŝtonoj ŝi ekvidis ion blankan kio moviĝas. Ankaŭ onklo Bend vidis la samon. Feliĉe neniu el ili kredis je fantomoj, ĉar en la kontraŭa kazo ili povus morti pro timego. Padma haltis por momento kaj pripensis, ĉu ŝi daŭrigu la proksimiĝon al tiu blanka mistera objekto inter la malnovaj tomboŝtonoj. Ŝi ĵetis rigardon supren, al la lunlumigita vizaĝo de onklo Bend. En ĝiaj decidaj trajtoj ŝi trovis kuraĝigon...kaj ekiris antaŭen. Sed nur du paŝojn. Tiam ŝi firme haltis, Per voĉo apenaŭ aŭdebla ŝi diris:

—Tio estas ĉevalo... onklo Bend, tio estas ĉevalo!

—Vi pravas, Padma. Nia hodiaŭa fantomo estas nenio alia ol ordinara ĉevalo. Blanka ĉevalo. —Kaj ankaŭ en lia voĉo estis rimarkebla nekutima ekscitiĝo.

Post tiuj vortoj li kun iom da peno transpaŝis kelkajn ŝtonmonumentojn kiuj kuŝis inter li kaj la "fantomo", li ekprenis la blankan ĉevalon je la ŝnuro kiu pendis de ĝia kolo kaj alkondukis ĝin al la vojeto. Nun ankaŭ Virendra kolektis kuraĝon por malfermi la okulojn. Li ne povis kredi al si mem ke tio estas nenia fantomo, sed vera vivanta ĉevalo.

La mistero baldaŭ fariĝis klara. Ĝia posedanto verŝajne lasis la ĉevalon por sin paŝti en la tombejo, loko kie abunde kreskas la herbo, kaj ligis ĝiajn antaŭajn piedojn, por ke ĝi ne povu foriri malproksimen. Tiel, kun la piedoj ligitaj, ĝi ne povis foriri, sed nur moviĝi per saltetoj. Ĉirkaŭ la kolo la mastro metis al ĝi rimenon kun sonorileto, por aŭdi ĝin la sekvantan matenon, kiam li venos serĉi ĝin.

Dum ili daŭrigis la marŝadon, la sola temo estis la spiritoj kaj fantomoj. Onklo Bend konis multajn rakontojn el kiuj estis klare videble, ke tiaj aferoj ekzistas nur en la imago de la homoj, precipe de tiuj, kiuj malmulton scias pri la naturo, kaj estas tre kredemaj. Padma kaj Virendra promesis, ke ili rakontos al siaj

geamkoj, kiel ili ektimis de ordinara blanka
ĉevalo, kaj ke fantomoj vere ne ekzistas. Ĉar ili
mem povis konstati kiel ekestas rakontoj pri
fantomoj. Se ili ne havus la kuraĝon esplori la
"fantomon' ĝis la fino, la morgaŭan tagon en la
vilaĝo oni rerakontadus la okazaĵon, kaj ĉiuj
estus certaj ke en la malnova tombejo aperadas
blanka fantomo kun sonorileto.

Ili estis tion okupitaj per la rakontado, ke ili
eĉ ne rimarkis la alveno al Kondapur. Subite ili
troviĝis sur la eniro al la vilaĝa strato.

Padma ekhavis la senton ke tiun vesperon
okazis en ŝia vivo io tre grava: ŝi venkis la
timon en sia animo, kaj ankaŭ la antaŭjuĝojn. Ŝi
havis la senton ke tiun tagon ŝi fariĝis
plenkreska kaj ne plu estas infanino.

En Kondapur la alvenantojn atendis nekutima
vidaĵo. En tempo kiam kutime la vilaĝon jam
kovras profunda nokta kvieto, nun la vilaĝanoj
troviĝis en grupoj sur la strato, lumigitaj per
porteblaj petrollampoj. Iuj kriadis ion
nekompreneblan, aliaj ion grumblis, dum triaj
rigardis fikse la alvenantojn, ne kredante al siaj
okuloj, persiste provante en la mallumo diveni

ĉu tiuj vere estis la personoj kiuj ili estis atendantaj.

La patrinoj de Padma kaj de Virendra alkuris por ĉirkaŭbraki siajn filon kaj filinon, kaj Arunah eĉ laŭte ekploris dum ŝi kisadis sian filineton. Ŝi tuj kondukis ŝin hejmen por enlitigi ŝin, kio al ŝi certe bonvenis, post la ekscitaj eventoj de la tago. Ankaŭ Virendra tuj iris hejmen kun sia patrino.

Onklo Bend iom miris pri la homaj grupoj, diskutantaj pri io, sed li estis tro laca por interesiĝi pri tio, kio okazas en la vilaĝo. Laŭ la koleraj vizaĝoj de kelkaj, kiujn li rimarkis je la flaveta lumo de la lampoj, li povis konjekti ke temas pri iu malagrabla okazintaĵo, sed li ne povis eĉ imagi ke li mem estis la centro de la diskuto. "Ĉion mi ekscios morgaŭ", li diris al si mem. Li rekte iris al sia ĉambro, kaj baldaŭ ekdormis, kontenta pro la sukceso de tio kion li entreprenis tutan tagon.

6. 새 귀신의 정체를 밝히다

콘다푸르 마을에서 가장 가까운 학교가 20㎞ 떨어진 작은 도시 우다야나가르[23]Udajanagar에 있다. 밴드 아저씨는 파드마와 뷔렌드라처럼 총명한 소년 소녀가 학교에 갈 수 없다는 사실을 알고 못내 안타까워했다. 그 때문에 그 이방인은 이 소년·소녀의 부모에게 자신이 소도시로 이 아이들을 입학시켜 보겠다고 제안했다. 그러자 부모들은 동의하였고, 아이들도 자신들이 학교 갈 수도 있다고 기대에 부풀었다. 그 가족들은 밴드 아저씨가 입학 절차를 밟으러 우다야나가르로 갈 날을 정하기만 기다리고 있었다.

그렇게 해서 날짜가 잡혔다. 그 정한 날, 파드마와 뷔렌드라는 아주 일찍 일어났다. 그들은 흥분이 되어 한순간이라도 더 잠 잘 수가 없었다. 그들은 서둘러 아침을 먹은 뒤 밴드 아저씨와 함께 길을 나섰다. 그들에겐 작은 도시로의 첫 나들이였다.

세 사람이 마을을 출발해 중심 도로로 나서자, 마을의 남은 사람들이 그들에 대해 말하기 시작했다. 그들의 떠남은 그 날의 가장 중요한 사건일 뿐 아니라, 콘다푸르 마을에서는 이전엔 한 번도

---

23) 인도 카르나타카 주 방갈로레 시내에 위치한다.

일어나지 않은 일이었다.

파드마의 부모는 아주 의기양양했다. 왜냐하면, 먼 나라에서 온 손님이 그들의 딸과 아주 친하게 지내고 있고 또 손님이 딸에 대하여 여러 가지로 관심을 두고 격려를 해 주었기 때문이었다. 그리고 마침내 지금 손님이 파드마를 학교에 입학시키려고, 또 마을에서 첫 번째로 쓰기 능력을 갖출 여자아이로 만들겠다고 파드마를 선택하였기 때문이기도 했다. 그것은 그들에겐 아주 큰 영광이자 즐거움이었다. 그들은 자신의 자랑을 마을 사람들과의 대화에서 숨기지 않았다. 정말로 부모는 딸아이가 어버이에게서 떨어져 있는 적이 한 번도 없었는데, 이렇게 멀리 떨어져 있게 됨을 어찌 느낄지 걱정이 많았다.

그 점에 대해 부모는 몇 명의 마을 사람들에게 불평했다. 그곳에는 뷔렌드라의 어머니인 시타도 속해 있었다.

"며칠 뒤 여행에서 돌아올 뷔렌드라 아버지가 그 점을 뭐라 할지 모르겠어요. 하지만 그이는 저 이방인의 제안에 동참하기로 한 나의 결정에 동감할 것으로 희망은 해요. 저도 쿠마르처럼 손님이 아들을 학교에 입학시키는 일에 선택한 걸, 똑같이 자랑스러워요. 실제로 제 자식은 늘 똘똘하지요. 사실대로 말하자면, 좀 놀기 좋아하고 장난기 많지만, 그건 아들이 늘 착하게 지내는 게 때로 지루하게 여길 때만 그렇게 하지요. 학교에 가면 그 아이는 글을 읽고 쓰기를 배울 뿐 아니라 도시 사람들이 알고 있는 모든 다른 많은 일도 배울 거예요. 내가 보기엔 이것은 우리 마을 사람 중 누군가 학식 있는 사람이 되기 위한 유일무이한 기회예요. 그러니 그런 기회를 우리에게 준 밴드 아저씨에게 감사해야 해요."

"밴드 아저씨'라는 분 어떤 사람인가요?"

찢어진 셔츠와 더러워진 도티 옷을 입은 더 젊은 마을 사람인 라잡Raghap이 이 대화에 끼어들었다.

"그분의 진짜 이름이 뭔지, 어디서 왔는지 아는 사람이 있나요! 그리고 가장 중요한 것은 왜 그분이 이곳으로 왔는가 하는 것이에요! 그분이 우리 마을을 유독 좋아하게 된 것, 그 점을 천진무구한 이들만 믿을 수 있어요! 여기 두 가정은 어느 이방인에게, 전혀 모르는 이에게 자신들의 아이들을 넘겨주었어요. 여러분은 그분이 아이들을 어디로 데리고 가는지도, 또 무슨 이유로 데리고 가는지도 모르고 있습니다! 아이들을 몰래 훔쳐 아이들을 노예로 팔거나, 불구로 만들어 구걸하게 하는 사람들이 있다는 이야기를 들은 적이 없습니까? 먼 나라에서 여러분의 아이들에게 어떤 운명이 기다리고 있는지 누가 아나요! 귀신같은 저 밴드라는 작자가 우리 마을로 들어왔어요. 이전엔 그렇게 평화롭게 살아온 이 마을에 말입니다!"

모두 이제 말이 없었다. 마침내 자신의 키로 보나, 자신의 초록 터번으로 보나 특출해 보이는 딜리프Dilip가 말을 시작했다.

"그러니, 내가 보기엔 언제나 이상했어요. 내가 그 사람 방을 지나갈 때면, 언제나 방 안에 앉아 뭔가 쓰고 있었어요. 누군가가 언제나 쓰기만 하니, 무슨 귀신인지도요…. 그러니, 내겐 언제나 수상하게 보였어요."

"그분이 첩자처럼 우리가 대화하는 모든 걸 쓰고 있을 수도 있습니다."

어두운 피부를 가진 크리슈나Krishna가 말했다.

"내일 우리 마을로 경찰이 와서 우리가 지금까지 나눈 대화 때문에 모두 붙잡아 간다고 해도 나는 전혀 놀라지 않겠습니다."

"그러나 나는 법을 어긴 말을 아무것도 하지 않았어요."

곧장 쿠마르가 말했다.

"우리 중에 아무도 그런 행동을 하지 않았어요."

딜리프가 대꾸했다.

"하지만 그러니, 이방인이 무엇을 기록해 두었는지는 누가 아나요?"

어디선가 낮게 울먹이는 소리가 들려 왔다. 그것은 그런 대화를 가장 나쁜 방향으로 생각하던, 파드마의 어머니인 아루나흐의 목소리였다.

대화는 더욱 크고 날카로워졌고, 그것은 마을 사람들을 두 패로 나눠 버렸다. 어떤 사람들이 밴드가 어떤 악의적인 행동을 한 증거를 전혀 갖고 있지 않음에도 불구하고 밴드를 공격하며, 밴드를 두고 가장 나쁜 이야기를 하지만, 어떤 사람들은 밴드를 좀 조심스럽게 옹호했다. 사실 그들도 그가 가진 좋은 의도에 대해 입증할 증거를 전혀 가지고 있지 않았다.

곧 마을 사람들 사이에 말다툼이 일어날 것만 같았다.

"하지만 우리가 왜 싸움을 벌여야 하나요? 밴드는 아직 떠나지도 않았어요. 여기 우리 집의 방에 그분의 짐이 다 있어요. 그분은 그 짐을 가져가기 위해서라도 여기로 돌아와야만 합니다."

"그래요, 여기에는 책 몇 권도 있고, 그만이 읽을 줄 아는, 빼곡히 쓰인 수많은 낱장의 종이들이 들어 있는 작은 여행 가방도 있어요. 만일 그분이 어떤 나쁜 의도를 가졌다면, 저 종이들은 놔둔 채, 어찌 가버리겠어요?"

그렇게 마을 사람들 의견이 밴드에 호의적인 사람들과 반대의 사람들로 나뉘어 가는 동안에도,

세 사람의 여행자는 자신이 살던 마을에서 지금 무슨 일이 벌어지고 있는지 전혀 생각지도 않은 채 우다야나가르로 향하는 여정을 조금씩 단축해 가고 있었다.

그들이 지나치는 풍경이 자신들이 지금까지 살고 있던 마을 풍경과 많이는 다르지 않지만, 파드마와 뷔렌드라에겐 범상치 않고 흥미로운 장소로 보였다. 그 사람들에겐 여행길의 처음에 이미 몇 가지 새로운 것이 보였다고 하는 편이 더 고백할 만하다.

뷔렌드라는 어느 동산의 한 편에 벼가 심어진, 조각 같은 작은 논들을 볼 수 있었다. 그 작은 논들은 마치 켜켜이 매달려 있는 긴 난간 모양 같았다. 저 작은 논들이 그의 감탄과 찬탄을 불러일으켰다.

자신들이 사는 마을에서도 그들은 원숭이들을 볼 수 있었다. 그러나 지금 그들이 들판에서 만난 원숭이들은 파드마에겐 다른 원숭이들보다 더 활달하고, 유쾌해 있고, 더 장난기 많은 것 같았다.

세 명의 여행자는 잠시 멈추어 선 채, 어미 원숭이가 망고 과일을 조각내 자신의 어린 자식에게 먹이는 모습을 보았다. 어린 원숭이가 과일 한 조각을 받기 위해 자신의 차례를 얼마나 참으며 기다리는지를 온전히 감동으로 바라보고 있었다. 그것은 정말로 잘 훈육 받은 아이처럼 행동하고 있었다.

여행자들이 어느 오래된 묘역에 도달했을 때는 해가 이미 하늘에 높이 보였다. 그 묘역은 먼 시대에 만들어졌는데, 무굴 왕조24)가 인도를 지배하던 때였다. 파드마와 뷔렌드라는 한 번도 그런 묘역을 본 적이 없어, 밴드 아저씨가 두 사람에게 잠시 설명했다.

"무굴 왕조는, 종교적으로는 이슬람교도예요. 그들의 종교에 따르면, 사람이 죽으면 그를 땅에 묻고 그 묘를 만들고, 그 묘에 비석을 세워, 이곳에 묻혀 있는 이가 누구인지 언제나 알게 해 준다고 해요."

소년 소녀에게는 그런 풍습은 낯설게 들렸다. 왜냐하면, 자신들이 사는 마을에는 힌두교도들만 살아, 만일 사람이 죽으면 그 시신을 땅에 묻지 않고 불에 태우고 나중에 사람들은 그 재를 강에 뿌린다.

그 여행자들은 활발한 대화를 하며 걸어 자신들이 언제 소도시 우다야나가르에 도착했는지 모를 지경이었다.

그들은 곧 자신들이 입학할 학교를 찾아 가, 그

---

24) 16세기 초부터 18세기 중반까지 인도의 넓은 지역을 통치했던 이슬람 왕조

곳의 선생님을 찾았다. 두 소년·소녀에겐 이것이 학교와의 첫 만남이었다. 그들은 휘둥그레진 눈으로 다른 아이들이 교실에 앉아 있는 모습을 유심히 바라보았다.

선생님 한 분이 나오자, 학교를 방문한 여행자들은 선생님의 복장이 얼마나 정갈하고 깨끗한 복장인지 곧장 놀랐다. 학교의 선생님은 긴 흰 셔츠, 좁은 흰 바지를 입고 있었고, 발에는 가벼운 샌들을 신고 있었다. 밴드 아저씨는 선생님과 함께 옆으로 들어가, 좀 더 오랫동안 대화를 나누었다. 마침내 파드마와 뷔렌드라는 그 선생님이 하는 말을 들을 수 있었다.

"밴드 씨, 모든 것은 처리되었습니다. 이제 곧 축제가 다가옵니다. 우리는 방학을 맞을 겁니다."

그러고는 그 선생님은 다시 시작했다.

"저 아이들 둘은 이 학교로 입학할 수 있습니다. 제가 아이들 숙소를 알아보겠습니다. 저 아이들이 식사하게 될 가정도 알아보겠습니다. 만일 저 아이들의 부모님이 그 가정에 약간의 쌀과 채소를 보내 주실 수 있다면, 모든 문제는 해결됩니다."

그렇게 말하고는 선생님은 잠시 자신이 뭔가를 기억해 내려는 듯 멈추었다. 얼굴에 살짝 웃음을 지으며 선생님은 말을 이어 갔다.

"아시다시피, 지금은 정오입니다. 여러분이 좀

쉬면서 저와 함께 점심을 먹었으면 좋겠습니다."

인도에서는 가장 날씨가 더울 때가 오후 시간이다. 그 때문에 선생님은 자신을 찾아온 손님들이 점심을 먹은 뒤 좀 쉬도록 제안했고, 그들이 저녁이면 자신의 마을에 도착할 수 있도록 그렇게 출발했으면 하고 제안했다.

파드마와 뷔렌드라는 자신을 위한 매트에 자신의 몸을 뉘었으나, 학교에 처음 방문한 설렘 때문에 또 그들을 둘러싼 흥미로운 일들 때문에 한동안 잠을 청할 수 없었다. 그 선생님이 사용하는 방의 깨끗하고 하얀 벽들과, 벽들에 보이는 형형색색의 그림으로 인해 찬탄을 불러일으켰다. 그러나 많은 책으로 가득 찬 큰, 여러 층의 선반과, 그 방 한 모퉁이에 서 있는 지구의를 보고는 그들의 감탄은 최고에 달했다.

가장 강한 더위가 지나간 시점에 세 사람은 출발 준비를 했다. 그들은 자신들을 위해 배려해 준 선생님에게 환대해 준 것에 감사를 표하며, 작별인사를 하고는, 콘다푸르로 출발했다. 그들이 그 소도시의 중심지에 도착했을 때, 밴드 아저씨는 말했다.

"내가 몇 가지 사야 하는 것들이 있어요. 너희들은 먼저 천천히 마을로 가고 있어요. 나중에 내가 너희들을 따라갈 거예요. 곧 있으면 달이 뜨고, 너희들 혼자 가도 무서워하지 않았으면 해요."

밴드는 자신에게 필요한 모든 물건을 서둘러 샀다. 곧 그는 아이들을 뒤따라 잡기 위해 서둘러 갔다. 그가 어느 들판에 다다랐을 때, 보름달이 이미 은은하게 반쯤 밝음으로 사방을 비추고 있었다. 소년·소녀가 아마도 빨리 걸어, 그가 거의 한 시간을 더 걸었지만 그 아이들을 아직 만나지 못했다. 그가 이제 슬슬 걱정되기 시작했을 때, 갑자기 자신을 향해 뛰어오는 아이 한 명을 볼 수 있었다.

"밴드 아저씨, 밴드 아저씨!"

파드마가 가까이 오면서 울먹이는 목소리로 외쳤다.

"이 길로는 가지 마세요!"

밴드 아저씨는 당황해하며 걸음을 멈추었다. 그는 파드마 뒤로 뷔렌드라를 보았다. 뷔렌드라는 정말 두려움으로 떨고, 입에서 말을 할 수도 없을 정도였다.

"아침에 지나온 그 묘역에서 뭔가 이상한 걸 우리가 봤어요. 그 이상한 것이 귀신이 아님은 알아요. 밴드 아저씨가 귀신이나 환영 같은 것은 존재하지 않는다고 하셨기 때문이에요. 하지만 그게 정말 뭔지 모르겠어요!"

파드마는 이미 밴드 아저씨에게 정말 가까이 왔

다.

그러는 동안 두 사람에게 뷔렌드라도 도착했다. 울먹이면서 그는 파드마가 한 말을 결정적으로 확인시켜 주었다. 그 두 사람이 두려운 환영을 봤다!

"그럴 리가 없어요."

파드마가 말했다.

"우리는 환영을 보진 않았어요. 그런 것은 존재하지 않으니까요. 그것은 필시 다른 뭔가입니다. 나는 그게 무엇이 될 수 있는지는 모르겠어요. 하지만, 뷔렌드라, 우리가 그게 뭔지 밝혀 본다면, 그게 가장 좋겠지!"

"안돼, 안돼, 난 그곳으로 안 갈 거야. 너, 미쳤어!"

소년은 두려움으로 고함을 질렀다.

그러나 파드마는 자신의 온 용기를 내어, 밴드 아저씨의 손을 잡은 채 떨리는 목소리로 말했다.

"밴드 아저씨, 나는 환영처럼 보이는 게 무엇인지 정체를 알고 싶어요. 아저씨가 우리에게 가르쳐 주시길, 환영 같은 것은 없다고 했어요. 만일 그런 것이 나타난다면, 그게 뭔지 알아보는 것이 가장 나아요."

파드마는 마치 자신이 달걀 위를 걷는 것처럼 천천히 또 조심조심 앞장섰다. 소녀가 느낀 두려움에도 불구하고, 용감한 모험에서 멈추지 않았다.
밴드 아저씨는 소녀의 손을 잡았다. 그 손의 떨림
을 통해 소녀의 심장이 얼마나 흥분되어 뛰고 있
는지를 느낄 수 있었다. 갑자기, 그들에게서 스무
걸음 떨어진 곳에 무슨 하얀 물체가 큰 흔들림으
로 또 흔들릴 때마다 종소리가 뒤따르고 있었다.

소녀가 잠시 멈추었다. 소녀의 손이 떨림을 통해
밴드 아저씨에게 소녀의 흥분이 최고조에 이르렀
음을 감지할 수 있었다.

"여기 뭔가 움직이는 것이 진짜 있어요. 우리는
곧 그게 뭔지 보게 될 거예요."

밴드가 말했다.

"내가 앞장서는 것이 낫겠지요?"

"아뇨. 그건 원치 않아요, 나는 두렵지 않아요.
왜냐하면, 환영이란 없기 때문이에요. 나는 용감해
지고 싶어요. 아저씨가 제게 가르쳐 주셨어요."

그녀는 더욱더 세게 자기 친구의 큰 손을 쥐었
다. 그리고는 더 걸어갔다. 천천히, 더욱 조심하며.
한편 뷔렌드라는 두려움으로 질식할 정도였다. 그
는 단단히 밴드 아저씨의 옷자락을 잡고, 두 눈을
감은 채 그의 뒤에서 한 걸음 한 걸음 내디디고
있었다.

파드마가 작은 종의 소리에 홀린 듯 앞장서 걸
었고, 묘들이 있는 곳에서 넘어지기도 하고, 발에

묘의 비석이 부딪치기도 하였다. 소녀는 필시 어딘가 부딪혀 다리에 피가 나고 있었지만, 멈추지 않으려고 했다. 소녀는 여전히 앞으로 나아가야만 했다. 더욱더 앞으로. 갑자기 그 소리가 온전히 가까이서 들렸다. 만일 환영이 진짜 존재한다면, 그것은 손에 닿을 정도의 거리에서 자신의 모습을 보여야만 한다. 하지만 순간적으로 빛이 이상한 회백색으로의 반짝이는 묘의 비석들을 제외하고는 아무것도 보이지 않았다.

갑자기 파드마는 멈추어 섰다. 소녀의 온몸을 통해 큰 떨림이 전해 왔다. 비석들 사이에서 소녀는 움직이는 하얀 뭔가를 보게 되었다. 밴드 아저씨도 똑같은 것을 보았다. 다행히도 그들 중 아무도 환영을 믿지 않았다. 왜냐하면, 정반대의 경우에 그들은 아주 큰 무서움으로 죽을 수도 있었기 때문이었다. 파드마는 순간 멈추어 선 채, 자신이 옛 비석들 사이에 있는 하얗고 신비한 물체로 다가가야 하는지 생각하고 있었다.

파드마는 고개를 들어 밴드 아저씨의 달에 비친 얼굴을 한 번 쳐다보았다. 소녀는 그 얼굴을 통해 결정적으로 용기를 얻었다. 그리고 앞으로 더 나아갔다. 그러나 두 걸음 만에. 그때 소녀는 단단히 멈추었다. 그리고는 소녀는 겨우 들릴락 말락 하는 목소리로 말했다.

"이게 말이네. 밴드 아저씨, 그게 정말 말이네요!"

"그래, 파드마의 말이 맞네요. 우리가 본 오늘의 환영은 평범한 말이군. 다른 아무것도 아니군. 하얀 말이네요."

그리고 그의 목소리에도 일상적이지 않은 흥분이 분명히 나타나 보였다.

그런 말이 있고 나서, 밴드 아저씨는 좀 더 인내심을 갖고서 그와 그 '환영' 사이에 놓인 몇 개의 비석들을 넘어갔다. 그는 말의 목에 걸려 있는 줄을 잡았다. 그는 그 말을 잡고는 작은 길로 끌고 왔다. 이제 뷔렌드라는 두 눈을 뜰 수 있을 만큼의 용기가 생겼다. 소년은 지금까지 생각하던 환영이라는 것은 온데간데없고 대신 살아 있는 말을 발견하고는 전혀 자신을 믿지 않았다.

그 미스터리는 곧 밝혀졌다. 말 주인은 필시 풀이 많이 자라 있는 이곳 묘역에 방목하러 그 말을 놓아두었다. 그러면서 말의 앞발들을 멀리 가지 못하게 묶어 두었다. 그렇게 앞발이 묶인 말은 내뺄 수 없는 대신 뜀뛰기를 통해서만 움직일 수 있었다. 목 주위에는 말 주인이 다음 날 아침 그 말을 찾으러 올 때, 들으려고 방울을 매단 줄을 달아 놓고 있었다.

그들이 이제 자신의 마을로 걷고 있을 때, 그들

의 유일한 화제는 귀신들과 환영들에 대한 것이었다. 밴드 아저씨는 그런 일들은 사람들의 상상 속에서만, 특히 자연에 대해 잘 모르는 이에게 생긴다는 것과, 그런 사람은 곧잘 아주 잘 믿어 버린다는 것을 수많은 이야기를 가지고 알려 주었다. 파드마와 뷔렌드라는 자신들의 동무들에게 평범한 백마 때문에 두려움이 생긴 사연을 말해 주고, 환영이란 진짜 존재하지 않음을 말해 줄 것을 약속했다. 왜냐하면, 그들 스스로 환영에 관한 이야기들이 어떻게 존재하는지를 확인해 줄 수 있었기 때문이었다. 왜냐하면, 그들에게 그 '환영'의 정체를 끝까지 탐구할 용기가 없었더라면 그들이 사는 마을에서 내일이면 그 사건이 다시 이야기될 것이고, 이 이야기를 들은 모든 사람은 그 옛 묘역을 지날 때면 그곳에 작은 방울을 단 하얀 환영이 나타나곤 한다는 것이 분명하다고 여길 것이다.

그들이 그런 이야기들로 그렇게 분주해 있을 때, 어느새 그들이 콘다푸르에 도착하게 되었다. 갑자기 그들은 자신들이 살던 마을의 도로로 향하는 입구에 도착해 있었다.

파드마는 그날 저녁에 자신의 삶에 뭔가 가장 중요한 것이 일어났다는 감정을 갖게 되었다. 소녀는 자신의 영혼에서 두려움을 극복했고, 그러한 선입견도 없앨 수 있었다. 소녀는 그 날 자신이 이젠 다 컸음과, 이젠 어린 애가 아님을 느낄 수 있었다.

콘다푸르에 그렇게 도착한 이들을 기다린 것은 비일상적인 광경이었다. 보통 마을로는 깊은 밤의 고요함이 뒤덮는 시간인 지금은 도로에 석유 등불을 켠 채 무리를 지은 마을 사람들이 보였다. 어떤 사람들은 뭔가 이해되지 않는 말로 외치고 있었고, 어떤 이들은 불평하고 있었고, 어떤 사람들은 자신들의 눈을 믿지 않은 채, 다가오는 이들을 노려보고 있었다. 그들은 어둠 속에서 저들이 자신들이 기다리고 있는 이들인지 아닌지 추측해 보면서 노려 보고 있었다.

파드마와 뷔렌드라의 어머니들이 자신의 자식들을 안으려고 달려오고, 아루나흐는 딸의 볼에 연신 입 맞추면서 크게 울먹이기도 하였다. 어머니는 곧 자신의 딸을 재우러 집으로 데려갔다. 이 모든 것이 딸에겐 그 날의 흥분된 사건들 뒤의 확실한 축복이었다. 뷔렌드라도 바로 자신의 어머니와 함께 집으로 갔다.

밴드 아저씨는 뭔가 상의하는 사람들에 대해 좀 놀랐으나, 그 점에 관심을 두기에는 너무 피곤했다. 그가 그 등불들의 약한 노란 불빛을 통해 몇몇 사람들이 화가 나 있음을 알고는 뭔가 유쾌하지 않은 일이 벌어진 것임을 짐작할 수 있었지만,

화제의 중심에 그 자신이 연루되어 있으리라고는 전혀 상상하지 못했다. '모든 것을 내일 내가 알게 될 거야' 그렇게 그는 자신에게 말했다. 즉시 자신의 방으로 간 그는 그날 낮에 관여한 일의 성공으로 인해 만족하며, 곧 잠들었다.

7. Voĉoj en la Kaverno

En Kondapur neniu posedis ĉevalon. Eĉ bovinon havis nur kelkaj familioj. Multe pli da bubaloj estis videblaj en la vilaĝo, ĉar en tiu regiono oni konsideris ilin la plej utilaj bestoj.

Kvankam ĝi estas tre modesta besto, la bubalo ne trovas sufiĉe da herbo en la ĉirkaŭaĵo de la vilaĝo, precipe kiam la vetero estas seka. En tiaj tempoj la vilaĝanoj kondukas siajn dombestojn al la proksimaj montetoj por paŝtado. En la ombro de la arboj la herbo estas eĉ en tiaj periodoj densa kaj freŝa. Paŝti la bubalojn estas laboro en kiu la infanoj povas esti tre utilaj. Kutime la geknaboj ekiras el la vilaĝo kun la bubaloj frumatene, kaj revenas al la vilaĝo meze de la posttagmezo.

Padma havis sian plej ŝatatan bubalon. Ŝi nomis ĝin Pigrulo. Pigrulo faris ĉion eblan por meriti sian nomon. Kiam ajn ĝi ekvidis iun kavon kun akvo aŭ koto, ĝi tuj ekkuŝis en ĝin. En tiaj kazoj la gardanto bezonis multe da lerteco kaj pacienco por ekmovi Pigrulon el tiu loko. Padma plej multe ŝatis Pigrulon pro ĝiaj belformaj, longaj kornoj. Ĝiaj kornoj kreskis en malantaŭan direkton. Unue ili etendiĝis laŭlonge de la kolo, poste apud la ŝultro, kaj nur de tie ili kurbiĝis supren al la ĉielo.

La bubaloj ĝuis la vagadon en la densa herbejo, en la ombro de branĉoriĉaj arbegoj. La geknaboj kiuj gardis ilin, mallongigis al si la tempon per diversaj ludoj. La knaboj plej ŝatis grimpi sur la palmoj, sur kies alta parto ĉiam estis trovebla iu matura kokoso, aŭ iu pli malgranda frukto, laŭ la speco de la palmo. Virendra estis vera majstro por la malfermado de truo sur la malmola envolvaĵo de tiuj fruktoj. Kiam la geknaboj eltrinkis eĉ la lastan guton da kokosa lakto, ili per ŝtono rompis la malmolan ŝelon kaj manĝis la bongustan kaj nutran blankan karnon de la frukto.

Kiam la geknaboj sufiĉe frandis el la donaco de la naturo, ili povis komenci ludi ion alian. Ekzemple kaŝludon. La ĉirkaŭaĵo tre taŭgis por tiu ludo, ĉar en ĝi abundis arboj, arbustoj, rokoj kaj fosaĵoj.

Iun tagon dum la kaŝludo okazis io, kion la vilaĝanoj rememoros ĝis la fino de sia vivo.

Virendra, kies vico estis por nombri ĝis dek kun la okuloj fermitaj, facile povis trovi ĉiujn kiuj sin kaŝis. Restis al li ankoraŭ trovi Padma. Sed ŝi nenie estis trovebla, kvazaŭ la tero estus englutinta ŝin. Virendra jam komencis envii Padma, ĉar ŝi trovis tiel bonan kaŝlokon. Sed kiam li kun la aliaj kamaradoj traserĉis la tutan ĉirkaŭaĵon senrezulte, li jam komencis zorgi pri sia amikino. La ludo estis interrompita, sed eĉ la ĝenerala serĉado ne alportis rezulton. Jen kio okazis:

Padma, kun la deziro sin kaŝi, ekkuris la deklivon malsupren, ĉar ŝi ekvidis rokon, malantaŭ kiu ŝi decidis trovi konvenan kaŝlokon. Malantaŭ la roko unu el ŝiaj piedoj enprofundiĝis en nerimarkeblan truon. La tero komencis defaladi, kaj la truo fariĝis pli kaj pli granda, kaj ŝia alia piedo enteriĝis antaŭ ol Padma povus eligi la alian piedon. Kaj antaŭ ol la knabino povus entrepreni ion ajn por sin savi, ŝi jam glitis en malluman truegon. Kiam ŝi atingis la fundon de la truo, ŝi restis tie kuŝanta iun tempon. Iom post iom ŝiaj okuloj alkutimiĝis al la mallumo. Tiel kuŝante, ŝi povis

- 174 -

turni la kapon dekstren kaj maldekstren, por vidi en kian truon ŝi enfalis. Ŝi rimarkis ke la truo havas rektajn kaj regulajn murojn, kio signifas ke ĝi ne estas kaverno natura, sed elfosita iam de la homoj. Ŝi provis leviĝi. Sed ĝuste en tiu momento ŝi ekaŭdis homajn voĉojn, kiuj alproksimiĝadis al ŝi. Ŝi ektimis pensante ke la voĉoj apartenas al iuj malbonuloj, kiuj elfosis tiun kavernon por kapti en ĝi infanojn. Pro tio ŝi restis kuŝanta kaj tute kvieta ĝis kiam la voĉoj preterpasis kaj malaperis.

Kiam denove ekregis silento, Padma kun peno sukcesis leviĝi, ĉar ŝi sentis doloron en la tuta korpo. Ŝi paŝis antaŭen malrapide, alpremante sin al la muro. Ŝajnis al ŝi ke ie proksime komenciĝas vera koridoro. Ŝi antaŭeniris malrapide kaj singarde, ĝis kiam ŝi alvenis al du kolonoj. Antaŭ ŝiaj konsternitaj okuloj en tiu momento montriĝis duonluma vasta subtera salono. Malfortaj radioj de lumo filtriĝis tra la fendaĵoj de la plafono. Kiam ŝiaj okuloj iom alkutimiĝis al la malhelo, ŝi povis vidi tutan kolekton da ŝtonaj homfiguroj skulptitaj sur la muroj ĉirkaŭe. Tie estis homoj kaj dioj en diversaj pozoj, unuope kaj grupe. Kvankam Padma ne povis tute klare vidi ilin, ŝi restis ĉarmita de la multaj scenoj kiujn ŝi vidis. La scenoj kaj la figuroj ŝajnis al ŝi konataj, kvazaŭ ŝi jam foje ĉion estus travivinta, aŭ almenaŭ aŭdinta pri tiuj figuroj. La knabino tute ne timis. Ŝi sentis sin kvazaŭ inter malnovaj amikoj. Tiu sento estis tre stranga. Ŝi sciis ke ŝi neniam antaŭe estis tie, ke ŝi neniam antaŭe vidis similajn belegajn figurojn, kaj tamen ŝi havis la senton ke ĉio ĉi estas al ŝi klara, ĉio tre proksima.

Kiam Padma satigis siajn okulojn kaj sian spiriton per tiuj belaĵoj, ŝi singarde transiris la tutan salonegon, kaj tiam ŝi trovis sin en koridoro kiu gvidis ŝin en la helecon de la tago. Pene ŝi transiris la arbustojn kiuj fermis la enirejon de tiu ĉi stranga kaverno.

Eĉ ŝi mem ne sciis kiom longe ŝi staris apogante sin al la arbo kiu staris tuj apud la enirejo en la kaverno. Kiam ŝia koro ĉesis bategi kvazaŭ ĝi volus elsalti el ŝia brusto, la knabino ekiris por serĉi siajn gekamaradojn.

Kiam ŝiaj amikoj ekvidis ŝin, ili ne sciis kiel elmontri sian grandan ĝojon pro ŝia reapero. Virnedra nun bedaŭris ke li ne estis iom pli persista en la serĉado.

—Kie vi tiel bone kaŝis vin? Ni ĉiuj serĉis vin, sed ĉio estis vana!

Padma estis tre embarasita: Kion respondi al ili? 'Se mi rakontos al ili la veron, certe ili primokos min kaj diros ke mi fantazias... Eble ili provos trovi la kavernon kaj enfalas en iun truon el kiu iu ne povos eliri... Ne, nenion mi diros al ili', decidis Padma.

Ne estis facile konservi la sekreton. Dum la amikoj demandadis ŝin, la knabino zorgis nur ke ŝi nenion konkretan diru. Ne mirinde. Ŝi ja havis la plej grandan travivaĵon de sia vivo.

Ĉiuj ĉirkaŭ ŝi plue estis scivolemaj:

—Kial vi estas tiel malgaja, Padma? Kial vi silentas?

—Nenio okazis al mi... nur mi pripensas aferojn!

Kiam la kamaradoj konkludis ke Padma havas nenion interesan por diri, ankaŭ iliaj demandoj ĉesis. La sekreto estis konservita.

7. 동굴에서의 사람의 목소리들

콘다푸르 마을 사람 아무도 말을 기르지 않는다. 암소를 소유한 이도 몇 집이 되지 않았다. 그러나 이 마을에는 물소는 많이 볼 수 있었다. 이 지역 사람들은 물소를 가장 유용한 동물로 인식하고 있기 때문이었다.

물소가 아주 수수한 동물이라 하여도, 그 동물은 특히 건조한 날에는 마을 주변에 충분한 풀을 찾을 수 없다. 그런 나날에는 마을 사람들이 집에 키우는 물소들이 풀을 뜯어 먹을 수 있도록 마을 근처의 야트막한 산들이 있는 곳으로 데리고 갔다. 그 산의 나무 그늘에는 풀이 많이 자라 성성했다. 물소들에게 풀을 먹이는 일은 아이들에겐 아주 쉽고 유용한 것이었다. 습관적으로 소년 소녀가 이른 아침에 물소들을 데리고 마을 밖으로 나가, 오후 나절에 마을로 돌아온다.

파드마에게도 자신이 가장 좋아하는 물소가 있다. 파드마는 그 물소에게 느림보라는 이름을 지어 주었다. 그 느림보는 자신의 이름에 걸맞게 행동할 수 있는 것이라면 뭐든 했다. 그 느림보가 물이나 진흙이 있는 웅덩이를 발견하면 언제나 웅덩이 안에 들어가 누워 버린다. 그 경우에 물소를 지키는 이는 그 느림보를 그 장소에서 빼내기 위해 아주 능숙함과 인내심이 필요하다. 파드마가 느림보를 좋아하게 된 것은 느림보의 잘생기고 긴 뿔에 있었다. 느림보의 뿔은 앞으로가 아니라 뒤로 자라나고 있었다. 먼저 그 뿔은 목에서 길이 방향으로 뻗더니, 나중에는 어깨 옆 그곳에서야 비로소 뿔은 하늘을 향해 높이 구부린 채 있었다.

물소들은 가지가 울창한 큰 나무들의 그늘 풀이 무성한 곳을 찾아다니는 것을 좋아한다. 물소를 데리고 나온 소년 소녀는 물소들을 지켜보느라 자신들이 좋아하는 놀이를 즐기기엔 시간이 짧다. 소년들은 야자수 나무에 올라가는 것을 가장 좋아한다. 그 높은 곳에는 언제나 야자수 나무의 종류에 따라 잘 익은 야자수 열매나 아니면 더 작은 과일들이 달려 있었다. 뷔렌드라는 그런 과일들의 단단한 껍질에 구멍을 내는 일엔 진짜 재주꾼이었다. 소년 소녀들이 마지막 한 모금의 우유 같은 야자수 열매의 수액조차 다 마셔 버리면, 그들은 돌을 이용해 그 단단한 껍질을 벗겨서 맛나고도 영양분이 있는 하얀 과육을 먹었다.

소년 소녀들이 이 자연의 선물로 충분히 군것질하고 나면, 뭔가 새로운 놀이를 시작했다. 이름하여 숨바꼭질. 그들이 방목하고 있는 주변에는 그런 놀이에 아주 적당했다. 주변에는 키 큰 나무들, 키 작은 나무들, 바위, 숨겨진 곳과 움푹 파인 곳이 아주 많았다.

어느 날, 숨바꼭질 놀이를 하는 동안에 무슨 사건이 벌어졌다. 그 사건은 그 마을 사람들 삶의 마지막 순간까지도 잊지 못하게 된 일이었다.

뷔렌드라가 이번에는 두 눈을 감은 채 숫자를 열까지 헤아리는 술래의 차례가 되었다. 또 그는 여기저기 자신을 숨긴 모든 동무를 손쉽게 찾았다. 그러나 뷔렌드라는 여전히 파드마를 찾아내야 했다. 파드마는 마치 그녀를 이곳의 땅이 집어삼킨 듯이 어디에도 보이지 않았다. 뷔렌드라는 이제 파드마를 부러워하기조차 시작했다. 소녀가 자신이 숨을 장소를 그렇게 잘 찾았기 때문이었다. 그런데 그가 다른 동무들과 함께 온 사방으로 파드마를 아무리 찾아보아도 어디에도 찾을 수 없게 되자, 여자 친구에 대해 이제 슬슬 걱정되었다. 놀이는 중단되었지만, 아무리 이리저리 찾아보아도 결과는 마찬가지였다.

그래서 우리는 파드마에게 무슨 일이 일어났는지를 알아보자.

파드마는 자신을 잘 숨으려고, 산비탈 아래로 달려갔다. 그러다 소녀는 바위 하나를 발견하고, 바위 뒤가 자신이 숨기에 좋은 장소로 선택했다. 바위 뒤로 소녀가 한 발을 내디딜 때, 그만 자신이 미처 발견하지 못한 구멍에 빠져 버렸다. 그러자

흙이 흘러내리기 시작했고, 그 구멍은 더욱더 커졌다. 그리고 소녀가 자신의 빠진 발을 끌어올리기도 전에 이번에는 다른 발이 그만 흙으로 들어가 버렸다. 소녀가 자신을 그 구멍에서 빼내려고 뭔가 방법을 동원하기도 전에 이미 어두운 큰 구멍 속으로 미끄러져 내려갔다. 소녀가 구멍의 바닥에 도착했을 때, 어느 순간 자신이 그곳에 몸을 가누지 못한 채 눕게 되었다.

잠시 뒤 소녀의 두 눈은 어둠에 익숙해졌다. 그렇게 누운 채, 소녀는 순식간에 자신이 빠져 버리게 된 구멍이 어떤 것인가 보려고 머리를 좌우로 돌려 보았다. 소녀는 그게 자연으로 만들어진 동굴이 아니라, 사람이 손으로 파 놓은 곳이었다. 소녀는 일어나려고 시도해 보았다.

바로 그 순간 그녀는 자신이 있는 쪽으로 다가서는 사람들이 내는 목소리를 듣게 되었다. 소녀는 그 목소리들이 뭔가 나쁜 사람들에게 속해 있음을 생각해 내고는 두려운 마음이 들었다. 그 나쁜 사람들이 동굴 안에 아이들을 붙잡아 가두려나 보다 하는 무서운 생각도 들었다. 그 때문에 소녀는 그 목소리들의 주인공들이 지나가고 사라질 때까지 누운 채 숨을 죽인 채 그대로 있어야 했다.

다시 그 안에 고요함이 찾아 들자, 파드마는 온 힘을 다해 일어나려고 했다. 소녀는 온몸이 아파져 옴을 느꼈기 때문이었다. 소녀는 천천히 또 조심스레 움직이다가 벽에 부딪혔다. 소녀에겐 이제 가까운 곳에 진짜 복도가 시작되는 것을 알 수 있었다.

순간, 소녀의 놀란 두 눈앞에 반쯤 어둠 속에서 넓게 펼쳐진 지하의 석실 같은 공간이 보였다. 소녀의 두 눈이 어둠에 좀 익숙해지자, 주변의 벽마다 조각된 돌로 된 사람의 모습들이 온전한 집합체를 이루고 있음을 볼 수 있었다. 그곳에는 다양한 자세를 하는 사람들과 신들이 홀로 또는 무리를 지은 채 있었다.

파드마가 그 물체들을 분명하고 자세히 볼 수는 없었지만, 소녀는 자신이 본 수많은 장면에 매혹되었다. 그 장면들과 물체들은 소녀에겐 익숙하였다. 소녀 자신이 언젠가 이 모든 것을 체험한 듯이, 또는 소녀가 적어도 그런 물체들에 대해 들었던 것처럼. 소녀는 전혀 두려움은 느끼지 않았다. 소녀는 자신이 마치 옛 친구들 사이에 있는 것처럼 느꼈다. 그 느낌은 아주 이상했다. 소녀는 자신이 이전에 그곳에 한 번도 온 적이 없음을, 또 이전에도 이와 비슷한 무척 아름다운 물체들을 본 적이 없음을 알았지만, 그래도 이 모든 것이 자신에겐 분명하다는 느낌으로, 이 모든 것이 아주 친근한 느낌으로 다가왔다.

파드마가 자신의 두 눈과 영혼에 그 아름다운 물체들로 만족해 가면서 조심스럽게 그 큰 석실을 지나왔고, 그 날 햇빛이 가져다주는 밝음 속에서 자신을 안내하는 복도에까지 나와 있음을 알게 되었다. 온 방법을 동원해 소녀는 이 이상한 동굴의 출입구를 막아 놓은 작은 키의 나무들을 헤쳐 나왔다.

소녀가 스스로 얼마나 오랜 시간이 흘렀는지 모른 채, 그 동굴에서의 출구 바로 옆의 나무에 자신의 몸을 기댄 채 서 있었다. 소녀의 심장이, 심장이 자신의 가슴에서부터 튀어나올 듯 그런 큰 뜀이 진정되었을 때, 소녀는 자신의 동무들을 찾기 위해 출발했다.

친구들이 소녀를 발견하자, 그들은 소녀가 다시 보인 것으로 인한 자신들의 큰 기쁨을 어찌 표현해야 하는지 모를 지경이었다. 지금 뷔렌드라는 자신이 더 열심히 찾아보지 못한 점을 지금 아쉬워했다.

"파드마, 너는 그렇게 잘 어디에 숨었니? 우리 모두 너를 찾아 나섰지만 실패했어!"

파드마는 아주 당황해했다. '그들에게 뭐라고 대답해야 하나? 만일 내가 그들에게 진실을 말한다면, 분명 그들은 나를 비웃을 것이고, 내가 꿈꾸고 있다고 말할 것이다. 아마도 그들은 그 동굴을 찾아보려고 할 것이고, 누군가 나올 수 없는 그 구멍 속으로 빠지게 될지도 모른다. 안 돼, 난 이 동무들에게 아무 말도 하지 말아야 해'.

그렇게 파드마는 결심했다.

어려운 것이 비밀 유지이다. 친구들이 소녀에게 이것저것 물어도, 소녀는 자신이 확실한 것도 말하지 않아야 하는 것에만 집중했다. 놀랄 일이 아니었다. 소녀는 정말 자신의 삶에서 가장 중요한 체험을 한 것이다.

모두는 파드마 주변에서 궁금해 있었다.

"왜 파드마, 너는 그렇게 우울해 보여? 왜 너는 말이 없어?"

"내게 아무 일도 없었어. 나는 우리 놀이만 생각하고 있었거든."

동무들이 파드마가 자신들에게 털어 놓을만한 흥미로운 일이 아무것도 없다고 결론을 내리고, 그들의 질문도 이젠 그쳤다. 다행히도 비밀은 잘 유지되었다.

8. Paniko en la Vilaĝo

La sekvantan tagon Padma atendis konvenan momenton por povi paroli sola kun onklo Bend. Fine, kiam ili estas solaj, ŝi ekparolis:

—Onklo Bend, la rakontoj de la saduo estas veraj. Mi vidis ĉion per propraj okuloj... Mi vidis Ŝivaon dancantan. Mi vidis ankaŭ Viŝnuon kiel li dispecigas la diablon per siaj ungegoj. Kaj ĉiujn aliajn personojn kiujn la saduo priskribis en siaj rakontoj. Ĉio estas vero. Mi vidis ilin kaj aŭdis kiel ili parolas.

—Bone, bone, mia eta amikino. Kio okazas denove? Ĉu vi denove vidis iujn fantomojn? —demandis onklo Bend kun rideto survizaĝe.

—Ne, onklo Bend, ili ne estis fantomoj. – respondis Padma per energia voĉo. —Mi aŭdis iliajn voĉojn, kiel vi nun aŭdas min.

Kaj kiam ŝi rakontis ĉion, kio okazis la antaŭan tagon. Kiel ŝi falis en la truon, kaj ekzakte kiel aspektis ĉio en la kaverno. Ŝia priskribo estis tiel akurata kaj tiom vigla, ke onklo Bend havis nenian dubon ke ŝia rakonto estas, almenaŭ parte, fidinda. Fine li diris:

—Aŭdu, Padma, morgaŭ matene ni du iros al tiu loko, se vi memoras kie ĝi estas. Tie ni esploros la kavernon kaj ĉion pri tiuj misteraj homoj kies voĉojn vi aŭdis. Ĉu vi konsentas?

—Bonege, bonege! Kompreneble ke mi memoras. La eniro estas malantaŭ iu granda roko. Morgaŭ mi montros ĝin al vi.

La morgaŭan matenon ili diris al neniu kien ili iras. Bend nur demandis Kumaron, ĉu Padma povas kun li foriri promeni.

—Kompreneble! Mi ĝojas ke ŝi akompanas vin, la knabino povas multe lerni de vi, —respondis Kumar.

Post unuhora marŝado ili atingis la piedon de la monteto. Tiam ili komencis supreniri la deklivon, inter rokoj, arboj diversspecaj kaj multaj arbustoj.

—Jen, tie estas la truo, malantaŭ tiu granda roko, —montris Padma.

La granda griza roko estis kaŝita inter la arbustoj.

De proksime onklo Bend povis klare vidi, kiel tiu malgranda enirejo estas lerte kaŝita.

Li kun granda klopodo descendis tra la truo. Padma sekvis lin.

Sed ili tuj haltis. Apenaŭ aŭdeblaj homaj voĉoj atingis ilin. Ili venis el la profundo de la kaverno. Padma ekrigardis onklon Bend per triumfa rigardo: ĉio kion ŝi diris estis reala! Ŝiaj manoj tremetis pro ekscitiĝo, kiam ŝi prenis la manon de sia amiko.

Ili faris kelkajn paŝojn al la interno de la kaverno, marŝante sur la piedpintoj. Li metis sian montrofingron sur la buŝon, signante tiel al Padma ke necesas ke ili estu laŭeble plej senbruaj. Malrapide kaj senbrue ili pasis la tutan longon de la koridoro. Fine ili povis aŭdi la interparolon de tri homoj. Ili ne povis vidi la homojn, ĉar ili ne kuraĝis alproksimiĝi pli, pro timo esti malkoviritaj.

Unu el voĉoj diris:

—Kial vi postulas ke ni transdonu al vi la duonon de ĉio kion ni kolektas ĉi tie? Ĉu ni du ne laboras egale kiel vi?

—Jes, vi fakte laboras egale, —diris alia, pli profunda voĉo. —Sed la ideo estis mia. Se mi ne estus invitinta vin labori kune kun mi, vi ankoraŭ estus mizeraj kaj malsataj kamparanoj, kiel antaŭe. Nun vi estas riĉaj, posedas dombestojn kaj aliaj laboras por vi. Dum ĉiu nokta promenado tra la vilaĝoj ni kolektas ion bezonatan por komforta vivo. Ĉu tio ne estis brila ideo, ha—ha—ha?

Ĉi—lastajn vortojn li eldiris tra laŭta ridego kiu pluroble eĥis tra la kaverno.

—Bone, ni prefere ne kverelu, —diris tria voĉo. —Plej bone estos ke ni revenu ĉi tien posttagmeze, kaj ke ni tiam decidu kiel ni dividos ĉion ĉi.

—Mi konsentas, —diris tiu kun la profunda voĉo. —Se vi volas ripozi, vi povas resti ĉi tie por dormi. Ni ĉiuj tri renkontiĝos ĉi tie posttagmeze.

Tiam ekaŭdiĝis paŝoj. Ili venadis pli kaj pli proksime.

Estis necese ion tre urĝe fari, antaŭ ol oni malkovru la du "esploristojn".

Onklo Bend ekrigardis ĉirkaŭ si. Li malkovris malluman niĉon en la muro, tre proksime. Per du grandaj paŝoj li eniris la niĉon, kaj kuntiris la knabinon. Tiu estis la lasta momento por sin kaŝi. Post sekundo du homaj figuroj aperis en la koridoro kaj moviĝis en la direkto de niaj geamikoj.

Onklo Bend kaj Padma retenis la spiron kelkajn sekundojn, kiuj al ili ŝajnis eternaj.

Du viroj el la kaverno pasis preter ili per singardaj paŝoj. La koroj de la kaŝitoj batadis kvazaŭ tamburoj.

—Tion la ŝtelistoj certe aŭdos. —ekpensis Padma. —Se ili malkovros nin, ili nin certe mortigos!

Sed ili nenion rimarkis. Ili eliris el la kaverno tra la malfermo sub la roko.

Nur post sufiĉe longa atendado, ili estis certaj ke du el la ŝtelistoj jam estas malproksime, kaj la tria trankvile dormas en la kaverno mem, kion ili povis konstati laŭ lia laŭta spirado. Tiam ili decidis eliri. Malrapide, sur la fingropintoj ili alproksimiĝis al la elirejo. Onklo Bend la unua eligis la kapon inter la arbustoj. Neniu estis videbla en la proksimeco. Tiam ili eliris singarde rigardante dekstren kaj maldestren. Fine ili ekrapidis al la vilaĝo.

Kiam en la vilaĝo onklo Bend komencis

rakonti kion li kune kun Padma vidis kaj aŭdis, la vilaĝanoj kunigis ĉirkaŭ li kaj tre atente aŭskultis ĉiun lian vorton.

—Nun mi komprenas kial mankis al mi parto de mia rikolto, —diris Kumar.

—Kaj mi nun komprenas kie malaperis unu mia bovido, —aldonis alia vilaĝano.

—Kaj mia plej bona sario kiun mi etendis por sekiĝo dum la nokto, —aldonis unu el la virinoj.

—Kaj la duono de mia rizo.

—Kaj la ŝnurego kiun mi aĉetis en la foiro.

—Kaj la plugilo kiu staris en mia stalo.

Al preskaŭ ĉiu vilaĝano io estis ŝtelita dum la lastaj du—tri jaroj, ĉiam en iu mistera maniero, kaj neniam oni sukcesis kapti eĉ unu ŝteliston.

—Iru ni kapti la ŝtelistojn! ekkriis Kumar.

Frue posttagmeze ĉiuj viroj ekiris direkten al la monteto. Ĉiu estis armita per tio, kion li posedis: per ŝpato, sarkilo, pioĉo aŭ per simila bastono. Granda ekscitiĝo ekestis en la vilaĝo, kaj neniu parolis pri io ajn alia ol pri la ŝtelistoj kaj pri tio, kiel ili kaptos ilin.

Tiam sin anoncis Raĝap, tiu kiu plej laŭte parolis kontraŭ onklo Bend en alia okazo. Li diris:

—Kiel rapide vi ĉiuj ekmarŝis al militiro! Kaj se la tutan rakonton pri la ŝtelistoj la fremdulo elpensis? Se tiuj ŝtelistoj tute ne ekzistas? Tiam vi konsciiĝos ke li tiris vin je la nazo kvazaŭ iujn stultulojn, naivulojn kiuj ne distingas la veron de la mensogo. Kaj krome li entiris en tiun sian rakonton ankaŭ la knabinon, kiu kun la tuta afero havas nenian rilaton. Mi ĵuras je Kriŝno, neniam mi iras ĝis kiam la fremdulo ne pruvus ke lia rakonto estas vera. Kiu restos ĉi tie kun mi?

—Do, ĝis nun mi ne rimarkis, do, kie nia gasto nin trompis en io ajn, do. —diris Dilip iom heziteme. Kaj krome ni aŭdis ke al ĉiuj el niaj domoj io mankas, kio tute respondas, do, al la ebleco ke iu grupo de ŝtelistoj, do, nin konstante priŝteladas.

Kumar aldonis al tio:

—Kaj ke nia gasto en la tutan aferon entiris mian filinon Padma, tio tute ne estas vero. Kontraŭe, la vero estas ke mia filino la unua ekvidis la kavernon, kaj poste ŝi vokis onklon Bend. Kaj mi estas certa ke Padma ne mensogas. Mi kredas ke la tuta historio estas vera kaj ke nia gasto faras al ni grandan komplezon invitante nin ĉiujn kune malkaŝi la ŝtelistan bandon kiu sin kaŝas inter ni kaj priŝteladis nin dum jaroj.

—Ni iru!... Antaŭen ĉiuj kun onklo Bend!... Ekgvidu nin, ni petas!— aŭdiĝis de diversaj flankoj.

Kaj la tuta grupo ekmarŝis en la jam konata direkto.

Gvidataj de onklo Bend, la vilaĝanoj atingis la monteton kaj komencis grimpi sur ĝin. Ili ĉirkaŭis la rokon kun la kaŝita enirejo.

Preskaŭ en la sama momento la tri ŝtelistoj unu post alia, timigitaj kaj surprizitaj de la krioj de la vilaĝanoj, eliris tra la truo. Ili provis trabati al si vojon inter la homoj kiuj ĉirkaŭis ilin. Senespere kaj kun la tura forto ili batalis por eskapi renversante tri aŭ kvar vilaĝanojn, sed aliaj sin ĵetis sur ilin. Ŝtelistoj kaj persekutantoj kune rulis desur la monteto, en granda konfuzo. Fine la persekutantoj sukcesis ligi la manojn al la tri ŝtelistoj, kaj tute ekregi ilin.

—Do vi estas tiuj banditoj kiuj jam tiel longe priŝteladas nin, —diris Kumar.

—Kion vi volas diri per tio, —respondis la ĉefo de la banditoj per kvazaŭ ofendita voĉo. Li estis viro mezaĝa, vestita laŭ maniero de riĉaj vilaĝanoj.

—Vi bone scias kion mi volas diri. Nenia klarigado estas necesa. Se vi havas ian klarigon, vi donos ĝin al la polico, al kiu ni transdonos vin.

Tiam Kumar sin turnis al la vilaĝanoj:

—Du el vi eniru la kavernon kaj alportu ĉion kion vi en ĝi trovas.

Du el la vilaĝanoj eniris kaj post nelonge revenis kun sako plena de rizo. Ili eniris plurfoje, kaj fine antaŭ la vilaĝanoj troviĝis tuta amaso da plej diversaj objektoj: krom ses sakoj da cerealoj, dekduo da diversaj terkulturaj laboriloj, pluraj vestaĵoj, du kruĉoj kaj amaso da aliaj objektoj. Fine oni eltiris ankaŭ du kaprojn el la kaverno, sur la fino de longa ŝnurego. Kelkajn el la objektoj iu aŭ alia kamparano tuj rekonis kiel sian propraĵon.

La ŝtelistoj nun staris tie hontigitaj, kun kapoj mallevitaj.

La vilaĝanoj surŝarĝigis po unu pezan sakon al ĉiu el la ŝtelistoj sur la dorson. La ceterajn aĵojn ili distribuis inter si por porti al la vilaĝo.

La eniro al Kondapur estis vera triumfo.

—Tiel do, vi estas tiuj riĉuloj kiuj vivas lukse dank' al la ŝvito de la malriĉuloj, —diris iu virino. —Mi esperas ke vi ricevos la punon kiun vi meritas!

—Tiu ĉi estas mia sario, —diris alia. —Mi pagis por ĝi la tutan monon kiun mi havis.

La sarion oni redonis al ŝi tuj, same kiel ankaŭ al ĉiuj aliaj la objektojn kiujn ili rekonis kiel siajn. Ĉion ceteran kune kun la ŝtelistoj, la vilaĝanoj transportis al Udajanagar, kie ili decidis trandoni ĉion al la polico.

Kvankam la vilaĝanoj koleris kontraŭ la ŝtelistoj, neniu tuŝis aŭ insultis ilin dumvoje, kaj ĉiuj kondutis trankvile, pensante ke justa puno atendas ilin.

Ĉiuj sciis, ke iu dum jaroj priŝteladas ilin. Foje iu el ili ekpensis: se mi kaptas tiun ŝtetiston, mi ne lasos lin viva el la manoj! Sed nun, kiam la ŝtelistoj estis en iliaj manoj, ili sentis ke la sola justa puno estos tiu, kiun la juĝisto diros kontraŭ ili, kaj ke ilia venĝo estus eble same maljusta kiel la agoj de la ŝtelistoj mem. Eĉ pli, kelkaj sentis kompaton al ili, vidante en kia mizera stato ili troviĝas.

La eta Padma rigardis la malgajan sekvantaron kun indiferenteco, kvazaŭ la tuta afero ŝin neniel koncernus.

—Dank' al vi, Padma, mi reakiris mian novna sarion, —diris unu el la najbarinoj.

—Brave, Padma, brave! —kriis ĉiuj kaj aplaŭdis.

Tiam Padma subite turnis sin kaj forkuris al la domo de siaj gepatroj.

Onklo Bend sekvis ŝin. Li trovis la knabinon kuŝanta surventre sur ŝia lito, kun la vizaĝo mergita en la kusenon.

Li eksidis sur la liton apud ŝi:

—Kio okazas, mia malgranda amikino? Ĉiuj estas gajaj kaj kontentaj, ĉar vi ebligis al ili kapti la ŝtelistojn. Sed ŝajne vi mem ne estas tre kontenta.

La etulino turnis sin kaj provis forviŝi la larmojn de la vizaĝo, sed nenion ŝi diris.

—Ĉu vi volas diri al mi, kion vi opinias pri la tuta afero? Kiu faris al vi iun maljustaĵon? Vi scias, se mi povas, mi tre volonte helpos al vi.

—Ĉu vi scias, onklo Bend, tiuj ĉi homoj estas ŝtelistoj. Sed tiuj, kiujn mi vidis en la kaverno, tiuj estas dioj kaj homoj el la rakontoj de la saduo.

—Ne parolu stultaĵojn, Padma. Ĉu vi ne vidis mem kiu estis en la kaverno, kaj ĉu vi ne aŭdus mem kion ili parolis?

La knabino ne respondis. Ŝi nur persiste rigardis en la bluajn okulojn de sia granda amiko.

Onklo Bend pripensadis, kion li devus fari. Post iom da tempo li ekparolis:

—Mi havas ideon, Padma. Ni iru morgaŭ denove al la kaverno. Ni plene esploros ĝin. Ĉu vi tiam estos kontenta?

Gracia rideto ŝia estis la respondo. Ŝi ekrigardis sian amikon oblikve, kvazaŭ ŝi volus diri: "Onklo Bend, vi ĉiam divenas tion, kion mi pensas!"

8. 마을에서의 낭패감

다음 날, 파드마는 자신과 밴드 아저씨 두 사람만 말할 수 있는 적당한 순간을 기다렸다. 마침내 그들 두 사람만 남자, 파드마는 말을 꺼냈다.

"밴드 아저씨, 그 사두의 이야기가 참말이에요. 제 두 눈으로 직접 모든 것을 봤어요. 춤추고 있는 시바를 보았어요. 자신의 큰 발톱으로 악마를 박살 내는 비슈누도 보았어요. 또 사두가 자신의 이야기 속에 설명해 주던 모든 다른 인물들도 보았어요. 모든 것이 진짜였어요. 나는 그들이 마치 말하는 것처럼 그들을 보고 들었어요."

"좋아, 좋아. 어린 여자 친구. 뭔가 새로운 것이 있는 건가요? 뭔가 새로운 귀신을 다시 만났는가 보다."

얼굴에 미소를 띤 밴드 아저씨가 물었다.

"아뇨, 밴드 아저씨. 그 물체들은 귀신이 아니에요."

파드마가 에너지가 찬 목소리로 대답했다.

"저는 지금 아저씨가 내게 말하며 들려주듯이 그들 목소리를 들었어요."

그리고 소녀는 자신에게 어제 일어났던 이야기를 차근차근히 해 주었다. 어떻게 해서 소녀가 그 구멍으로 빠지게 되었는지, 또 동굴 안에 있는 모든 것이 어떤 모습인지를 정확히 설명해 갔다. 파드마가 하는 설명이 정확하고, 하도 활달해, 밴드 아저씨는 파드마가 하는 이야기를 부분적이나마 믿게 되고, 의심을 하지 못할 정도가 되었다. 마침내 그는 이렇게 말했다.

"파드마, 들어 봐요. 만일 그 장소를 기억한다면, 내일 아침 우리 둘이 그곳으로 가 봅시다. 그곳에서 우리는 동굴을 한 번 탐험해 봅시다. 파드마가 들은 그 이상한 사람들의 목소리들에 관해서도 연구해 봅시다. 좋은가요?"

"아주 좋아요, 아주 좋아요! 잘 기억하고 있고요. 출입구는 어느 큰 바위 뒤에 있어요. 내일 제가 그곳을 알려 드리겠어요."

다음 날 아침, 그들은 자신들이 어디로 가는지 아무에게도 말하지 않았다. 밴드가 쿠마르에게 파드마와 함께 산책해도 되는지에 관해 물어보기만 했다.

"물론입니다! 그 아이가 선생을 따라가는 것이 기쁩니다. 아이는 선생을 통해 많은 것을 배울 수 있습니다."

쿠마르는 대답했다.

한 시간 동안 걷고 나자 그들은 그 동산의 아래쪽에 다다랐다. 그때 그들은 비탈을 올라가기 시작했다. 여러 종류의 나무들도 지나고 수많은 키 작은 나무들도 지나게 되었다.

"이제, 저 큰 바위 뒤에, 저곳이 그 구멍이에요."

파드마가 가리켰다.

큰 회색 바위는 그 키 작은 나무들 사이에 놓여 있었다.

가까이에서부터 밴드 아저씨는 저 작은 출입구가 얼마나 교묘하게 숨겨져 있는지를 명확히 볼 수 있었다.

그는 힘껏 그 출입구를 열어, 구멍을 따라 내려가 보았다. 그리고 파드마가 그의 뒤를 따랐다.

그러나, 그들은 곧 멈추었다. 그 안에서 사람들의 목소리가 그들의 귓가에 들리는 것 같았다. 사람들이 동굴의 깊은 곳 저쪽에서 나오고 있었다. 파드마는 승리감의 시선으로 밴드 아저씨를 쳐다보기 시작했다: 소녀가 말한 모든 것이 실제적임을 알려 주고 있었다! 소녀가 자신의 친구 손을 쥐었을 때, 자신의 두 손은 흥분으로 조금 떨렸다.

그 두 사람은 동굴 내부로 발뒤꿈치를 든 채 몇 걸음을 더 들어섰다. 밴드 아저씨는 자신의 둘째 손가락을 자신의 입에 가까이 대면서, 파드마에게 가능한 소리를 내지 않고 움직임이 필요하다고 몸짓으로 알려 주었다. 서서히 또 소리 없이 그들은 긴 복도의 온전한 길을 지나갔다. 마침내 그들은 동굴 안의 세 사람이 나누는 대화를 분명히 들을 수 있었다. 밴드 아저씨와 파드마는 그 사람들의 모습은 볼 수 없었다. 그들은 더 가까이 가 볼 용기가 없었다. 두려움 때문에 그들의 정체를 밝힐 용기가 없었다.

그 목소리 중에 한 사람이 말했다.

"우리가 여기에 모아 놓은 모든 것의 절반을 당신이 달라고 요구하는가? 우리 둘은 당신처럼 똑같이 일하지 않았는가?"

"그래, 당신들은 실제로 똑같이 일했지요."

더 묵직한 목소리로 다른 사람이 말했다.

"하지만 맨 처음 그 아이디어를 낸 것은 나요. 만일 내가 당신들을 나와 함께 일하도록 청하지 않았다면, 당신들은 여전히 이전처럼 가난한 채, 또 배고픈 농사꾼으로 있었을 거요. 지금은 두 사람이 부유해져, 가축도 갖게 되고, 다른 사람들도 당신을 위해 일하고 있다고요. 이 마을 저 마을로 밤마다 돌아다니며 안락한 삶에 필요한 뭔가를 모아 왔지요. 그게 명석한 아이디어에서 나온 것 아니오, 하-하-하?"

이 마지막 말을 한 그의 말은 실제로 동굴 속에서 메아리 되어 아주 큰 목소리로 들려 왔다.

"좋아요, 우리가 더 싸우지 않은 편이 나아요."

셋째 목소리가 들려 왔다.

"가장 나은 것은, 우리가 오후에 이곳에 돌아오

면 그때 이 모든 것을 어떻게 나눌지 결정합시다."

"나도 동의해요."

그 깊숙한 목소리를 가진 다른 사람이 말했다.

"만일 당신이 쉬고 싶으면, 당신은 여기에 남아서 자도 좋아요. 우리 셋 사람은 오늘 오후에 여기서 다시 모입시다."

그때 발걸음 소리가 들려 왔다. 그들이 더 가까이 다가왔다.

그들은 두 '탐험가'들을 찾아내기보다는 뭔가 아주 급한 일이 있었다.

밴드 아저씨는 자신의 주변을 둘러보았다. 그는 아주 가까운 벽에서 어두운 벽감을 발견했다. 큰두 걸음으로 그는 벽감 안으로 들어갔다. 그리고는 파드마를 안으로 데려갔다. 두 사람이 잘 숨기위한, 마지막 순간이었다.

그 순간이 지난 바로 뒤, 두 사람의 모습이 복도에 보이더니, 우리 주인공들이 있는 방향에서 움직였다.

밴드 아저씨와 파드마는 자신에게 영원처럼 여겨진 몇 초 동안 숨을 멈춘 채 있어야 했다.

동굴 안에서부터 두 남자가 조심하는 발걸음으로 그들 옆을 지나갔다. 그렇게 숨은 우리 주인공들의 심장은 마치 북처럼 두근두근했다.

'이 심장 소리를 저 도둑들도 분명 듣겠구나!'

파드마가 생각했다.

'만일 저들이 우리를 발견하기라도 한다면, 우리를 죽여 버릴 수도 있겠구나!'

그러나, 그들은 아무것도 발견하지 못했다. 그들은 그 바위 아래의 열린 곳을 통해 그 동굴 밖으로 나갔다.

충분히 긴 기다림의 시간이 지난 뒤에서야, 도둑 중 두 사람은 이미 멀리 가 버렸음을 그들은 알았다. 나머지 한 사람은, 우리 주인공들이 보기엔, 큰 숨소리로 보아 필시 편안하게 동굴 안에서 잠자고 있었다.

그때, 우리의 두 주인공은 이 동굴에서 나가기로 했다. 천천히, 두 발을 꼿꼿하게 세운 채 출구로 가까이 갔다. 밴드 아저씨가 맨 먼저 수풀 속에서 자신의 머리를 내밀었다. 근처엔 아무도 보이지 않았다. 그때 두 사람은 왼쪽으로, 또 오른쪽으로 조심하여 나갔다. 마침내 그들은 마을에 서둘러 갔다.

마을에 온 밴드 아저씨는 파드마와 함께 보고 들은 것을 마을 사람들에게 이야기하자, 마을 사람들은 주변에 모여들었고, 아주 조심스럽게 그가 전하는 모든 말을 들었다.

"지금에야 내가 추수해 놓은 곡식 일부가 왜 부족한지 이해할 수 있어요."

쿠마르가 말했다.

"또 내 집 송아지가 어디서 사라진 것인지 이해할 수 있겠어요."

마을의 다른 사람이 말했다.

"또 밤 동안 빨래해 널어놓은 나의 가장 귀한 사리 옷이 어디서 없어진 것도요."

여자 중에서 한 여자가 말했다.

"또 내가 가진 쌀의 절반도 없어졌어요."

"또 내가 시장에서 사 온 밧줄도요."

"또 내가 마구간에 세워 둔 쟁기도요."

거의 모든 주민이 지난 이삼 년간 괴상한 방식으로 뭔가 도둑맞은 물건이 있었지만, 사람들은 한 번도 그런 도둑을 잡지 못했다.

"우리가 그 도둑들을 잡으러 갑시다!"

쿠마르가 외쳤다.

오후 일찍 모든 남자는 그 동산을 향해 출발했다. 모든 사람은 뭔가로 무장을 했다. 예를 들면, 삽, 낫, 곡괭이나 간단한 몽둥이 같은 것들을 들었다. 마을 사람들에겐 대단히 흥분되는 일이었고, 아무도 그 도둑들 이야기와 어찌 그들을 잡을지 의논하는 것 말고는, 다른 이야기들은 하지 않았다.

그때, 다른 경우에는 밴드 아저씨에 관해서라면 가장 목청을 높여 반대 의견을 말하던 라잡이 자신의 존재를 알렸다. 그가 말했다.

"여러분 모두는 정말 전쟁터에 가는 사람처럼 잘 달려가겠군요. 만일 도둑들 이야기 모두가 저 이방인이 만들어 냈다면요? 만일 그곳으로 갔지만, 도둑들이 없다면요? 그때는 여러분은 저이가 여러분을 거짓말과 진실을 구분하지 못하는 어떤 멍청한 이들처럼, 천진난만한 이들처럼 여러분 코를 잡고 끌고 왔음을 알게 될 거요. 그리고 더구나 저이는 자신의 이야기 속으로 이 일과 아무 관련 없는 파드마 같은 어린아이도 끼워 넣었답니다. 내가 크리슈나[25]Krishno에게 맹세하리다. 저 이방인이 한 이야기가 진실인지 아닌지를 입증하지 못할 때는 나는 아무 곳도 안 갈 거요. 여기에 나와 함께 남을 사람은 없나요?"

"그런데, 손님이 우리를 어떤 경우에도 속이지 않았다는 것을 지금까지 내가 말하지 않았어요."

그렇게 딜리프는 좀 주저하며 말했다.

"더구나, 집마다 뭔가 부족하다는 이야기는 도둑들이, 그래, 계속해서 뭔가 훔쳐 갔음을 뜻하는 것이 아닌가요?"

---

25) 크리슈나는 인도에서는 최고신으로 숭배되기도 하며, 힌두교 비슈누 신의 8번째 아바타라로 숭배되기도 한다. 박티, 즉 신에 대한 헌신적 사랑을 강조하는 수많은 종파가 크리슈나를 중요한 숭배 대상으로 삼았다.

쿠마르가 그 말에 덧붙였다.

"또 우리 손님은 이 모든 일에 파드마를 끼워 넣었다는 말은 전혀 사실이 아닙니다. 반대로, 진실은 이러합니다. 딸이 맨 먼저 그 동굴을 발견했습니다. 이 아이가 밴드 아저씨를 불렀습니다. 내가 아는 한, 파드마가 거짓말을 하지 않았음은 분명합니다. 나는 이 이야기가 진짜로 벌어진 일이며, 여러 해 동안 우리 속에 자신들의 모습을 숨긴 채 뭔가를 우리에게서 훔쳐 간 저 도둑들을 밝혀내는 일에 우리 손님은 모두를 초청하여, 우리에게 큰 기쁨을 주고 있습니다."

"나는 갈 거요!."

"밴드 아저씨와 함께 모두 앞으로 갑시다!"

"우리를 안내해 주세요!"

여러 곳에서 그와 같은 소리가 들렸다.

이제 마을 사람들은 이미 알려진 방향으로 나아갔다.

밴드에 의해 안내를 받은 마을 사람들은 그 동산에 도착해, 산을 오르기 시작했다. 그들은 숨겨진 입구가 있는 바위를 에워쌌다.

거의 같은 시각, 세 명의 도둑은 마을 사람들이 외치는 소리에 차례로 두려움을 느끼고 깜짝 놀라, 바로 구멍을 따라 밖으로 나왔다.

그들은 자신들을 에워싼 마을 사람들의 틈새를

비집고 내빼려고 하였다. 절망적으로 또 온 힘을 다해 그 일당은 세 사람, 네 사람의 마을 사람을 넘어뜨리고 탈출해 보려고 했다. 그러나 다른 사람들이 그 일당을 붙들었다. 그러자 도둑들과 쫓는 사람들이 서로 당황해 동산에서 구르기도 하였다. 마침내 마을 사람들이 세 도둑의 손을 묶는 데 성공하고, 그들을 온전히 제압할 수 있었다.

"그래, 당신들이 그렇게 오랫동안 우리를 약탈해 온 그 도둑이구나."

쿠마르가 말했다.

"그게 무슨 말이요?"

마치 그 말에 상처를 입은 목소리처럼 도둑들 일당 중 대장이 말했다. 그는 마을의 부자들이 입는 복장을 한 중년 남자였다.

"당신은 내가 하고 싶은 말을 잘 알고 있네. 설명은 필요 없고요. 무슨 설명을 하고 싶으면, 당신은 그걸 당신들을 넘겨받을 경찰에게 하기나 해요."

그때 쿠마르는 마을 사람을 향해 말했다.

"당신들 두 사람이 저 동굴 안으로 들어가서, 그 안에 있는 모든 것을 갖고 와 봐요."

마을 사람 둘이 들어갔다가, 얼마 되지 않아, 그들은 쌀이 가득 담긴 자루를 들고 나왔다. 그들은 여러 번 들어가더니 마침내 사람들 앞에 가장 다양한 물건들을 전부 내놓았다. 여섯 자루의 곡물을 제외하고서도 12개의 다양한 농기구, 여러 벌의 옷, 주전자 2개와 다른 여러 물건. 마침내 사람들은 동굴 속에서 긴 밧줄의 끝에 염소 두 마리도 끌고 왔다. 가재도구 중 몇 점을 이런저런 농부가 자신의 소유물임을 곧장 알게 되었다.

도둑들은 이제 그곳에서 부끄러운 처지가 되어, 고개를 떨궜다.

마을 사람들은 도둑들 모두의 등에 각각 한 개의 무거운 자루를 짐 지게 했다. 마을 사람들은 마을로 그들을 데려가기 위해 다른 물건들을 각각 분담해 들고 갔다.

콘다푸르로 향하는 마을 어귀는 진짜 승리의 길이었다.

"그렇게, 그래, 너희들이 가난한 사람들이 땀으로 일군 것을 이용해 호화롭게 살아가는 부자 같구나."

그렇게 어느 여자가 말했다.

"너희들은 합당한 벌을 받아야 해!"

"-이것은 내 사리 옷이네."

그렇게 다른 사람이 말했다.

"나는 이 옷을 사는데 내가 가진 돈 모두를 주었어."

그 사리는 그 말을 한 마을 사람에게 곧장 주었

다, 마찬가지로 마을 사람들이 자신의 것으로 곧
장 알아차린 가재도구들은 모두 소유주에게 돌려
주었다.

마을 사람들은 도둑들과 또 그 밖의 물건들 모
두를 경찰에 넘기기로 하고, 소도시 우다야나가르
로 보내기로 했다.

마을 사람들이 도둑들에게 화를 내기도 했지만,
아무도 그들을 건드리거나 모욕을 주진 않았다.
그리고 모두 침착하게, 이 도둑들에겐 정당한 벌
이 기다리고 있을 것을 생각하며 행동했다.

누군가 여러 해 동안 마을 사람들에게서 약탈해
왔다는 것을 모두 알고 있었다. 어떤 경우에는 그
들 중 누군가는 생각했다.

'만일 내가 그 도둑을 잡는다면, 그를 내 손으로
잡아서 산 채로 두지는 않을 거야!'

그러나 도둑들이 마을 사람들에게 붙잡힌 지금,
그들은 느끼기를, 유일하고도 정당한 벌은 그 도
둑들에게 내리는 판사의 판결이 될 것이고, 만일
자신들이 복수하게 된다면, 이는 도둑들이 한 행
동처럼 정당하지 못하다고 느꼈다.

더구나, 몇몇 사람들은 도둑들이 처한 비참한 상
황을 보고서 도둑들에게 애처로운 생각도 느꼈다.

"파드마, 얘, 네 덕분에 내가 새로 산 사리 옷을
다시 찾았구나."

이웃 아주머니 중 한 사람이 말했다.

"잘 했어, 파드마, 용감하구나!"

모두는 소리치고는 손뼉도 쳤다.

그때 파드마는 갑자기 자신의 몸을 돌려, 자신의 집으로 뛰어 가버렸다.

밴드 아저씨가 파드마를 뒤따랐다.

파드마가 자신의 침대에 배를 깔고 엎드린 채, 얼굴을 베개에 묻고 있었다.

밴드 아저씨는 그녀의 침대의 그녀 곁에 앉았다.

"우리 작은 동무 파드마에게 무슨 일이 있나요? 모두 즐거움에 만족하여 있는 걸요. 우리 파드마 덕분에 마을 사람들이 도둑들을 잡을 수 있었어요. 하지만 파드마는 그런 것에 아주 만족한 모습은 아니군요."

귀여운 소녀는 자신의 몸을 돌려, 얼굴의 눈물을 훔치려고 하였지만 아무 말을 하지는 않았다.

"파드마는 오늘 있었던 일에 대해 어떤 기분인지 말해 줄 수 있겠어요? 누가 파드마에게 무슨 불공평한 일을 하던가요? 내가 할 수 있다면, 기꺼이 파드마를 도울 거에요."

"밴드 아저씨, 이들이 도둑인 줄 알았어요? 내가 그 동굴에서 본 그것들은 지난번 그 사두가 우리에게 이야기해 준 신들과 사람들이에요."

"파드마, 무슨 그런 어리석은 말을 말아요. 동굴

에서 직접 보지 않았어요? 그리고 파드마는 그들이 말하는 것을 직접 듣지 않았나요?"

소녀는 대답하지 않았다. 그녀는 자신의 큰 친구의 푸른 눈만 뚫어지게 바라볼 뿐이었다.

밴드 아저씨는 그가 어찌하면 될지 생각에 생각을 거듭했다. 잠시 시간이 지난 뒤, 그는 말을 꺼냈다.

"파드마, 내게 생각이 있어요. 내일 그 동굴로 우리가 다시 가 봐요. 내가 진지하게 그 동굴 안을 조사해 볼게요. 그러면 파드마는 만족하겠어요?"

소녀의 얼굴에 우아한 미소가 그 대답이었다. 소녀는 자신의 친구를 비스듬히 쳐다보았다. 소녀가 마치 이렇게 말하듯이. '밴드 아저씨, 아저씨는 내가 생각하고 있는 것을 언제나 참 잘 알아맞히는군요!'

9. La rakontoj ekvivas

La sekvantan matenon onklo Bend kaj Padma gaje marŝis en direkto de la monteto. Li portis en unu mano grandan lampon.

Ili supreniris al la roko. Antaŭ ĝi ankoraŭ estis freŝaj la postsignoj de la lukto kontraŭ la banditoj de la antaŭa tago. Padma starigis tiom multe da demandoj, ke Bend devis rakonti en la plej etaj detaloj kiel la banditoj estis kaptitaj.

Dum li rakontis, Bend ekbruligis la lampon. Ili eniris tra la truo, kio nun jam estis iom pli granda.

Ili transiris la antaŭĉambron en kiu ili ambaŭ la antaŭan tagon kaŝe aŭskultis la interparolon de la ŝtelistoj. Nun ili kuraĝe kaj senĝene eniris, sciante ke ne plu ekzistas danĝero de la banditoj. En la kaverno plena silento regis. La lampo lumigis la kolonojn, kaj ĵetis longajn kaj profundajn ombrojn en la salonon en kiun ili eniris.

—Ho, kiel granda kaj bela salonego! —ekkriis onklo Bend surprizita. Tio estas fakte tiel, kiel vi ĉion priskribis al mi la unuan tagon.

—Rigardu tien!— ekkriis Padma ekscitita, montrante al la kontraŭa muro.

Onklo Bend antaŭeniris kelkajn paŝojn kaj levis la lampon al la alteco de sia brusto. Kiam li alvenis proksime al la muro, li restis sen spiro. Tiel stranga estis ĉio kion li vidis.

La muro estis dividita en multajn grandajn sektorojn, kaj en ĉiu kvarangula regula kadro estis skulptita unu aŭ pluraj homfiguroj. Kelkaj estis duoble pli grandaj ol homoj.

La rozkolora sabla ŝtono estis en multaj lokoj bele polurita, dum en aliaj la figuroj estis ege damaĝitaj. Senescepte, ĉiuj bildoj prezentis figurojn kaj scenojn el la hindaj legendoj. Padma haltis ĉe unu kaj diris:

—Mi konas lin. Li estas dio Ŝivao!

Onklo Bend aldonis:

—Jes, li estas tiu plej fama dancisto pri kiu la saduo rakontis al ni.

Ĉar onklo Bend konis multajn hindiajn legendojn, estis por li facile rekoni ankoraŭ multajn el la homfiguroj skulptitaj en la murojn de la kaverno.

—Tiu ĉi estas, Padma, tiu Viŝnuo pri kiu

ankaŭ rakontis al ni la saduo. Ĉu vi vidas, li estas...

—... Li estas duone leono kaj duone homo, —aldonis Padma. — Li ĝuste en tiu ĉi momento dispecigas per la ungegoj tiun diablon... Kiel li nomiĝas?

—Hiranjakasipu estis lia nomo, kiel diris la saduo, ĉu vi memoras, Padma?

—Jes, mi memoras, kaj ĉu vi konas tiujn ĉi tie, onklo Bend.

—Tie ĉi Viŝnuo kaj Bramo disputas. Kaj jen malantaŭ la kolono venas Ŝivao por diri al ili la veron. La homoj kiuj ĉi tie vivis antaŭ kelkaj jarcentoj estis grandaj artistoj. Mi estas al vi tre dankema, Padma, ke vi malkovris al mi la sekreton de tiu ĉi kaverno!

Padma preskaŭ ne aŭdis tiujn ĉi vortojn de dankemo, tiom ŝi enprofundiĝis en la observadon de la mirindaj artaĵoj. Ĉe ĉiu skulptita panelo ŝi haltis kaj demandis sian amikon: "Kiu estas tiu ĉi?"..."Kio okzas ĉi tie?"

Ankoraŭ longan tempon ili pasigis en la kaverno, ĉar Bend deziris observi ĉiun skulptitan figuron. Paŝante li rakontis al Padma,

ke tiu ĉi estas nur unu el la multaj kavernaj
temploj entranĉitaj en la rokojn de diversaj
regionoj de Hindio, kreitaj antaŭ centoj da jaroj.

Tra riĉe skulptita pordego ili eniris en alian
salonon. Ĝi estis malpli larĝa sed pli longa ol la
unua, kaj havis malaltan plafonon. Sur ĝiaj
muroj estis neniaj skulptaĵoj. Onklo Bend
alproksimiĝis al la muro kaj bone ĝin prilumigis.
Li ekvidis kolorajn pentraĵojn. Ili montris diojn,
homojn, bestojn, domojn... Oni povis rekoni
scenon de renkonto de princo kaj princino,
bildon pri ĉasado, pri milito... Ĉio farita per
majstra mano, en brilaj koloroj.

—Vidu, Padma. Tiu ĉi estas Rama kaj Sita,
rajdantaj pavon kaj flugantaj tra la aero, kiel
flugas birdoj. —diris onklo Bend.

—Kaj kiu estas tiu ĉi, kiu muzikas per
fluto?

—Li estas dio Kriŝno, pri li multaj legendoj
rakontas belajn kaj amuzajn historiojn. Se la
saduo havus pli da tempo, li certe rakontus
ankaŭ pri liaj travivaĵoj.

Onklo Bend sentis grandan emocion. Estis
al li klare, ke helpe de Padma li malkovris

mirindan subteran templon, kiu interesos multajn sciencistojn. Kiam ili trairis ankaŭ la trian salonon, onklo Bend turniĝis ĉirkaŭ si. La mallumo estis tiel densa, ke la flaveta lumo de la lampo neniel povis ĝin penetri. Ĉio ĉirkaŭ ili estis nigra, kvazaŭ peza nigra kurteno ĉirkaŭus ilin.

—Padma, ni devas eliri, antaŭ ol ni forgesas de kiu flanko ni eniris.

Kiam ili eliris el la kavernoj, onklo Bend kune kun la knabino rapidis al la vilaĝo, kvazaŭ iu estus atendanta ilin tie. Survoje li demandis Padma, ĉu ŝi permesas al li rakonti al aliaj tion kion ili vidis. Padma jese kapsignis.

Kiam ili atingis Kondapur, la vilaĝanoj ĉirkaŭis ilin. La atenton de la najbaroj altiris la fakto ke Bend portis en la mano petrollampon dum plena tago. Onklo Bend rakontis al ili pri la interesa malkovro de Padma. neniu el ili sciis pri tio, ke en la interno de la proksima monteto troviĝas antikva templo. Tio eĉ ŝajnis al ili nekredebla afero.

Ankaŭ Padma enmiksiĝis en la interparolon.

—Jes, ni vidis ankaŭ dion Ŝivaon, ĝuste

tian, kiam la saduo priskribis lin al ni. Li ĝuste prezentis sian granda dancon. Tiel... —dirinte tion, ŝi montris dancan pozon, kian ŝi vidis ĉe Ŝivao, kun la manoj gracie etenditaj.

—Kun la diferenco ke Ŝivao havas ok aŭ dek brakojn.

La vilaĝanoj rigardis la knabinon, kiun ĉiuj konis ekde ŝia frua infanaĝo, sed nun ŝi ŝajnis al ili jam kreskinta fraŭlino. Ili rigardis kaj aŭskultis ŝin kun admiro.

—Kaj ni vidis ankaŭ dion Viŝnuon kiel li disŝiras la diablon sur la sojlo de lia domo. Ĉu vi memoras kiel rakontis la saduo...

Onklo Bend foriris en sian ĉambron kaj komencis ion skribi. Li plenigis unu paperfolion, kaj alian, kaj trian... Li ĉion metis en koverton kaj surgluis poŝtmarkon. Kaj tiam li petis junulon ke li portu la leteron al la poŝto en Udajanagar. La junulo zorgeme envolvis la leteron el poŝttukon kaj foriri. Ĉiuj mirigite postrigardis lin. Neniu komprenis kial devis tiom urĝe foriri la sciigo pri tio, ke proksime al ilia vilaĝo estas malkovritaj ruinoj de malnova templo.

9. 옛이야기들은 살아 있다.

다음날, 밴드 아저씨와 파드마는 유쾌하게 그 동산으로 갔다. 그는 한 손에 큰 석유 램프를 들고 갔다.

그들은 그 바위로 올라갔다. 바위 앞에는 어제 도둑 일당과 싸움을 벌인 흔적이 아직도 선명하게 남아 있었다. 파드마가 그만큼 많은 질문을 하는 바람에, 밴드는 어떻게 해서 그 일당을 잡게 되었는지를 아주 세세하게 말해 주어야만 했다.

밴드는 이야기하면서 램프에 불을 켰다. 그들은 이제 다소 넓혀진 구멍을 따라 걸어 들어갔다.

그들은 어제 도둑들의 대화를 둘이 함께 들었던 전실을 지나갔다. 이제 그들은 도둑 일당으로 인해 생길 위험이 더 존재하지 않아, 용감하게 또 아무 걱정 없이 들어갔다. 동굴에는 온전히 고요했다. 램프로 벽을 비추자, 그들이 걸어가는 석실 공간 안으로 길고 깊은 그림자들을 만들었다.

"오, 정말 크고 아름다운 공간이구나!"

밴드 아저씨는 깜짝 놀라 외쳤다.

"파드마가 첫날 나에게 이야기해주던 그대로군요."

"저기를 봐요!"

파드마가 맞은편 벽을 가리키며 흥분이 되어 말

했다.

밴드 아저씨가 몇 걸음 앞서 걸었고, 램프를 자신의 가슴 높이까지 올려 보았다. 그가 그 벽면에 가까이 가자, 거의 숨을 못 쉴 정도였다. 그렇게 이상한 모습을 지금 그는 보고 있다.

벽은 수많은 큰 정사각형의 부문들로 나누어져 있었고, 모든 정사각형 안에는 한 개 또는 여러 개의 인물 형상이 조각되어 있었다. 그들 중 몇 개의 모습은 사람 크기보다 더 컸다.

장밋빛의 사암 같은 돌은 수많은 곳에서 아름답게 윤이 나 있었고, 한편 다른 돌에서는 형상들이 크게 훼손되어 있었다. 그러나 예외 없이, 모든 그림은 인도 전설에 나오는 인물들과 장면들을 보여 주고 있었다. 파드마는 한 곳에 멈추어 선 채 말했다.

"이 분을 알아요. 이 분은 시바 신이에요!"

밴드 아저씨가 덧붙였다.

"그렇군요. 사두라는 분이 우리에게 이야기해 준, 가장 유명한 무용수군요."

밴드 아저씨는 힌두교의 전설을 많이 알고 있었다. 그에겐 이 동굴 벽면에 조각된 인물 형상들의 많은 것들을 여전히 쉽게 알아맞힐 수 있었다.

"파드마, 이 인물은 사두라는 분이 말해 준 비슈누이군요. 저 형상이 가리키는 것이……. 보여요?"

"저분이 바로 반은 사자이고 반은 사람인 형상이에요."

파드마가 덧붙였다.

"그분은 그 악마를 큰 발톱으로 단번에 때려 부수었어요. 그 악마 이름이 뭐라 했더라?"

"히라냐카시푸Hiranjakasipu가 그분의 이름이지요. 그렇게 사두가 말했어요. 파드마, 기억이 나요?"

"그래요, 이제 기억이 나요. 또 여기에 있는 이분들은 뭔지 생각나세요, 밴드 아저씨?"

"여기는 비슈누와 브라흐마26)Bramo이 토론을 벌이고 있군요. 그리고 이게, 이 기둥 뒤편에는 그들에게 진실을 말하러 시바가 오고 있어요. 수백년 전에 여기서 살았던 사람들은 위대한 미술가예요. 나는 파드마에게 정말 고맙게 생각해요. 파드마가 내게 이 동굴의 신비를 밝히는 기회를 주었어요!"

파드마는 그런 감사의 인사말을 거의 듣지 못했다. 왜냐하면, 그녀는 이 놀라운 예술품을 보느라 그것에 정신이 빠져 있었기 때문이었다. 모든 조각된 널빤지에서 그녀는 멈추어 서서는 자신의 친구에게 물어보았다.

---

26) 힌두교의 3주 신 중 하나. 3주 신은 우주의 창조 · 유지 · 파괴의 세 가지 우주적인 작용들이 창조의 작용을 하는 신인 브라흐마, 유지의 작용을 하는 신인 비슈누, 그리고 파괴와 재생의 작용을 하는 신인 시바를 말한다.

"이 분은 누구예요?"

"여긴 무슨 일이 일어났나요?"

여전히 오랫동안 그들은 동굴에서 여기저기를 둘러보고 다녔다. 왜냐하면, 밴드는 이 모든 조각된 형상들을 관찰하고 싶었기 때문이었다. 그는 계속 걸어가면서 파드마에게 설명해 주었다. 이 동굴은 인도의 여러 지역의 많은 동굴 사찰 중, 수백 년 전에 바위를 잘라 만든 것으로는 유일한 것이라고 설명했다.

풍부하게 조각된 대문을 지난 그들은 다른 석실로 들어섰다. 그것은 처음의 것보다 덜 넓지만, 더 길었고, 천장이 낮았다. 그 석실의 벽에만 아무 부조 조각품이 없었다. 밴드 아저씨는 그 벽에 다가가, 그 벽면에 램프를 더 가까이 비춰 보았다. 그곳에서 그는 색깔이 있는 벽화를 보게 되었다. 그 벽화에는 신(神), 사람, 동물, 집이 여럿 보였다. 이를 본 사람이라면, 왕자와 공주의 만남 장면, 사냥하는 장면, 또 싸움 장면을 연상할 수 있었다. 그렇게 만들어진 모든 것은 장인의 손으로 반짝이는 색깔로 채색되어 있었다.

"봐요, 파드마. 이분들은 라마27)와 시타28)예요. 공작새를 타고 있고, 마치 새들이 날듯이 공중에

---

27) 가장 널리 숭앙받는 힌두교 신 중 하나로 무용과 미덕의 화신.
28) 힌두교 신화에 나오는 인물로, 라마의 아내로, 헌신적이고 순종적인 아내의 표상이다.

날고 계시는 두 분이네요."

밴드 아저씨가 말했다.

"또 피리를 불고 있는 이 분은 누구세요?"

"그분은 크리슈나인데, 이분에 대해서 아름답고
도 유쾌한 설화를 전해 주는 수많은 전설이 있지
요. 만일 사두가 시간이 더 있었더라면, 그이가 크
리슈나의 체험담에 대해서도 분명 이야기를 해 주
었을 거예요."

밴드 아저씨는 대단히 감동했다. 그가 파드마 덕
분에 수많은 학자가 관심을 가질만한 지하 사찰을
자신이 알아내게 된 것임이 분명해졌다.

두 사람이 셋째 석실 공간으로 지나갔을 때, 밴
드 아저씨는 그 안에서 자신을 빙 둘러 보았다.
어둠은 그렇게 짙어, 램프의 약한 노란빛으로는
그곳이 어떻게 채색되어 있는지를 알 수 없을 정
도였다. 그들 주변은 마치 검은 커튼이 자신들의
주변을 에워싸고 있는 것처럼 그렇게 까맣다.

"파드마, 이제 우린 나가야 해요. 여기에 좀 더
있다가는 우리가 어느 방향에서 들어왔는지 잊어
버리게 될지도 모르겠어요."

그들이 동굴들 속에서 빠져나왔을 때, 파드마와
함께 밴드 아저씨는 서둘러 마치 누군가가 마을에
서 그들을 기다리고 있는 것처럼 자신들이 사는
마을로 돌아가기로 했다.

귀갓길에 그는 파드마에게 두 사람이 함께 본 모든 것을 다른 사람들에게 이야기해도 되는지 물었다. 파드마는 그렇게 해도 된다고 고개를 끄덕였다.

그들이 콘다푸르 마을에 도착했을 때, 마을 사람들은 그들을 에워쌌다. 밴드가 대낮인데도 불구하고 손에 램프를 들고 있다는 사실이 이웃 사람들의 관심을 유도해 버린 결과가 되어 버렸다. 밴드 아저씨는 파드마가 발견한 흥미로운 일을 마을 사람들에게 설명해 주었다. 그러나 그들 중 아무도 자신이 사는 마을에서 가까운 동산의 내부에 고대 사찰이 발견되었다는 것에 대해 믿으려고 하지 않았다. 그것은 그들에겐 믿기지 않는 일로 여겨졌다.

파드마도 대화에 끼어들었다.

"그렇습니다. 우리는 시바 신도 봤어요. 사두가 그분에 대해 우리에게 설명해 주었어요. 그분은 자신의 위대한 춤을 바로 표현하고 있었어요. 그렇게……."

그 말을 하고서, 그녀는 두 팔을 우아하게 펼친 시바 신의 모습에서 본 춤사위로 자신을 표현해 보였다.

"다른 점이 있다면 그 시바 신은 팔이 여덟 개이거나 열 개였어요."

마을 사람들은 자신들이 그 소녀를 어릴 때부터 알고 지냈으나, 지금 그 소녀가 이미 성장한 아가씨처럼 보이는 그 소녀를 보고 있었다. 마을 사람들은 소녀를 감탄으로 쳐다보고는, 소녀가 하는 말을 듣고 있었다.

"그리고 우리는 비슈누 신도 보았어요. 자신의 집 문턱에서 그 악마를 때려잡는 장면을 보여 주었어요. 마을 사람들 여러분께서는 그 사두가 말해 주던 것을 기억하고 있지요?"

밴드 아저씨는 자신의 방으로 먼저 가, 뭔가 쓰기 시작했다. 그는 자신의 종이에 한 장, 두 장, 석 장을 채워 나갔다. 그는 모든 것을 편지 봉투에 담아, 우표를 그 위에 붙였다. 그리고 그는 우다야나가르에 있는 우체국으로 그 편지를 가져가, 우송해 달라고 한 청년에게 요청했다. 청년은 편지를 자신의 호주머니에 조심해서 접어 넣고, 길을 떠났다.

모두는 놀라움을 감추지 못한 채, 길을 떠나는 청년을 바라보고 있었다.

아무도 자신들 마을 가까운 곳에 옛 사찰의 유적지가 발견되었다는 소식이 왜 그렇게 긴급하게 알려져야 하는지 전혀 이해하지 못했다.

10. Vizito el la Urbo

Dum la sekvanta semajno preskaŭ ne estis viro aŭ virino en la vilaĝo, kiu ne vizitus la mirindan kavernon. Kelkaj bruligis kandelojn antaŭ la reliefoj kaj statuoj de dioj kaj ornamis ilin per floroj, laŭ la hindiaj moroj.

La dekan tagon post la malkovro de la groto aŭtomobilo alvenis al Kondapur. Kiam tri pasaĝeroj eliris el la veturilo, unu el ili sin prezentis:

—Mi estas Kusum Gupta. Mi venas je la nomo de la Instituto por Historiaj Monumentoj en Novdelhio. Ili estas miaj helpantoj. Sinjoro Bend, mi tre dankas al vi pro via letero.

La sciencisto Kusum Gupta interparolis iom kun la vilaĝanoj, kaj post ripozo de la vojaĝo, li petis ilin alkonduki lin al la kaverno kun skulptaĵoj. Ĉirkaŭitaj de vilaĝanoj, la vizitantoj ekiris al la monteto.

Alveninte al la enirejo de la kaverno, la sciencistoj ekbruligis grandajn bateriajn reflektorojn. Ankaŭ la vilaĝanoj kunportis plurajn petrollampojn, tiel ke nun la subteraj

salonegoj povis esti lukse lumigitaj. Kusum
Gupta estis entuziasma pri tio kion li vidis. Li
tuj diris ke la skulptaĵoj estas vere altnivelaj,
kaj ke la pentraĵoj en la dua salono estas inter
la plej belaj iam trovitaj en Hindio.

Kun la fortaj elektraj lumiloj la sciencistoj
nun povis eniri ankaŭ en tiujn salonojn en kiujn
Bend ne kuraĝis eniri kun Padma. Kelkaj
koridoroj gvidantaj al aliaj salonoj estis ŝtopitaj
per defalintaj ŝtonoj kaj tero. Tiuj baroj estis
rapide forigitaj, kaj tiel plua antaŭeniro estis
ebligita.

La sciencisto konkludis ke tiu ĉi templo
estis antaŭ pli ol mil jaroj grava kulturcentro
de la tuta regiono. Liaj helpantoj diskutis inter
si pri la simileco de tiu ĉi templo kun aliaj en
diversaj regionoj de Hindio.

Dum ili marŝis al la vilaĝo, la sciencisto kun
plezuro rakontis al la vilaĝanoj:

—Via vilaĝo fariĝos grava loko estonte.
Multaj sciencistoj, turistoj kaj religiuloj venos
por vidi la malnovan templon. Venos homoj el
tuta Hindio kaj el aliaj landoj. Sed antaŭ ol oni
ekscios pri tiu ĉi malkovro, ni ankoraŭ esploros

diversajn esplorojn. Ni enkondukos elektran kurenton, por ke la vilaĝanoj pli bone vidu la skulptaĵojn, reliefojn kaj pentraĵojn sur la muroj.

—Ho, —diris Kumar subite. —Ĉu tio signifas ke ankaŭ nia vilaĝo ricevos elektran lumon?

—Sendube!— respondis Kusum Gupta.

—Multaj aferoj ŝanĝiĝos en la vilaĝo. Antaŭ ĉio ni bezonos multajn laboristojn por la laboroj ligitaj al la esplorado de la kaverno. La salajroj estos bonaj. Ni devos konstrui vojon ĝis la vilaĝo, kaj de la vilaĝo al la kaverno. Ankaŭ hotelon oni konstruos, kaj kelkajn plurajn necesajn konstruaĵojn. Neniu en la vilaĝo restos senlabora!

Ĉiuj atente aŭskultis. Ili apenaŭ povis kredi ĉion kion ili ĵus aŭdis. En la pensoj de pluraj el ili komencis naskiĝi bildo pri nova vivo en la vilaĝo.

Kiam ili alvenis al la viaĝo, ĉiu eksidis por iom ripozi. La sciencisto sin turnis al onklo Bend:

—Ni estas al vi dankemaj pro tiu ĉi malkovro. Apartan dankemon ni ŝuldas pro tio, ĉar vi tiel rapide nin informis pri ĉio. Ni certe kompencos...

—Pardonu! —interrompis Bend la vortojn de la sciencsto. —Mi ne malkovris la kavernon. Tio estas merito de Padma, tiu ĉi knabino. —Altirante al si la knabinon, onklo Bend aldonis: —Se iu devas ricevi iun kompencon aŭ premion, tio certe koncernas ŝin.

Sinjoro Gupta nun deziris aŭdi la plenan rakonton pri la malkovro de la kaverno. Helpate de onklo Bend, Padma rakontis ĉion, kiel la aferoj okazis.

—Bonege Padma, mi dankas al vi, ĉar vi faris grandan servon al nia lando. Diru, kian premion vi ŝatus ricevi?

Je tiuj vortoj de la sciencisto Padma embarasite mallevis la okulojn.

—Ĉu mi rajtas esti interpretisto de ŝia deziro? —enmiksiĝis onklo Bend. —Ŝia revo estas fariĝi bona dancistino. Foje ŝi jam pruvis al ni ke ŝi havas talenton por muziko kaj danco. Se via scienca institucio povus al ŝi helpi ke ŝi estu akceptita en la lernejon de arta dancado, tio estus pli ol kontentiga rekompenco.

—Mi konsentas, —respondis la sciencisto.

—Ni ebligos ke en Novdelhio vi estu lernantino de la plej bona lernejo por arta dancado. Vi havos la plej bonajn instruistojn, kaj vi studos tiom da jaroj kiom estas necesaj por ke vi fariĝu dancistino kia vi deziras.

—Sed vi forprenas mian infanon! —subite ekparolis per plorema voĉo la patrino de Padma.

—Ho, ne zorgu, sinjorino, — komencis klarigi sinjoro Gupta. —Ĉiun lernejan ferion ŝi pasigos ĉi tie hejme. Krom tio estonte al la vilaĝo alvenados tre ofte aŭtomobiloj kaj kamionoj. Mi petos la ŝoforojn ke unufoje monate ili veturigu vin por povi viziti vian filinon. Ĉi tio kontentigas vin?

La patrino de Padma silentis. Anstataŭ ŝi la edzo respondis:

—Ni estas al vi tre dankemaj, sinjoro. Iam mi kontraŭis ke ŝi lernu dancadon, sed se vi diras ke tio estas bela, kaj ke en la urbo ŝi fartos bone, ni konsentas ke ŝi iru.

La sciencisto preparis sin por ekvojaĝo. Antaŭ ol li komencis adiaŭi la vilaĝanojn, li turnis sin al Bend:

—Tamen, mi ne dubas ke ankaŭ vi havas grandan meriton en la malkovro mem, kaj precipe ke la sciigo atingis nin. Mi tre ŝatus se nia institucio povus tion iel kompenci al vi, sinjoro Bend.

Bend ridetis, kaj sen plua pripensado diris:

—Elkoran dankon, sinjoro Gupta. Kaj se estas unu libera loko en via aŭtomobilo, mi volonte kunveturus kun vi al Novdelhio. Tion mi akceptas kiel kompencon.

La sciencisto elkore ekridis:

—Ha—ha—ha! Stranga homo vi estas, mi devas konfesi. Komprenble ni havas lokon por vi.

—Ĉu vere vi forlasos nin? — surprizite demandis Kumar, kaj ankaŭ aliaj aliĝis al tiu demando.

—Do, iam ni devas disiĝi, karaj amikoj! Dankon pro la belaj tagoj kiujn ni pasigis kune. Estu certaj ke neniam mi forgesos la tagojn en Kondapur. Mi deziras al vi multe da prosperoj kaj feliĉo!

Onklo Bend volis unue adiaŭi de Padma, sed ŝi forestis. Li sciis kie li devas ŝin serĉi.

Ŝi sidis sur sia lito plorante. Li tre suferis pro la disiĝo same kiel ŝi, sed li promesis al sia amikino ke ili ankoraŭ renkontiĝos. Tiam ŝi verŝajne jam estos fama dancistino. Padma la tutan tempon silentis viŝante la larmojn. El malproksimo aŭdiĝis la hupado de la aŭtomobilo preta por ekveturi. Li ekkaresis la nigran hararon de sia amikineto, kaj eliris senvorte.

Preskaŭ ĉiuj vilaĝanoj troviĝis ĉirkaŭ la aŭtomobilo kun kunmetitaj manplatoj por adiaŭi la forironton.

Per vasta rigardo onklo Bend ĉirkaŭprenis ĉiujn siajn geamikojn en Kondapur. En la unua vico staris Kumar kun sia edzino, kiuj gastigis lin ekde la unua tago, kaj kiuj, kune kun ilia filino, estis al li la plej karaj loĝantoj de Kondapur. La verda turbano de Dilip elstaris super la kapoj de ĉiuj. La eta Virendra malgaje rigardis al la foriranta gasto, kvankam samtempe li estis gaja, ĉar la sekvantan tagon li jam ekiros en la lernejon, ĝuste dank' al li. En la lasta vico, malantaŭ ĉiuj staris Raĝap, kun mallevita kapo, iom hontigita, ĉar neniu el liaj malicaj suspektoj pri la intencoj de "tiu fremdulo" realiĝis.

—Namaste! Namaste sinjoro Bend!

—Namaste, amikoj! —rediradis onklo Bend.

En la momento kiam la aŭtombilo ekveturis, li ĵetis ankoraŭ unu rigardon en la direkto de la hejmo de Padma. La knabino, nun jam bonaspekta kaj serioza fraŭlino, staris sur la sojlo de la domo kaj mansvingis je adiaŭo.

La aŭtomobilo ekveturis. Onklo Bend sentis ke la adiaŭo estus multe pli facila se en tiu momento almenaŭ du etaj larmoj ruliĝus el liaj okuloj.

Li ne lasis al la larmoj eliri, ĉar inter sciencistoj estas honto plori.

—fino—

10. 도시에서 온 방문객들

그로부터 일주일 동안 그 놀라운 동굴을 알고 싶어 하지 않는 마을 사람들은 남자 여자를 불문하고 아무도 없었다. 몇 사람은 동굴 안의 부조 조형물들, 신들의 석상들 앞에 촛불을 밝혔다. 그리고 그들은 힌두교의 풍습에 따라 조형물들에 꽃을 장식했다.

동굴이 발견된 지 열흘째 되던 날, 자동차 한 대가 콘다푸르 마을에 도착했다. 자동차에서 세 명의 승객이 내려, 그중 한 사람이 자신을 소개했다.

"저는 쿠숨 굽타Kusum Gupta라고 합니다. 저는 '뉴델리Nevdelhi[29] 역사 유적 관리청'의 이름으로 여기에 왔습니다. 여기에 함께 온 사람들은 저의 조수들입니다. 밴드 씨, 저는 선생님의 편지를 받고 정말 고마운 마음을 표하고 싶습니다."

쿠숨 굽타 학자는 마을 사람들과 대화를 나누며, 마을에서 잠시 쉬었다. 그리고는 그는 조각품들이 있는 동굴로 자신을 안내해 달라고 마을 사람들에게 요청했다. 이제 방문자들은 그 동산으로 출발했다.

---

29) 뉴델리는 인도의 수도이고, 델리 수도권에 속하는 도시이다. 1911년 인도의 새 수도로 정해진 후 20년간에 걸쳐 완성된 계획도시로 넓은 도로망이 펼쳐진 정치의 중심지이다. 야무나 강 우안, 델리의 남부에 자리 잡고 있다. 1951년과 1982년 아시안 게임의 개최지이기도 하다.

동굴의 출입구에 도착한 학자들은 배터리로 작동되는 큰 헤드라이트를 켰다. 마을 사람들도 자신의 석유 램프 등을 가져 왔다. 그래서 이젠 지하의 동굴 공간은 환한 빛으로 가득 찼다. 쿠숨굽타는 자신이 보는 모든 것에 대해 아주 열심이었다. 그는 이 조각품들이 정말 수준이 높다고 했고, 두 번째 석실의 미술작품들은 인도에서 지금까지 발견된 작품 중에서 가장 아름다운 작품에 속한다고 곧 알려 주었다.

강력한 배터리로 작동되는 불빛을 이용해 학자들은 지금 밴드가 파드마와 함께 들어가기를 꺼렸던 다른 석실들도 들어갈 수 있다. 다른 석실들로 안내하는 몇 개의 복도에는 흘러내린 바위들과 흙으로 막혀 있었다. 그 장애물을 서둘러 제거하여 계속 앞으로 나아 갈 수 있었다.

그 학자는 천 년 전에는 이 사찰이 전국에서 가장 중요한 문화 중심지였다고 결론을 내렸다. 학자의 조수들은 이 사찰이 인도의 여러 지역에 존재하는 다른 사찰들과의 유사성에 대해 서로 토론했다.

그들이 다시 동굴에서 나와 마을로 귀환하는 동안, 그 학자는 기쁜 마음으로 마을 사람들에게 이야기해주었다.

"앞으로 이 마을은 중요한 장소가 될 것입니다.

수많은 학자, 여행자들, 종교인들이 저 옛 사찰을 구경하러 올 겁니다. 인도 전국에서는 물론이고 다른 나라에서도 사람들이 오게 됩니다. 그러나 이 발견에 대해 사람들이 알기 이전, 저희가 다양한 조사 활동을 하게 됩니다. 저희는 전기를 설치해, 이곳을 방문하는 사람들이 그 조각품들, 벽화들을 더 잘 볼 수 있도록 할 것입니다."

"오호라"

쿠마르가 갑자기 말했다.

"그 말씀은 우리 마을에도 전깃불이 들어온다는 거지요?"

"당연한 말씀입니다!"

쿠숨 굽타가 말했다.

"수많은 일이 이 마을에서 바뀌게 될 것입니다. 무엇보다도 먼저 저희는 이 동굴 탐사와 관련한 사업에 많은 수효의 노동자가 필요합니다. 월급 수준도 좋습니다. 저희는 이 마을까지 도로를 건설하고, 또 이 마을에서 저 동굴까지도 도로를 낼 겁니다. 호텔도 건설될 것이요. 추가로 필요한 건축물도 몇 채 짓게 됩니다. 이제 이 마을에 사시는 분들 모두 이 사업에 종사하게 될 겁니다."

모두는 주의 깊게 쿠숨 굽타의 말을 듣고 있었다. 그들은 자신이 좀 전에 들은 모든 것을 거의 믿지 못할 정도였다. 그들 중 여럿은 이 마을에서의 새로운 삶에 대해 그림을 이미 그리고 있었다.

이제 그들이 마을에 도착하자, 모두는 쉬기 위해 잠시 자리에 앉았다. 그 학자는 밴드 아저씨에게 자신의 몸을 돌려 말했다.

"이러한 발견을 알려 주신 선생님께 감사를 드립니다. 저희는 이 모든 발견에 대해 선생님께 특별한 감사를 표하고자 합니다. 왜냐하면, 선생님이 그렇게 빨리 이 모든 사항을 저희에게 알려 주셨습니다. 저희는 분명히 이에 대해 보상을 하고자 합니다."

"잠시만 기다려 주세요!"

밴드가 그 학자가 하는 말을 중단시켰다.

"제가 이 동굴을 발견하지 않았습니다. 그 일은 파드마의 공입니다. 이 소녀입니다."

그러면서 밴드 아저씨는 그 소녀를 자신의 앞으로 끌어당기면서, 말을 덧붙였다.

"만일 누군가 뭔가 보상이나 상을 받아야 한다면, 그것은 당연히 이 소녀의 몫입니다."

굽타 씨는 이제 그 동굴의 발견에 대한 충분한 이야기를 듣고 싶어 했다. 밴드 아저씨의 도움을 받아, 파드마는 그 일이 어떻게 되었는지를 자세히 설명해 드렸다.

"아주 잘 알았어요, 파드마. 나는 파드마에게 고맙다는 말을 해야겠어요. 왜냐하면, 파드마가 우리 나라를 위해 큰 봉사를 하였기 때문이에요. 말해 보세요, 어떤 상을 받고 싶은지요?"

그 학자의 그런 말씀에 파드마는 당황하여 부끄러운 마음에 두 눈을 아래로 하였다.

"제가 저 아가씨의 바람을 대변해도 되겠는지요?"

밴드 아저씨가 끼어들었다.

"저 소녀의 꿈은 좋은 무용수가 되는 것입니다. 때때로 저 소녀는 우리에게 자신이 음악과 춤에 소질이 있음을 입증해 보여 주었습니다. 만일 청장님이 속한 기관에서 저 소녀를 무용을 전문으로 가르치는 예술학교에 입학하는 일을 도와줄 수 있다면 그게 만족하게 하는 보상보다 더 큰 것이 될 것입니다."

"제가 동의합니다."

그 학자는 대답했다.

"우리가 이 소녀를 뉴델리에 있는 무용 전문학교 중에서 가장 좋은 학교의 학생으로 입학하게 되는 일을 해 드리겠습니다. 그러면 이 소녀는 가장 좋은 선생님들을 만나게 될 것이고, 자신이 원하는 대로 무용수가 되는 데 필요한 학년의 수만큼 공부할 수 있게 될 것입니다."

"그러면 선생님들이 우리 아이를 데려가신다는 말씀인가요?"

갑자기 파드마 어머니의 울먹이는 듯한 목소리가 들려 왔다.

"오, 그 점은 걱정하시지 마세요. 어머님"

굽타 씨가 설명을 시작했다.

"이 소녀는 그 학교가 방학할 때마다 이곳, 고향으로 와서 어머님 곁에 머무르게 됩니다. 그밖에도 앞으로는 이 마을에 자동차나 트럭도 아주 많이 다니게 됩니다. 제가 어머님이 따님을 한 달에 한 번 찾아볼 수 있도록 우리 기관의 운전기사들에게 요청해 놓도록 하겠습니다. 그러면 어머님도 만족하시겠지요?"

파드마의 어머니는 이제 말이 없었다. 파드마 어머니 대신에 아버지가 대답했다.

"우리 가족은 선생님께 정말 감사의 말씀을 드립니다. 한때 저는 저 아이가 춤을 배운다는 것을 반대하였지만, 만일 선생님이 그 일이 아름다운 것이고, 저 아이가 도시에서도 학업을 잘 해 나갈 수 있다면, 우리 가족은 저 아이가 도시의 무용학교에 입학하는 것에 동의합니다."

학자는 이제 도시로 귀환하기 위하여 준비하였다. 그가 마을 사람들에게 작별 인사를 시작하기 이전에, 밴드에게 자신의 몸을 돌려 말했다.

"하지만, 저는 이 동굴의 발견 자체에 밴드 선생님의 지대한 공로를 의심하지 않습니다. 특히 그렇게 서신으로 저희에게 통지해 주신 점에 대해서도 말입니다. 만일 우리 기관이 밴드 씨, 선생님께 어떤 식으로라도 보답하려고 합니다."

밴드는 살짝 웃으며, 아무 생각 없이 곧장 말했다.

"진심으로 감사드립니다. 굽타 씨. 만일 청장님이 가져온 차량에 빈자리가 하나 있다면, 제가 기꺼이 뉴델리로 청장님과 함께 타고 갔으면 합니다. 그것이 저에 대한 보답으로 받아들이고 싶습니다."

학자는 진심으로 웃었다.

"하— 하— 하! 이상한 분이군요. 제가 보기론 말입니다. 물론 저희에겐 선생님을 위한 자리를 내어 드리겠습니다."

"선생은 정말 지금 떠나려고요?"

깜짝 놀란 쿠마르가 물었다. 그리고 다른 사람들도 그 물음에 동참했다.

"그럼요. 언젠가 우리는 작별해야 합니다. 친구 여러분! 우리가 함께 보낸 아름다운 나날에 대해 감사드립니다. 분명히 말씀드리고자 하는 것은 저는 콘다푸르에서 보낸 나날을 절대로 잊지 않을 겁니다. 여러분 모든 가정에 번영과 행복이 함께 하기를 기원합니다."

밴드 아저씨는 먼저 파드마와 작별을 하려 했지

만, 소녀는 그 자리에 없었다. 밴드는 그 소녀를 어디서 찾아야 하는지 알고 있었다. 소녀는 자신의 침대에서 울면서 앉아 있었다. 그는 자신도 그 소녀처럼 작별에 대해 아주 마음이 아팠지만, 그는 자신의 여자 친구에게 앞으로 또 만날 날이 있음을 약속했다. 아마도 그때는 소녀가 정말 유명한 무용수가 될 때가 될 것이다.

파드마는 여전히 눈물을 닦으면서 말이 없었다.

저 멀리서 이젠 떠날 준비가 되었다는 자동차의 경적이 들려 왔다. 그는 자신의 어린 여자 친구의 까만 머리를 쓰다듬어 주고는 말없이 밖으로 나왔다.

거의 모든 마을 사람들이 곧 떠나게 될 사람 - 밴드 아저씨- 를 배웅하러 두 손을 모은 채 자동차 주위에 모여 있었다.

빙 둘러 보면서 밴드 아저씨는 콘다푸르 마을의 모든 친구 한 사람 한 사람씩 포옹하였다. 맨 앞줄에는 첫날부터 그를 손님으로 맞아준 쿠마르가 자신의 아내와 함께 서 있었다. 쿠마르와 그의 딸 파드마는 밴드 아저씨에겐 콘다푸르 마을에서 가장 귀한 사람들이었다.

딜리프Dilip의 초록 터번이 모든 사람의 머리 위에서 돋보였다.

어린 친구 뷔렌드라는 떠나는 친구를 슬픈 표정

으로 쳐다보았다.

하지만 그는, 한편, 밴드 아저씨 덕분에 내일이면 학교에 입학할 수 있어 기쁜 마음이기도 했다. 마지막 줄엔, 모든 사람의 뒤편에 라잡Raghap은 고개를 숙인 채, 좀 부끄러운 듯이 서 있었다. 왜냐하면, 이 '이방인'의 의도에 대해 자신이 가진 악의적 의심 모두가 사실이 아니었음이 밝혀졌기 때문이었다.

"나마스떼! 나마스떼, 밴드 씨!"

"나마스떼! 친구 여러분!"

밴드 아저씨가 연거푸 대답했다.

자동차가 출발하려는 순간, 그는 파드마가 사는 집 쪽으로 눈길을 여전히 두고 있었다. 소녀는 이제 좀 자신에 찬 모습이었고, 진지한 아가씨의 모습으로 자신의 집 문턱에 서서 손을 흔들어 작별 인사를 하고 있었다.

이제 자동차가 출발했다.

밴드 아저씨는 이 작별 순간에 자신의 두 눈에 눈물이 흘러내리기가 아주 더 쉽다는 것을 느꼈다.

하지만 그는 자신의 눈에 눈물이 흘러내리는 것을 허락하지 않았다. 왜냐하면, 학자들 사이에서 운다면 부끄러움이 될 수도 있기 때문이었다.

−끝−

Listo de Vortoj Ne Troveblaj en "P I V"
에스페란토대사전에서 볼 수 없는 단어들

dotio —vira vesto uzata en Hindio, konsistanta el blanka tolaĵo volvata ĉirkaŭ la talio, kun la antaŭa parto metata malantaŭen inter la kruroj kaj fiksata ĉe la talio dorse.

Bindio —pli aŭ malpli granda ronda makulo el ruĝa polvo aŭ farbo, kiun en Hindio virinoj portas sur la frunto kiel bonaŭguran signon.

ĉapatio —speco de pano uzata en Hindio, plata kaj ronda kiel patkuko.

gio —fandita butero uzata en Hindio dum manĝado, kiel aldono al manĝaĵoj.

kario —forta spicaĵo tipa por hindaj manĝkutimoj

holio —festo per kiu hinduoj festas la komenciĝonn de printempo

saduo –hindua religiulo, saĝulo kaj rakontisto.

(tajpis Ombro, 2020−07−07)

Tibor Sekelj (1912-1988)[30]

Baldur Ragnarsson[31]

Klare restas en mia memoro mia sola renkontiĝo kun la homo, kiun mi prezentas al vi nun, Tibor Sekelj, esploristo, mondvojaĝanto, verkisto, poeto, homo de eksterordinaraj spertoj kaj scioj, homo malavara je siaj konoj serve al scivolemaj legantoj. Estis en vespero en preskaŭ malplena manĝosalono dum Universala Kongreso de Esperanto en Brazilio, la ĉefurbo de Brazilo, en 1981, ni sidis apud granda tablo kun kelkaj brazilaj junuloj, kiuj vigle sekvis nian interparoladon, al kiu Tibor kontribuis per interes-kaptaj rakontoj kaj sagacaj komentoj pri plej diversaj temoj.

Poste li demandis min, ĉu mi akceptus tralegi lian manuskripton de tradukoj el la

30) <Juna Amiko>(제123호, 2008년 12월)게재. 출처 http://esperanto.net/literaturo/tekstoj/ragnarsson/sekelj.html .

31) Baldur Ragnarsson (1930 -2018) estis islanda instruisto kaj verkisto de poemoj, interalie esperantaj.

buŝa poezio de la mondo; temis pri poemoj, kiujn li kolektis dum siaj vojaĝoj en foraj lokoj de ĉiuj kontinentoj. Jes, mi ja estis pretema tion fari, kaj en la posta jaro li sendis al mi la manuskripton, kiun mi tralegis kaj iom prilaboris koncerne ritmon kaj aranĝon, laŭ lia peto.

Tiu libro poste aperis en 1983 sub la titolo Elpafu la sagon. La titolo rekte rilatas al poemo, kiun ja verkis Tibor mem kiel enkondukon al la libro, tamen sub pseŭdonimo, al li donita dum lia restado kun certa tribo en la Amazonia ĝangalo. La poeto alparolas bravan ĉasiston:

Elpafu la sagon, sed ne por mortigi aŭ por vundi, sed
Elpafu la sagon direkten al fora stelo,
ke ĝi disŝutiĝu en mil fajrerojn,
ke ĝi lumigu la vojon al ĉiu
kiu vagas ĉi-nokte.
Ke ĝi alportu momenton de belo
en la nokton de tiuj kiuj malgajas.
Ĉar Tibor Sekelj estis amiko de homoj. Tion

bele atestas liaj rakontoj kaj libroj pri liaj kontaktoj kun popoloj sur la plej diversaj ŝtupoj de kultura evoluo en la plej diversaj cirkonstancoj, lia partopreno en ilia ĉiutaga vivo, lia lernado de iliaj lingvoj por ekscii senpere ion pri ilia spirita vivo.

Tibor Sekelj naskiĝis en Spišská Sobota, vilaĝo tujproksime al la urbo Poprad en nuntempa Slovakio. La familio ofte transmoviĝis al aliaj lokoj, al Rumanio, al Vojvodino en Serbio, kie Tibor finis la elementan lernejon, al Nikšić en Montenegro, kie li finis la gimnazion, poste al Zagreb kie li finis universitatajn studojn pri juro. En Zagreb Tibor laboris kiel ĵurnalisto, sed en 1939 li iris al Argentino, kaj la sekvantajn 15 jarojn li restis en Sud-Ameriko kiel vojaĝanto kaj esploristo.

Li revenis al Jugoslavio en 1954 kaj loĝis en Beogrado. Lia esploremo tamen ne forlasis lin kaj li multe vojaĝis en la sekvantaj jaroj. En 1972 li ekloĝis en la urbo Subotica en Vojvodino, kie li laboris kiel direktoro de muzeo ĝis sia morto en 1988.

Tibor lernis Esperanton en 1929 kaj verkis multajn librojn en la internacia lingvo, sed ankaŭ en la hispana kaj la serbokroata. Plej multaj liaj libroj priskribas liajn vojaĝojn kaj esplorojn en diversaj landoj.

Inter tiuj estas Tempesto super Akonkagvo, Tra la Brazila praarbaro kaj Nepalo malfermas la pordon, libroj riĉaj je ekscitaj eventoj kaj akraj observoj, verkitaj en flua Esperanta stilo. En 1981 aperis lia Mondo de travivaĵoj, kiu enhavas ankaŭ mallongan membiografion, "anstataŭ antaŭparolo".

Kaj ĉar Tibor estis ankaŭ poeto, li prezentas la libron per poemo, kie li priskribas la mondon kiel sian bienon, kiun li devas atenti kaj vidi, ĉu ĝi ankoraŭ funkcias, kiel ĝi devas:

Ĉar perfektan ordon en mia farmo mi postulas:

la suno dumtage laboru, kaj la steloj briletu dumnokte,

la riveroj al la maro fluadu, kaj la montoj restu surloke.

"Ĉiuj vojoj de la mondo al mi apartenas", li ankaŭ diras, Tibor Sekelj ne estis ia ordinara mondvojaĝanto, la tuta mondo estis lia bieno, lia posedaĵo, lia hejmo.

La vojaĝlibroj de Tibor Sekelj estas unikaj en la literaturo de Esperanto, ne nur pro sia aŭtentikeco kiel klasikaj informiloj, sed ankaŭ pro sia lingva kaj stila prezento, kiu altvalorigas ilin ĉe ĉiu amanto de la internacia lingvo.

에스페란토문학사의 거인 티보르 세켈리
(1912-1988)

발두르 라그나르손Baldur Ragnarsson[32])

제 기억 속에 분명히 남아 계시고, 직접 만났고, 제
가 지금 소개하고자 하는 이 분 티보르 세켈리
Tibor Sekelj는 탐험가, 세계여행가, 작가, 시인,
특별한 경험과 지식을 갖춘 분으로 궁금한 독자에
게 봉사하는데 자신을 아낌없이 쏟아주신 분이십니
다. 1981년 세계에스페란토대회가 브라질 수도 브
라질리아에서 열리고 있었을 당시, 거의 텅 빈 식
당에서의 저녁이었습니다. 그때 우리는 긴 식탁에
몇 명의 브라질 청년들과 함께 자리에 앉아서 대화

---

32) 아이슬랜드 인명에는 대부분 가족명(성)이 없다. 이름에서 마지막 부분이
부성(아버지이름)이다. 보통 그를 언급할 때는 맨 앞의 이름을 쓴다. 예를 들
어 Baldur Ragnarsson의 경우 'Baldur'. 발두르 라그나르손(1930~2018)은
아이슬란드 교사이자, 시인이자 에스페란티스토이다. 그는 Rejkjaviko에서
거주했다. 직업적으로는 교사이자 학교 교장(ĉefinspektoro)이다. 아이슬란
드 작가협회 회원이다. 1949년 고등학교에서 에스페란토를 배워 1952년부터
국내외로 활발한 운동을 했다. 여러 해동안 아이슬란드 에스페란토협회 회장
을 역이했으며, 1975-1985년간 세계에스페란토협회 문예콩쿠르의 책임을 맡
았고, 1980-1986년간 세계에스페란토협회 문화교육 부회장을 역임했으며,
세계에스페란토협회 영예 회원이기도 하다. 1979년 이후 세계에스페란토학술
원 회원이었다. 1954-1974년간 Norda Prismo의 편집인이었고, 1964년 원
작 작품으로 "Arĝentan spronon de KOKO"를 수상하기도 했다. 2007년에
는 세계에스페란토작가협회에서 그를 윌리엄 올드 사후 노벨문학상 후보로
추천하기도 했다.

를 나누었는데, 그 대화에서 티보르 세켈리는 가장 다양한 주제에 대해 흥미롭고도 현명한 이야기를 해주었습니다.

나중에 그분은 저더러 당신께서 세계의 구전 시가들을 번역한 원고 시집을 한 번 검토해 달라고 요청했습니다. 그 원고 시집은 당신이 이 세계의 5대양 6대주의 오지까지 직접 여행하며 수집한 것을 에스페란토로 옮긴 것입니다. 정말 저는 그 작품을 읽을 준비를 하였고, 이듬해에 제게 그 원고를 보내 주셨는데, 그것을 훑어보고는 그의 요청에 따른 리듬감을 살리는 일과, 책 편집에 대한 약간 검토를 해 드렸습니다.

그 책은 1983년 『Elpafu la Sagon』[33])으로 출간되었습니다. 이 책자의 제목은 티보르 세케리 작가가 이 책자의 소개 글에 직접 쓰신 글이지만, 아마존 정글을 여행할 때 어떤 부족에게 여러 달 머물 때, 그 부족민들이 그에게 붙여준 이름을 저자로 해 쓴 것을 제목으로 정했습니다. 시인은 용감한 사냥꾼에 대해 언급하셨는데, 그 속에서는 활을 쏠 때는 누군가에게 상처를 입히기 위함이 아니라, 저 먼 별을 향해 화살을 쏘도록 하고 있습니다. 그래서 그 화살이 저 먼 불꽃으로 나누어지고, 그래서 그 불꽃이 모든 이 밤을 방랑하는 모든 이들에게 길을

---

33) 한국어로는 『세계민족시집』(장정렬 번역), 실천문학사, 2015년

밝혀 주기를 고대했습니다. 그러고 그 불이 우울해 있는 이 밤의 아이들의 어두운 밤에 그 아름다움의 순간을 보이도록 원했습니다.

Elpafu la sagon direkten al fora stelo,
ke ĝi disŝutiĝu en mil fajrerojn,
ke ĝi lumigu la vojon al ĉiu
kiu vagas ĉi-nokte.
Ke ĝi alportu momenton de belo
en la nokton de tiuj kiuj malgajas.

저 먼 별을 향해 활을 쏘아라
저 별이 맞아 천 개의 불꽃으로 깨져
오늘 밤 방황하는 모든 이에게
길을 비추어주게.
오늘 밤 또한 우울한 사람들에게
아름다움의 순간을 보게 해 다오.
　　　　　　　　-시 '활을 쏘아라'[34) 일부.

왜냐하면 티보르 세켈리는 세계 사람들의 친구이기 때문입니다. 그것을 아름답게 입증하는 것은 , 그분 이 이 세상의 가장 다양한 상황과, 문화발전의 가

---

34) 『세계민족시집』(티보르 세켈리 지음, 장정렬 번역), 실천 문학사, 2015년, 16쪽

장 다양한 단계에서 만난 사람들과 만남을 통해, 그들의 매일의 삶에 참여하고, 그들의 영적 삶에 대한 뭔가를 직접 알려 주기 위해 그들이 쓰는 언어들을 배워 이를 통해 알게 된 이야기들과 책들입니다.

티보르 세켈리는 'Spišská Sobota'라는 마을에서 태어났는데, 이 마을은 오늘날 슬로바키아의 Poprad라는 도시 인근의 마을입니다. 그분의 가정은 이사가 빈번했습니다. 루마니아로, 세르비이의 Vojvodino로 이사해, 이곳에서 그분은 초등학교를 마쳤고, 몬테니그로의 Nikšić이라는 곳으로 이사와, 중-고등학교(김나지움)을 마쳤고, 나중에 자그레브로 와, 이곳에서 법학을 전공하며 대학교를 졸업했습니다. 자그레브에서 티보르는 언론인으로 일했지만, 1939년 아르헨티나로 가서, 그곳 남아메리카에서 15년간 여행가와 탐험가로 일했습니다. 그분은 1954년 유고슬라비아로 귀국해 베오그라드에서 거주했습니다. 그의 탐구심은 그를 그럼에도 그곳에 놔두지 않고, 그는 여러 해 동안 참 많은 곳을 여행했습니다. 1972년 그는 Vojvodino의 Subotica 시에서 거주하면서, 이곳에서 박물관장으로 일하시다가 1988년 별세하셨습니다.

티보르 세켈리는 1929년 에스페란토에 입문해, 이 국제어 에스페란토로, 또 스페인어와 세르보-크로

아티아어로도 수많은 작품을 썼습니다. 그분의 수
많은 책 중, 다양한 나라에서의 여행과 탐험을 서
술한 책이 대부분이라고도 할 수 있습니다.

그 도서들 중에는 『아콘카과 정상에서의 폭풍우』,
『브라질 원시림을 지나』, 『네팔은 문호를 개방하고
있다』등은 물론이거니와, 극적인 사건들과 날카로
운 시각으로 유창한 에스페란토 문체로 쓴 책들도
풍부하게 있습니다. 1981년 『체험의 세계』라는 책
을 냈는데, 그 속에 자신의 자서전을 짧게 "서문
대신에"라는 항목에 써 두기도 하셨습니다.

그리고 티보르 세켈리는 시인이기도 하셨는데, 그
는 자신이 이 세상을 여행한 것을 자신의 농장을
방문한 것에 비유한 시를 책에 적었는데, 그 안에
서 농장이 그렇게 되어야만 하는지, 잘 기능하는지
를 유심히 관찰해야만 했다고 쓰고 있습니다.

*Ĉar perfektan ordon en mia farmo mi
postulas:*
*la suno dumtage laboru, kaj la steloj briletu
dumnokte,*
*la riveroj al la maro fluadu, kaj la montoj
restu surloke.*

왜냐하면 내 농장에서의 완벽한 질서를

나는 요구하니
태양은 낮에 일하고,
별들은 밤에 반짝이도록
저 강물은 저 바다로 흐르도록,
저 산들은 그 자리에 제대로 있도록.

"이 세상의 모든 길은 나에게 속해 있다"고 말하시면서, 티보르 세켈리는 뭔가 평범한 세계 여행자가 아니라, 온 세상을 자신의 농장이자, 자신의 재산이자, 자신의 가정으로 받아들였습니다.

티보르 세켈리가 쓰신 여행 관련 서적들은 에스페란토 문학에서 독특합니다. 그 이유는 고전적 정보 전달 매체로서의 권위뿐만 아니라, 국제어 에스페란토의 모든 사랑하는 사람이 그 작품들을 고급 가치로 인식하게 하는 그분 특유의 언어적, 문체 표현 때문이라고도 하겠습니다.(*)

Esperanto-gulaŝo: ĉarma pejzaĝo sur la Parnaso[35)]

YU Jianchao

La majstrino Marjorie Boulton skribis artikolon memore al Tibor Sekelj en 1995, kun la titolo: "Sekelj-gulaŝo de diversaj memoroj". La artikolon mi legis en albumo por la ekspozicio "SIMILECO KAJ DIVERSECO – el etnologia kolekto de mondvojaĝanto Tibor Sekelj",[1)] okazinta en 2012. Kiam mi ĉinigis la titolon, ĝi sajnis stranga laŭ la ideo de la ĉina kulturo. Gulaŝo (hungare: gulyás) estas plado populara en Hungario kaj aliaj landoj de orienta Eŭropo. Ĉu ĝi metaforas ion alian en literaturaĵo? Mi telefone demandis lingvan instruistinon, kiu ĵus finis sian magistriĝon ĉe hungara universitato, ĉu la vorto "gulyás" havas pliajn signifojn? Ŝi respondis, ke ne, ĝi signifas supon de bovaĵo, simple.Mirigite mi tralegis la artikolon kaj elmaĉis la esencon de esperanta

---

35) Yu Jiancao: Esperanto-gulaŝo: ĉarma pejzaĝo sur Parnaso, Belarta Almanako30, Oktobra,2017(<Belarta Almanako30>(잡지, 2017년 10월호 게재된 글)

kulturaĵo kaj la guston de tiu ĉi frandaĵo.

Kvankam Tibor Sekelj dum tempe gastis ĉe eks-kanibaloj, Sekelj-gulaŝo, hungare székelygulyás ne estas kanibala plado; ĝi enhavas porkaĵon, cepojn, lardon, acidan brasikaĵon, kremon, ajlon, karvion, salon, paprikon kaj aneton. Nu, sed Sekelj mem estis iom neordinara miksplado, en kiu mankis nek vere nutra viando, nek interesaj spicoj, nek iom da acideco⋯ artisme, aktive, talente kaj psikologie, li ja estis kompleksa, multeca, foje paradoksa. , sed neniam banala kaj sengusta!"36)

Antaŭ tridek jaroj, mi legis la libron Faktoj kaj fantazioj, kompilitan de la majstrino Marjorie Boulton kiel lernolibron. Kaj sub la helpo de mia instruisto Laŭlum, mi ĉinigis el la libro rakontojn, legendojn, fabelojn kaj ilin aperigis en la porinfana revuo de mia naskourbo Qingdao, (kie okazis la 5-a Azi-pacifika Kongreso de Esperanto en 1992). Mi tre kutimiĝis al ŝia maniero vicigi nomojn

---

36) Tibor Sekelj - SIMILECO KAJ DIVERSECO, Subotica 2012.

samkategoriajn. Fojfoje legante ŝiajn verkojn, mi eltrovis, ke ŝia vicigo estas neniam hazarda sed ĉiam logika. Des pli, en la supre menciita plado — Sekelj-gulaŝo viglas kelkaj vortetoj, kiaj "lardo" "salo" kaj "kremo", kiuj ofte metaforas respektive "neologismon" "ion, kio surprizas en konversacio kaj verko" kaj "plej eminentan parton···" ktp. Tiaj vortetoj tre plaĉas al mi dum legado.

Vere, tralegante la verkojn de Tibor Sekelj, oni ekkonis telepatian komunikiĝon inter la brita majstrino kaj la "mondvojaĝanto", 105-jara, ankoraŭ vivanta en nia koro. Mia forpasinta instruisto Laŭlum, kiu laboris en EPĈ[37], iam recenzis novan verkon de Tibor Sekelj, dirante, ke tiu estas "naturdotita per talento de rakontisto." Laŭlum laŭdis, ke li *"karakteriziĝas per sia stilo de klareco, viveco, freŝeco, optimismo kaj spriteco."*

Mi admiras kiel senbare atingas la koron la ŝpruca energio de la geniaj majstroj dum ilia renkontiĝo, kaj tiu energio kvazaŭ sange fluus ĉe mi tutkorpe. Diversaj admiroj!

---

37) El Popola Ĉinio, 1985.1.

Boulton komentis, ke "ĝi (Sekelj-gulaŝo) ankaŭ estas mirinda atestaĵo pri la kapablo de la homo: kuraĝo, adaptiĝemo, eltenado, scienca scivolemo, entreprenemo. La travivaĵoj de Sekelj ŝajnas sufiĉaj por dudek homaj vivoj." Kaj ŝajnas al mi, ke ankaŭ ŝi meritas la titolon "mondvojaĝantino", kvankam ŝi ne vojaĝis kiel Tibor Sekelj tra la mondo, tamen ŝi gvidis siajn legantojn sperti la ekzotajn pejzaĝojn, lokajn manierojn kaj mirindajn fabelojn tra la mondo.

Ŝi angligis el la manuskripto la libron de Tibor, *Nepalo malfermas pordon,* kaj eldonis ĝin (kun la titolo Window on Nepal) en Britio samtempe kun la esperanta versio de Tibor mem en 1959. La plej altan takson ŝi donis al la porinfana literaturaĵo *Kumeŭaŭa—la filo de la ĝangalo,* tamen ŝi bedaŭris la malsukceson eldoni ĝin en Britio. Ŝi admiris la poemaron de Tibor *Elpafu la sagon,* opiniante, ke ĝi estas libro *"ne nur ĉarma kaj refreŝiga sed nobla kaj menslarĝiga··· temas pri la riĉa mozaiko de buŝa poezio en la mondo."* Dume Laŭlum rimarkigis ke en tiu originale verkita libro, troviĝas listo de 50 vortoj *prenitaj el naciaj lingvoj el Afriko, Azio, Sudameriko kaj Oceanio, ili estas vere internaciece* gustumindaj, remaĉindaj kaj eĉ imitindaj.

Diversaj memoroj elfluis sub la plumo de la majstrino, ĉe ŝia memoro ridigas jena anekdoto ---- Sekelj iam ellernis jogon en Hindio. Foje li gastis en Britio ĉe ŝia patrino. Li estis ĉiam afabla al la patrino. Iumatene, kiam la patrino eniris la mangôĉambron kun plado de ŝinko kaj ovoj, ŝi vidis, ke Tibor minimume sed dece vestita, staras sur la kapo kun nudaj piedoj en la aero. La patrino gapis konsternita. Tibor, ĝentile salutis per trankvila "bonan matenon!" lerte vibrigante la piedfingrojn. La surkape staranta gasto tiom senaplombigis la patrinon, ke ŝi demetis la varman pladon ne sur la maton, sed sur la nudan lignan tablon. "*Ŝi ĉiam memoras Tibor amike, sed la tablo neniam plene resaniĝis*···"

En la memoro de Laŭlum estas la vorto "toa-pe"[38] , kiu transkuris la tempan tunelon kaj ligis la jarcentojn, reaperis en la parolo de Laŭlum. Tiun vorton uzis Tibor Sekelj en sia priskribo de renkontiĝo kun kanibalo dum sia ekspedicio tra Matogrosa ĝangalo de Brazilo. "Toa-pe" signifas 'bano en rivero', ceremonio de la tribo Tupari por honorigi gastojn. Sed kiam Laŭlum diris la vorton al mi en la jaro 2012, li eĉ ne povis memori ĝian signifon, kiu tiom profunde impresis lin, kiam li aŭdis ĝin persone de Tibor Sekelj en la 80-aj jaroj. Ĉu mi rajtas supozi, ke la vorto prenita de la tribo Tupari estis uzata en la libro nur por reaperigi la scenon dum la vizito de Sekelj al la tribo?

Feliĉe, mi havigis al mi la kuraĝigon kaj helpon de Laŭlum. Li rakontis al mi historietojn pri Tibor, eĉ pruntedonis el sia biblioteko la poemaron *Elpafu la sagon* por mia pristudado. Mi heziteme demandis kiel ĉinigi la titolon, la instruisto jam estis preta por la traduko:《箭在弦上》. Tio okazis unumonate antaŭ lia forpaso. Foliumante la poemarojn kaj parkere recitante la poemojn,

---

38) Mondo de travivaĵoj, Edisudio, Pizo, 1990.

mia koro plenas de diversaj adoroj kun granda plezuro.

Aldone, mi iam ferie vojaĝis en Hungario kaj tie foje aŭ dufoje ni ĝuis la faman frandaĵon "gulyás". Mi, ĉinino, apetitveke diras, ke mi gustumis originalan gulaŝon.

Do, iutage post laboro, mi haste revenis hejmen kaj elprenis pecon da kruda bovaĵo el fridujo, elektis cepojn, ajlon, paprikon, aneton kaj···. mi eĉ fingrumis aldoni tomaton en la supon. Du horojn poste, mia ĉinstila gulaŝo sukcesis veki bonan apetiton. kaj fariĝas mia atuto por gastigi amikojn.

Sed ĝis nun mi ne trovis trafan ĉinigon de la titolo: "Sekelj-gulaŝo de diversaj memoroj". La fidindeco, esprimflueco kaj eleganteco en tradukado bezonas tempodaŭron de polurado, forĝado kaj eĉ turmentiĝo.

Frandaĵo eltiras salivon, beletra teksto skuas la animon. Tibor Sekelj, la majstrino Boulton kaj Laŭlum kuiris la Esperanto-gulaŝon, kiu ŝajnas ĉarma pejzaĝo sur Parnaso, psike nutras la legantojn kiel unu el la pladoj de la festeno de Esperanta kulturo.

에스페란토-굴라쇼:
낭만적이고 매력적인 풍경[39)

위지엔차오[40)

마저리 보울턴Marjorie Boulton 여사[41)가 1995년

39) 이 기고문은 2013년 3월10일에 작성되어, Belarta Almanako(제30호)지에 실림.

40) 위지엔차오YU Jianchao는 1956년생으로, 칭다오전문대학교(1979~1982)에서 영어 영문학 전공, 나중에 산동대학교(1987-1989)에서 중국문학을 전공했고, 베이징 방송학원(1989-1991)에서 국제언론학(에스페란토로)을 연구했습니다. 1981년-1989년까지 칭다오 TV-대학교에서 영어를 강의했고, 1991년부터 중국국제방송국Ĉina Radio Internacia에서 근무하였고, 1995-2006년까지 에스페란토 편집실장을 역임했으며, 이 글을 기고할 당시인 2013년에는 계간지 <Panorame>의 기자이자 편집원으로 활동했으며, 지난 해에는 티보르 세켈리의 3편의 청소년 소설인 <정글의 아들 쿠메와와>, <초원의 아들 테무친>과 <갠지스 강의 무용수 파드마>를 <자연의 아들> 3부작으로 이름 지어 중국어로 번역 출간하였습니다. 현재 베이징 에스페란토협회 회장으로 활동하고 있다.

41) Marjorie BOULTON (1924~ 2017)여사는 여류작가이며, 영어와 에스페란토로 작품 활동을 해 와다. 1949년 에스페란토를 학습해 에스페란토 작가 중 가장 널리 알려진 분 중의 한 분이다. 세계 에스페란토운동의 지도자, 교육자로서의 경력도 대단하다. 1967년 에스페란토 아카데미 회원으로 선출되고, 세계에스페란토협회 영예 회원이 되기도 하였다. <L.L. Zamenhof> 전기 등 수많은 작품을 저술 또는 번역하였다. 2008년 노벨문학상 후보로 추천되기도 하였다.

티보르 세켈리를 기념하여 "세켈리 -다양한 기억들의 굴라쇼"라는 제목으로 글을 썼습니다. 이 글을 나는 2012년 개최된 "유사성과 다양성 -세계탐험가 티보르 세켈리의 민속학적 수집을 바탕으로"라는 이 작품 전시회의 도록에서 읽은 적이 있습니다. 내가 이 제목을 중국어로 옮기면서, 중국어 문화의 사상에 따라서 보면 뭔가 좀 이상한 듯 보였습니다. 굴라쇼(헝가리어:gulyás)란 동유럽의 헝가리와 여타 나라에서 먹는 일상 음식입니다. 이 음식이 문학 작품에서는 뭔가 다른 의미를 가지는가? 나는 전화로 헝가리 대학에서 석사과정을 마친지 얼마 되지 않은 어느 여교사에게 물어 보았습니다, "gulyás"라는 낱말이 여러 가지 뜻을 가지는지 물었는데. 그녀 대답은 아니라고 했습니다. 그것은 단순히 소고기 수프(국)라고 했습니다.

나는 깜짝 놀라 그 기고문을 통독하고는 에스페란토 문화의 정수와 이 음식의 맛을 상상하며 입맛을 다셔 보았습니다.

> 물론 티보르 세켈리가 때로는 이전에 식인종으로 살았던 부족 마을에 손님으로 가 있은 적이 있다 해도, 세켈리-굴라쇼는, 헝가리말에서의 *székelygulyás*는, 식인종들이 먹는 요리는 아니다; 그것은 돼지고기, 양파, 비곗살(라르드),

매운 배추, 크림, 마늘, 회향(카라웨이), 소금,
고추와 미나리가 들어가는 음식입니다. 그러
니, 하지만 세켈리 라는 분을 생각해 보면 그
분 자체가 좀 특별한 섞음 요리라고 평할 수
있을 것 같다. 그 안은 정말 영양이 풍부한 고
기가 부족하지 않고, 흥미로운 양념도 부족하
지 않고, 매운 것도 부족하지 않는 요리이
고...예술적으로, 활성적으로, 재능적으로 또
심리적으로 복잡하고, 많기도 하고, 때로는 파
라독스적이기도 하고, 평범하지도 않고, 정말
맛난 요리이다!

30년 전, 나는 마저리 보울턴 여사가 펴낸 교재
『실제와 환상Faktoj kaj fantazioj』이라는 책을 읽
은 적이 있었습니다. 그리고 내 스승 라우룸
(Laŭlum)[42])의 지도 아래, 그 책의 이야기, 전설,
동화를 중국어로 옮겼고, 그 번역물을 내 고향 칭
다오의 아동 잡지에 연재를 했습니다. 그 당시

---

42) 리시쥔Li Shijun (李士俊: 1923 - 2012) 선생은 중국작가이자 편집인이
고, 1939년 에스페란토를 독습하여 입문하였다. 1983년부터 에스페란토학술
원 회원이었다. 2010년 중국 번역가상을 수상하였다. 그의 번역 작품은 방대
하다고 할 수 있다. 바진의 작품들<<(巴金《家》) Autumn in Spring (Ba Jin)
(巴金《春天里的秋天》 번역함은 물론이고 고전《수호지水浒传》《삼국지三国演
义》《서유기西游记》등 수많은 중국고전과 현대작가의 작품을 에스페란토로 소
개했다.《봄 속 가을》(바진지음, 리시쥔 에스페란토 옮김, 장정렬 국어 옮김)은
갈무리출판사에서 발간되었다.

1992년 칭다오에서 제5차 아시아-태평양 에스페란토대회가 개최되었습니다. 번역하면서 나는 그 작가의 방식에 익숙해지면서 같은 범주에 속하는 이름들을 차례로 나열해 보았습니다. 때때로 마저리 보울턴의 작품들을 읽어나가면서, 나는 그녀가 만들어 놓은 나열 방식이 전혀 우연이지 않고 반대로 늘 논리적이었음을 발견할 수 있었습니다. 더구나, 위에 언급된 음식 -'세켈리-굴라쇼'에는 몇 가지 낱말들- "비계", "소금"과 "크림"들이 자주 등장했는데, 자주 이 낱말들은 "신조어"를, "대화와 저작 활동에서 놀람을 나타내는 뭔가", 또 "가장 탁월한 부문을…." 등의 뜻으로 중첩적으로 사용되었습니다. 그런 새 낱말들이 그 책을 읽으면서도 매우 흥미로웠습니다.

정말, 티보르 세켈리의 작품들을 읽어 나가면, 독자 여러분은 영국의 탁월한 지성인 마저리 보울턴과, 아직도 내 마음 속에 살아 계시는 105세의 "세계탐험가" 티보르 세켈리 사이의, 두 분간의 뭔가 텔레파시 같은 교감을 알아차릴 수 있었을 겁니다. 중국보도사(El Popola Ĉinio,1985년 1월 당시)에서 근무하셨던, 작고하신 라우룸 선생님은 한때 티보르 세켈리의 신작에 대한 서평에서, "이야기꾼으로서의 그분의 재능은 천부적이시다"고 말씀과 아울러 티보르 세켈리야말로 '*명확성, 생동감, 낙관주의*

와 재치성'에서 자신만의 특유의 문체를 가지고 있다고 하셨습니다.

나는 그분들과의 만남 동안, 그 천재적인 선생님들의 쉼없는 에너지가 어떻게 장애물 없이 사람들의 마음에 닿는지에 대해 감탄하였습니다. 그 에너지는 내게 전신의 피처럼 흐르듯이 말입니다. 다양한 존경심들이!

보울턴은 비평하였기를, "그것(세켈리-굴라쇼)는 그분의 능력, 즉 용기, 적응성, 참을성, 학문적 탐구심, 모험성에 대한 놀라운 입증이라면서, 세켈리가 일생동안 이룬 체험들은 20명의 사람도 할 수 없을 정도의 삶을 살아 오셨다고 하였습니다. 그리고 내가 보기에는, 비록 보울턴 여사가 세상을 주유한 티보르 세켈리처럼 여행하지 않았다하더라도, 그 여사도 "세계여성탐험가"라는 칭호를 받아도 부족하지 않다고 생각합니다. 그분은 자신의 독자들에게 세상에 늘려 있는 독특한 풍경, 지역 풍습과, 놀라운 동화들을 경험해 보는 길로 안내도 참 잘 해 주었습니다.

보울턴 여사는 티보르 세켈리의 작품 『네팔은 문호를 개방하고 있습니다*Nepalo malfermas pordon*』의 원고를 영어로 옮겨, 『Window on Nepal』이라는 제목으로 영국에서 발간했습니다. 이는 1959년 티보르 선생님이 직접 펴낸 에스페란토 판과 동시

발간이었습니다. 그녀는 아동 도서 『정글의 아들 - 쿠메와와(*Kumeŭaŭa-la filo de la ĝangalo*』[43])를 아주 높이 평가했지만, 아쉽게도 이 작품은 아직 영어판 출간은 이루어지지 못했습니다. 그 여사는 『세계민족시집(*Elpafu la sagon*)』을 "매력적이고도 신선하며, 고상하기도 하고 정신세계를 넓힌 작품 으로... 세계 구전시문학의 풍부한 모자이크를 보여 주고 있다고 하였습니다.

한편, 라우룸 선생님은 에스페란토 원작『세계민족 시집(*Elpafu la sagon*)』책에는 50개의 새 용어들이 *아프리카, 아시아, 남아메리카와 오세아니아의 민족 어에서 취했는데, 이것들은 정밀 국제성이 있으면 서도, 흥미롭고, 되씹어볼 수 있고, 흉내낼 수 있는 것*이라고 했습니다.

각양각색의 추억들이 마저리 보울턴의 펜 아래서 흘러 나왔습니다. 그 중에 나를 웃게 만든 그분의 에피소드를 소개할까 합니다. 티보르 세켈리 선생 님은 요가를 제대로 배운 분이셨습니다. 한번은 그 분이 영국에 들를 기회가 있었는데, 마저리 보울턴 여사의 모친 댁에서 머무르게 되었다고 합니다. 그 분은 늘 그 어머니께 친근하게 대했습니다. 그러던 어느 날, 그 어머니께서 햄과 계란이 든 음식을 들

---

43) 한국에서는『정글의 아들 -쿠메와와(*Kumeŭaŭa-la filo de la ĝangalo*』
(장정렬 번역, 실천문학사) 2012년 발간됨.

고 주방 식탁으로 들어섰는데, 그곳에 티보르 세켈리 선생님이 아주 간편한 복장으로, 공중에 맨발을 둔 채 자신의 머리를 주방 바닥에 의지한 채 거꾸로 서 있는 모습을 보신 것입니다. 그 모습을 처음 보신 어머니께서 놀란 것은 당연했답니다. 티보르 선생님은, 아주 편안한 목소리로 점잖게 "좋은 아침입니다!"라고 인사하며, 여전히 발가락을 능숙하게 움직이는 것이 아니겠습니까. 그 물구나무 선채, 머리로 선 손님인 티보르 선생님을 본 그 어머니는 엄청 당황해, 들고 오신 그 음식을 그 바닥 매트에 자연스레 내려놓지 못하고, 텅빈 식탁 위로 그만 떨어뜨렸을 정도였습니다. *"그 어머니는 언제나 티보르를 우호적으로 추억하고 있지만, 그 식탁은 전혀 온전한 원상회복은 못했다고 합니다."*

라우룸 선생님의 기억에서는 "toa-pe"라는 낱말이 있습니다. 그 낱말은 시간의 터널을 훌쩍 뛰어 넘어, 수세기를 연결시켜 라우룸의 말 속에 되살아났습니다. 그 낱말을 티보르 세켈리 자신이 브라질의 마토그로사 정글을 탐험하는 동안 어느 식인종과의 만남을 서술한 대목에서 그 낱말을 사용했습니다. "toa-pe"라는 낱말은 '강물에서의 목욕'을 뜻하는데, 그곳을 방문한 손님들을 영예롭게 만드는 투파리 족의 풍습이었습니다. 그러나 라우룸 선생님은 2012년 제게 이 낱말을 말했을 때, 그분은 그 낱말의 의미를 기억해 낼 수 없었습니다. 그게 그만큼 그분에게 깊이 각인되었는데, 그분이 그 낱말을 티보르 세켈리가 80대 나이에 개인적으로 그 낱말을 들었다고 하셨습니다. 투파리 부족과의 만남에서 얻은 그 낱말이, 세켈리가 그 부족을 방문하는 장면을 되살리려고만 그 책에서 사용되었다고 추측할 권한이 내게 있을까요?

행복하게도 라우룸 선생님의 격려는 많은 도움이 있었습니다. 그분은 제게 티보르에 대한 여러 이야기들을 들려주었는데, 자신 서재에서 『*세계민족시집Elpafu la sagon*』을 손수 가져오셔서는 제가 연구를 하는데 도움을 주시느라고 빌려 주시기도 하셨습니다. 내가 주저하며, 그 책 제목을 중국어로 어찌 표현할지 궁금해서 여쭈었더니, 선생님은 이미 그 번역을 위해《箭在弦上》라는 번역제목을 생각해 두시고 계셨답니다. 그것은 그분이 작고하시기 한 달 전에 있었던 일이었습니다. 그 시집의 책장을 넘기면서, 그 속의 시들을 암송하면서, 제 마음은 충분한 즐거움으로 다양한 추모의 정으로 넘쳐났습니다.

덧붙인다면, 저는 헝가리를 한 번 여행한 적이 있었고, 그곳에서 때때로 그 유명한 음식인 "gulyás"를 맛볼 기회가 있었습니다. 중국인인 저로서는, 입맛을 다시면서, 내가 진짜 굴라쇼를 먹어보았네 라고 말해 보았습니다.

그런데 어느 날 중국에서 하루 일을 마친 뒤, 나는 서둘러 집으로 귀가하였습니다.

냉장고에서 날 것의 쇠고기 한 조각을 꺼내, 양파, 마늘, 고추, 미나리 등의 식재료를 선택했고, 나는 그 수프에 토마토를 추가해 손가락으로 간이 맞는지 맛보기도 하였습니다.

두 시간 뒤, 나의 중국식 굴라쇼가 완성되어 좋은 입맛을 불러 일으켰고, 내 손님들을 맞이하는 최고의 요리가 되었답니다.

하지만 지금까지도 나는 그 제목: "세켈리-다양한 기억들의 굴라쇼"를 중국어로 정확히 옮기는 데는 아직 실패하고 있습니다. 번역에서의 충실성, 표현의 유려성과 우아함은 교정, 갈무리와 고통의 시간적 지속성을 필요로 하고 있습니다.

군것질은 침샘을 자극하고, 문학 속의 문장은 영혼을 흔듭니다.

티보르 세켈리, 보울턴, 라우룸 세 분 선생님은 에스페란토-굴라쇼를 만들어 주셨습니다. 이 요리에는 낭만적이고 매력적인 풍경이 있어, 에스페란토 문화 향연장으로 독자들을 안내해 독자의 영혼을 살 지워 줍니다.44)(*)

---

44) 이 기고문은 2013년 3월10일(작성), 2017년 10월7일(BA에 기고), 2020년7월31일(장정렬)에게 전달됨.

출처(https://www.beletraalmanako.com/boao/ba30/index.html)

/서평/

티보르 세켈리 서거 25주년 기념 특별기고[45]
"파드마Padma가 에스페란토로 발간되었다."

위지엔차오[46]

티보르 세켈리의 에스페란토 원작 <Padma, La Eta Dancistino>가 에스페란토로 발간되었습니다. 비록 이 작품이 1977년 (세르보)크로아티아어로 먼저 발간되었다 하더라도.

이 기쁜 소식을 2013년 6월 <Eŭropa Bulteno>(128호)에서 읽게 되었습니다. 같은 해 3월 나는 티보르 세켈리의 미망인 Erzsébet Székely에게서 받은 전자출판물로 여러 번 읽으면서, 이를 텍스트 삼아 중국어 번역도 해두었습니다.

---

45) 2013년 제4호 <Zagreba Esperantisto>(p118-119)에 서평자가 기고한 글을 번역함.
46) 위지엔차오YU Jianchao는 1956년 태생으로, 칭다오전문대학교(1979~1982)에서 영어 영문학 전공, 나중에 산동대학교(1987-1989)에서 중국 문학을 전공했고, 베이징 방송학원(1989-1991)에서 국제언론학(에스페란토로)을 연구했습니다. 그녀는 1981년-1989년까지 칭다오 TV-대학교에서 영어를 강의했고, 1991년부터 중국국제방송국Ĉina Radio Internacia에서 근무하였고, 1995-2006년까지 에스페란토 편집실장을 역임했으며, 이 글을 기고할 당시인 2013년에는 계간지 <Panorame>의 기자이자 편집원으로 활동했으며, 2019년에 티보르 세켈리의 3편의 청소년 소설인 <정글의 아들 쿠메와와>, <초원의 아들 테무진>과 <갠지스 강의 무용수 파드마>를 <자연의 아들> 3부작으로 이름지어 중국어로 번역 출간하였습니다. 필자는 현재 베이징 에스페란토협회 회장으로 활동하고 있다.

<Eŭropa Bulteno>(128호)에 난 소식을 통해서도, 우리는 이 작품이 "인도의 시골 마을 콘다푸르 라는 곳을 배경으로 해서 쓴" 아동을 위한 것임을 알게 되었습니다. 10개 장(ĉapitro)으로 구성된 이 작품에는 작가가 '밴드 아저씨'라는 열쇠를 지닌 인물이 작가가 말하고자 하는 바를 연결해 줍니다. 콘다푸르라는 마을에 밴드 아저씨가 잠시 머물게 되면서부터 시작되는 이 이야기는 주인공 파드마로 하여금 자신의 탁월한 재능을 찾아내고, 무용수가 되고 싶은 꿈을 실현하는 계기를 만들어 줍니다.

"Mi komencas en la komenco"(나는 처음에는 이렇게 시작한다).

용서하세요, 티보르 세켈리 작가가 평소 다른 작품들의 첫 글에서 자신이 말하고 싶은 이야기를 시작할 때 썼던 방식을 잠시 빌려 왔습니다.

밴드는 유럽에서 온 여행자입니다. 그는 우연히 인도를 여행하다 콘다푸르 라는 마을에서 우연히 발길을 멈추면서, 또 이곳에서 일정한 시일을 보내기로 결심합니다. 그는 그 마을의 쿠마르 라는 사람의 집에서 머물게 되는데, 그 집 주인의 딸이 바로 이 소설의 주인공 파드마 입니다. 이미 첫 장 "귀신과의 만남"에서 작가는 몇 페이지 뒤에 밴드 아저씨와 소녀 파드마, 그 두 사람의 아름다운 만남을 소개합니다. 여기서 그 소녀에 대해 상세한 정보를 알려줍니다.

"*La knabino estis por siaj dek jaroj sufiĉe altstatura kaj svelta. Ŝiaj nigraj okuloj meze de la bruna vizaĝo, brilis per aperata brilo, kvazaŭ du nigraj fajreroj. Ĉio ĉi estis enkadrigita en ondumantan nigran hararon, kiu ekde la divido en la mezo de la kapo faladis dekstren kaj maldekstren sur la ŝultrojn kaj la dorson, kvazaŭ iu nigra akvofalo.*¹(소녀는 10살의 나이에 비해 충분히 큰 키에 날씬했다. 소녀의 갈색 얼굴 한 가운데 까만 두 눈은, 마치 두 개의 까만 불꽃처럼, 특별한 반짝임으로 빛났다. 이 모든 것은, 마치 까만 폭포처럼, 머리의 가운데에서 나눠져서 어깨와 등 뒤로 오른쪽과 왼쪽으로 내려져 출렁이는 까만 머리카락으로 인해 틀이 잡혀 있었다.) (원작의 제7쪽).

이 작품은 10개 장으로 구성되어, 각 장마다 한 장의 그림을 연상하게 합니다. 밴드 아저씨가 머물게 된 마을과, 그 마을 사람인 파드마와 밴드 아저씨의 이야기를 끌어가면서 점차 깊숙이 개입되는 인연의 다채로운 장면들을 그리고 있습니다.

단숨에 독자들은 마을 사람들과 함께 조련사(제2장)가 자신의 코브라 뱀을 흥미롭게 춤추게 하고, 아름다운 봄날(제3장)을 만끽하게 하고, 이를 통해 파드마에게 꿈이 있는데, 그 꿈이 무용수임을 있음을 알게 되고, 사두와 그의 이야기(제4장)를 통해서 춤의 신 시바에 대한 아름다운 전설을 듣게 되고, 위대한 항하(갠지스 강)도 소개합니다. 나는 이 부분을 언급하고 싶습니다. "...*la saduo diris al onklo Bend ke nun li iras rekte al Benareso, urbo kiu troviĝas sur la sankta rivero Gango. —Tie mi deziras submetiĝi al kompleta purigado de ĉiuj pekoj, ĉar tion povas fari nur la akvoj de tiu sankta rivero, —diris la saduo*"(...*사두는 자신의 앞으로의 여행을 이야기하면서, 밴드 아저씨에게 이젠 자신이 바라나시 Benareso라는 도시로— 그 신성한 갠지스 강 가의 도시인— 곧장 지금 가는 길이라고 했다. —그곳에서 나는 모든 죄를 완전히 씻는 것으로 내 자신을 맡기려고 합니다. 왜냐하면 그 신성한 강물 만이 그 일을 할 수 있습니다. 그렇게 작별 인사를 했다.*(원서의 제 38쪽).

힌두교 전통 방식으로 치르는 마을 결혼식 잔치(제5장)도 우리는 함께 즐길 수 있습니다. 한편으로 파드마는 난생 처음 자신의 춤 솜씨를 뽐냅니다. 하지만 파드마는 어느 날 오후 소 먹이러 가는 길에서 새 귀신(제6장)을 만나게 됩니다. 제8장에서는 동굴의 목소리를 통해 도둑 일당을 붙잡게 됩니다. 마을에서의 패닉 상태를 평화로운 상태로 만든 뒤,

주인공들은 제9장 "이야기들은 살아있다"에서는 파드마가 이 동굴 자체가 문화재임을 발견해, 밴드 아저씨를 통해 그 문화재 분야의 전문가들인 '도시에서의 방문자들"(제10장)을 부르게 됩니다. ...마침내 밴드 아저씨가 파드마를 진정한 무용수가 되는 길을 안내 해주게 됩니다.

이 작품을 읽어 가면 독자 여러분은 인도의 문화, 음식 문화과 음식을 먹는 방식, 아름다운 디자인, 춤을 사랑하는 나라에 대한 이야기, 생활 방식, 복식문화 등 문물에 대한 이야기를 보게 됩니다. 책의 제5페이지에서는 "*...onklo Bend rimarkis, ke ili estas vestitaj tre diversmaniere. Iuj vestis kutiman blankan ĉemizon kaj streĉan pantalonon, dum aliaj havis volvitan ĉirkaŭ la talio 'dotion'. Tio estas tre simpla vesto, kiun oni tute ne bezonas kudri.*"(*밴드 아저씨는 그 마을 사람들이 아주 다양한 옷을 입고 있음을 알아차렸다. 어떤 사람은 일상적인 하얀 셔츠와 꼭 쬐는 바지를 입었고, 어떤 사람은 "도티"라는 긴 허리감개 옷차림이었다. 그 차림은 바느질이 전혀 필요 없는 아주 간단한 의복 차림이었다.*)

작가는 인도의 결혼풍습을 잘 설명해 주고 있고, 전설에 나오는 여러 신들을 소개하면서, 춤의 신 시바에 대해서도 알려주고 있는데, 동시에 그 지역

주민들의 문맹을 깨뜨리기 위해 그곳 자녀들이, 눈이 휘둥그레진 놀람으로 외부 세계를 볼 수 있도록 자녀들을 학교에 입학시켜 주는 일도 시작하게 됩니다. *"Ankaŭ onklo Bend ne ekdormis longe. Li pensadis pri knaboj kaj knabinoj en lia hejmlando kaj pri iliaj deziroj. Li fine ekdormis kontenta pro la fakto ke li povis kontribui ke almenaŭ parte realiĝu la revo de knabino en ĉi tiu fora lando, Hindio."*(밴드 아저씨도 오랫동안 잠에 들지 못했다. 그는 자신의 고국에 사는 소년 소녀들이 생각났고, 그들의 꿈도 생각났다. 그는 마침내 자신이 먼 외국 인도에서 한 소녀의 꿈을 적어도 부분적으로 실현할 수 있게 되는 일에 도움이 되었다는 그 사실에 스스로 만족하며 잠을 청했다. 원문의 제45쪽).

저자의 다른 작품들과는 두드러질 정도로 이 작품에는 티보르 세켈리가 평소 주창하던 새 용어들의 사용이 상대적으로 적었습니다. 이는 중국 작가 라우룸(리쉬쥔) 선생님과 티보르 세켈리 간의 한 때 논쟁의 화두가 되었기도 했습니다. 라우룸 선생님은 티보르 세켈리의 작품 <Elpafu la Sagon>[47]에서 아프리카, 아시아, 남미 오세아니아의 용어 50개

---

47) 이 작품은 『세계민족시집』(장정렬 번역, 실천문학사, 2015년 8월)이라는 이름으로 번역 출간됨.

의 에스페란토로 새로 제안해, 실로 에스페란토가
진정한 국제성을 확보할 목적인 것을 칭송하면서도
동시에 중국어에서 차용한 새 용어는 꼭 필요하지
않음에도 불구하고 새로 제안하였다고 비판하기도
했습니다.(*Du bukedoj el la Manoj de Tibor
Sekelj*: El Popola Ĉinio,1985/10, 제30쪽). 그런
비판을 의식한 듯이, 티보르 세켈리는 그런 비판의
글에 답하기를, 자신의 글에서, "우리 목표는 에스
페란토 문화의 확대와, 우리 지평의 확대가, 전반적
으로, 요구하는 그런 용어들이 도입되어야 한다"고
주장했습니다. (Tibor Sekelj: *Naskiĝo de
Neologismoj*: 1985/09, 제22쪽). 실제로 이 작품
'파드마' 속에는 내가 보기로는, 토론할 여지가 없
는, 인도와 관련해 몇 개의 새 용어를 사용했습니
다. 예를 들어 "dotio"라는 낱말은 전형적인 인도
복식 용어인데, 그는 이 새 용어를 쓰고 나서 이를
설명하는 문장을 내어 놓았습니다. "La longan
blankan tolaĵon oni volvas ĉirkaŭ la talio, la
antaŭan parton oni kunigas kaj inter la kruroj
metas malantaŭen, por enigi ĝin sur la dorso en
la talian parton.La plejmulto de la pli aĝaj viroj
portis longan strion de tolo ĉirkaŭ la kapo,
formante el ĝi turbanon.(원서 제7쪽). 그리고 다
른 예는 'bindio', "holio, gio, 등은 자신의 원서의

맨 뒤에 설명을 해 두고 있습니다. 또 독자들은 인도 사람들과 소통하는 인사말이 'Namaste'임을 자연스럽게 배울 수 있게 작품 속에 배치해 두었습니다.

『Padma, la eta dancistino 파드마, 갠지스강의 무용수』는 단숨에 읽어 낼 수 있는 흥미로운 작품입니다. 작가는 인도의 한 시골의 풍물을 소개하면서, 배경으로 고대 4대 문명 중 하나인 인도인의 젖줄인 갠지스강 문화를 배경으로 삼고 있습니다. *"Tie ĉi Viŝnuo kaj Bramo disputas. Kaj jen malantaŭ la kolono venas Ŝivao por diri al ili la veron."*(이 비슈뉴 신과 브라만 신이 서로 싸웁니다. 그리고 이제 그 기둥 뒤에서 그들에게 진리를 알리려고 시바 신이 옵니다. 제72쪽). 독자는 다음과 같은 문장이 입증하고 있는 문화유적지에 매료되어 들어가게 됩니다. "Tio ĉi estas vere grandioza! ...Kaj jen malantaŭ la kolono venas Ŝivao por diri al ili la veron. La homoj kiuj ĉi tie vivis antaŭ kelkaj jarcentoj estis grandaj artistoj."(이곳은 정말 대단한 곳이야! 그리고 그 기둥 뒤에는 시바신이 진실을 그들에게 말하려고 온다. 수 세기 전에 이곳에서 살았던 선조들은 위대한 예술가들입니다. 제72쪽). 이와 같은 언급을 통해 우리 독자들은 강력하고 찬란한 고대 인도 문화의 향기를 느낄 수 있지 않을까요?

나는 2008년 인도를 방문했습니다. 그때 인도에서 아시아에스페란토대회가 열렸고, 나는 바라트(인도)의 우아한 무용을 즐길 기회가 있었습니다. 거리에서는 뱀 조련사에 의해 훈련된 뱀의 연기도 볼 수 있었고, 집집마다의 대문에 그려진 문양도 볼 수 있었습니다. 더욱더 놀란 것은 다채로운 결혼식 행사도 볼 수 있었습니다. 놀라면서 나는 이 광경들이 모두 작품 <파드마, 갠지스강의 무용수>에 들어 있음을 다시 확인할 수 있게 되었습니다.

실제로 티보르 세켈리는 1950년대에 인도를 몇 차례 방문할 기회가 있었고, 그곳의 성자 중 한 분인 뷔노바 바베Vinoba Bhave에게 에스페란토를 가르치도록 위임을 받았습니다. 한 달 만에 그는 "이 언어를 그 성자에게 선사할 수 있었다고 했으나, 그는 자신의 책 『Mondo de la Travivaĵo』(체험의 세계)에서 이와 같은 에스페란토를 지도한 일이 "그분에게서 보답으로 받은, 그 분이 몸소 실천하신 자신의 철학에 견주어 보면 그렇게 작고, 무의미한 선물이 되어 버렸다"고 술회하고 있습니다. 나는 작가의 그런 의견에 전적으로 동의합니다.

티보르 세켈리 작가의 모든 작품에서의 놀라운 서술들을 통해서 우리 독자들은 그 작가의 휴머니즘적 영성을 확인할 수 있습니다. 그러한 휴머니즘적 영성을 우리는 다시 한 번 인도에 대해 특유의 작품 『Padma, la eta dancistino 파드마, 갠지스강의 무용수』에서 느낄 수 있습니다. 특히 여성 무용수를 서술한 부분을 보면 다시 한 번 작가의 관심을 볼 수 있습니다. *"Ŝi dancis per ĉiu parteto de sia korpo. Ŝiaj okuloj dancadis por si mem, kaj aparte la manoj, la ŝultroj, la brovoj, lipoj kaj ĉio sur ĝi estis samtempe en intensa movo. La plej bela el ĉio estis la movoj de ŝiaj manoj. En iu momento ili aspektis kiel birdoj kiuj volas ekflugi..."*.(*"그녀는 자기 몸의 모든 부분으로 춤을 추었다. 그녀의 눈은 자신을 위해 춤추고, 따로 그녀의 두 손과, 양 어깨, 양 눈썹, 입술과 모든 것은 동시에 그 춤 위에서 강력한 움직임으로 나타났다. 이 중 가장 아름다운 것이 그녀 손놀림이었다. 어떤 순간에는 그 손들이 마치 날고 싶어하는 새의 모습 같았습니다..."*)

이와 같은 점을 나는 아시아대회 대회장에서 다시 한 번 느낄 수 있었습니다.

나는 이 작품을 두 편의 다른 작품 -『정글의 아들 쿠메와와 Kumeuaŭa, La filo de la ĝangalo』와 『초원의 아들 테무친 Temuĝin, la filo de la Stepo』-과 함께 놓고 싶습니다. 첫 작품인 『정글의 아들 쿠메와와Kumeuaŭa, La filo de la ĝangalo』"[48])에는 12살 난 소년 쿠메와와가 여러 가지 위험이 도사리고 있는, 자신이 사는 아마존 지역에 조난당한 유람선의 여행객들을 도와주는 것을 내용으로 하고 있고, 『초원의 아들 테무친 Temuĝin, la filo de la Stepo』은 여러분도 잘 알다시피 초원에서 살아가면서 수많은 어려움을 극복하면서 나중에는 몽골 제국의 왕이 된 테무진을 소재로 한 것입니다. 두 작품이 소년들을 주인공으로 해서 쓴 것이라고 한다면, 우리가 지금 읽게 되는 『Padma, la eta dancistino 파드마, 갠지스강의 무용수』는 이에 대응하여 소녀를 주인공으로, 그녀 감수성을 섬세하게 그려낸 작품이라고 할 수 있습니다. 나는 감히 이 작품의 제목을 <무용의 신 시바의 딸 파드마>라고 붙이고 싶을 정도입니다. 청소년들을 위한 티보르 세켈리의 수고로움에서도 알 수 있듯이, 이 세 작품을 읽어내는 것이 당시 『정글의 아들 쿠메와와Kumeuaŭa, La filo de la ĝangalo』후속 편을 써 달라는 출판사의 요구에 그때는 병을 얻어, 더는 힘들어 이를 받아들이지 못한 위대한 작가 티보르 세켈리를 우리 마음 속에 다시 한 번 기릴 수 있는 방법이 되지 않을까요?(*)

---

48) 이 작품은 『정글의 아들 쿠메와와』(장정렬 번역, 실천문학사, 2012년 2월)라는 제목으로 발간됨.

<저자 소개>

티보르 세켈리(Tibor SEKELJ, 헝가리 표기법으로는 Székely
Tibor: 1912-1988)는 당시 오스트리아-헝가리 나라의 스피
쉬스카 소보타(Spišská Sobota)에서 출생해 유고슬라비아 수
보티카(Subotica, Vojvodino)에서 별세했습니다. 1930년 에
스페란토에 입문했습니다. 헝가리 출신의 유고슬라비아인으로
세계시민이자 언론인, 연구가, 작가, 법학자, 에스페란티스토
로 다양한 분야에서 괄목할 성과를 냈습니다. 그는 남미, 아
시아, 아프리카를 탐험하였습니다. 그 탐사의 가장 중요한 목
적은 인간 심리의 근원을 밝히고 이해함에 있었습니다. 이 선
구자가 걸어온 길은 실로 다양하고, 실천적이었습니다. 자신
이 태어난 나라와 주변의 언어를 이해함은 물론이고, 25개의
언어를 배워 그 중 영어, 프랑스어, 에스페란토 등 9개 언어
에 능통한 인물이었습니다. 1986년 에스페란토 아카데미 회
원이 되고, 세계에스페란토협회 명예 회원이기도 하였습니다.

<번역자의 말>

  『정글의 아들 쿠메와와』(Kumeŭaŭa, La Filo de Ĝangalo), 『세계민족시집』(Elpafu la Sagon)에 이어 소개되는 티보르 세켈리의 단편 작품 『파드마, 갠지스강의 무용수』

  청소년 소설 『Padma, la eta dancistino 파드마, 갠지스강의 무용수』를 소개합니다. 이 소설은 유럽에서 온 한 이방인이 인도의 어느 마을을 방문하여 그곳에서 몇 개월 머물면서 겪는 이야기입니다. 그곳에서 작가는 무용수를 꿈꾸는 열 살의 어린 파드마와 친구가 됩니다. 파드마는 나중에 자신이 사는 마을에서 멀지 않은 곳에 지금까지는 전설로 알려진 곳에 숨어 있던 고대문화 유산을 발견하며, 이 문화유산을 세상에 알리게 됩니다.
  인도의 시골 풍경과 풍습을 알게 하는, 또한 작가인 티보르 세켈리의 특유한 경험에 근거한 보고서 같은 작품을 우리 독자 여러분은 단숨에 이를 읽어나가리라 봅니다.
  이 작품을 옮긴 저는 아직 인도를 방문해 보지 못했지만, 이 작품을 통해 이렇게 아름다운 소녀 파드마를 인도에서 만날 수 있다면, 꼭 한번 인도를 방문해 보리라 다짐도 하게 되었습니다.

인도말에서 파드마 라는 낱말의 뜻이 '연꽃'이니, 청정무구하며 순진무구한 꿈을 따라가는 연꽃 소녀를 한 번 감상해 보기를 권합니다.

옮긴이로서 저는 작가 티보르 세켈리의 눈과 귀를 따라 이 작품을 읽을 때마다, 정말 르뽀 작가란 바로 티보르 세켈리와 같은 작가를 말하는구나 하고 감탄하게 됩니다. 이 작가의 여러 작품을 읽으면, 곧장 제가 아마존 유역의 쿠메와와가 되고, 『세계민족시집』에 나오는 여러 민족의 일원이 되어, 함께 노래하고 시를 말하고, 세상 사람들과 소통하게 되고, 또 인도의 갠지스강을 배경으로 무용수를 꿈꾸는 파드마가 됩니다.

번역자인 저는 춤추는 소녀 파드마를 사랑합니다. 내겐 이 춤추는 소녀가 정말 사랑스럽고 이쁘게만 보입니다.

20Km나 되는 먼 길을 이방인 선생님의 손을 잡고, 동네 친구와 함께 배움의 터전이 될 초등학교를 찾아가는 모습은 제 어릴 때 고향의 학교 등굣길을 생각나게 합니다.

산골 소년 시절에 역자가 살던 고향 마을의 뒷동산에 오르면 낙동강 물줄기가 보이고, 마을 앞 신작로에 간혹 오는 버스나 화물차를 보면 신기하듯 가까이 뛰어가 보던 소년이 20대에 부산에서 에스페란토라는 번역 도구를 만나, 세상을 두루 여행한, 정말 재능있는 르뽀 작가 티보르 세켈리의 탐험 세계를 볼 수 있다니! 이는 정말 흥미로운 번역 세계였습니다.

이 번역 작품에 중국화가 뚜어얼군(多尔衮)의 작품이 실린 것은, 역자와 중국어 번역가 위지엔차오(于建超)의 사용요청에, 화가의 호의적인 사용허락이 있었기에 진심으로 화가에게 감사드립니다. 작가와 작품의 이해를 위해 중국어 번역자의 글 2편과 시인 발두르 라그나르손의 저자에 대한 회상의 글도 함께 실어 보았습니다.

감사의 인사말로 끝맺음을 해야겠습니다.

부산에서 문학활동하시는 아동문학가 선용 선생님, 화가 허성 선생님, 중국에 계시는 박기완 선생님, 그 세 분 선생님은 늘 저의 번역작업에 성원과 격려를 해 주셨습니다.

역자의 번역작업에 늘 묵묵히 지켜봐 주시는 빙모님과 어머니를 비롯한 가족에게도 고마운 마음을 담습니다.

한국에스페란토협회 부산지부 회보 <TERanidO>의 초기 편집자들인 의사 이현우, 의사 정찬종, 사업가 최향숙 씨 등과, 제게서 에스페란토 첫걸음을 내디딘 박연수 박사, 초빙교수 최성대, 교사 정명희, 사업가 강상보, 시인 김철식 등 에스페란토 동료들의 성원에도 감사드립니다.

<번역자 소개>

장정렬 (Jang Jeong-Ryeol(Ombro) 1961 ~)
1961년 창원에서 태어나 부산대학교 공과대학 기계공학과를 졸업하고, 1988년 한국외국어대학교 경영대학원 통상학과를 졸업했다. 현재 국제어 에스페란토 전문번역가와 강사로 활동하며, 한국에스페란토협회 교육 이사를 역임하고, 에스페란토어 작가협회 회원으로 초대된 바 있다. 1980년 에스페란토를 학습하기 시작했으며, 에스페란토 잡지 La Espero el Koreujo, TERanO, TERanidO 편집위원, 한국에스페란토청년회 회장을 역임했다. 거제대학교 초빙교수, 동부산대학교 외래 교수로 일했다. 현재 한국에스페란토협회 부산지부 회보 'TERanidO'의 편집장이다. 세계에스페란토협회 아동문학 '올해의 책' 선정 위원이기도 하다.

-한국어로 번역한 도서

『초급에스페란토』(티보르 세켈리 등 공저, 한국
에스페란토청년회, 도서출판 지평)

『가을 속의 봄』(율리오 바기 지음, 갈무리출판사)

『봄 속의 가을』(바진 지음, 갈무리출판사)

『산촌』(예쮠젠 지음, 갈무리출판사)

『초록의 마음』(율리오 바기 지음, 갈무리출판사)

『정글의 아들 쿠메와와』(티보르 세켈리 지음, 실천문학사)

『세계민족시집』(티보르 세켈리 등 공저, 실천문학사)

『꼬마 구두장이 흘라피치』(이봐나 브를리치 마주라
니치 지음, 산지니출판사)

『마르타』(엘리자 오제슈코바 지음, 산지니출판사)

『국제어 에스페란토』(D-ro Esperanto 지음,
예인들)(공역)

『사랑이 흐르는 곳, 그곳이 나의 조국』(정사섭
지음, 문민)(공역)

『바벨탑에 도전한 사나이』(르네 쌍타씨, 앙리 마쏭
공저, 한국외국어대학교 출판부)(공역)

-에스페란토로 번역한 도서

『비밀의 화원』(고은주 지음, 한국에스페란토협회 가란지)

『벌판 위의 빈집』(신경숙 지음, 한국에스페란토협회)

『님의 침묵』(한용운 지음, 한국에스페란토협회 가란지)

『하늘과 바람과 별과 시』(윤동주 지음, 도서출판 삼아)

『언니의 폐경』(김훈 지음, 한국에스페란토협회)

『미래를 여는 역사』(한중일 공동 역사교과서,
한중일 에스페란토협회 공동발간)(공역)

－부산에스페란토문화원 발간 목록－

(번역 : 장정렬)

2001년: 번역소설 『정글의 아들 쿠메와와』발간.
(원제: Kumeŭaŭa, la filo de la Ĝangalo, 티보르
세켈리 지음) 2001년 12월/ 118쪽, 10,000원)

2010년: 번역소설 『초록의 마음』발간. (원제:
La Verda Koro, 율리오 바기 지음) 2010년 5월/
119쪽, 10,000원)

2012년: 번역시집 『아스마』(국어－에스 대역판)
발간 (원제: Aŝma, 리쉬퀀(Laŭlum) 번역) 2012
년 10월/ 64쪽, 8,000원)

2015년: 번역시집 『고립』발간 (원제: Izolo, 칼
만 칼로차이 지음) 2015년 3월/ 66쪽, 8,000원.
－번역소설 『초록의 마음』(에스－국어 대역판)발
간 (원제: La Verda Koro, 율리오 바기 지음)
2015년 3월/ 136쪽, 13,000원)

－:(에스페란토로 번역)『Korea Poemaro
Tradukita La Silento de la Karulo 님의 침묵(한
용운지음)』 2003년 12월 15일 초판(한국에스페
란토협회 부산경남지부 발행),

2015년 12월 25일 재판(문화원) 발행.

2017년: 번역소설 『얌부르크에는 총성이 울리지 않는다』(에스-국어 대역판)발간

(원제: Oni ne pafas en Jamburg, 미카엘로 브론슈테인 지음) 2017년 3월/ 174쪽, 15,000원)

2020년 에로센코 선집(1) 『유라시아 방랑시인 에로센코(1)- 빛과 그림자』, 에로센코 선집(2) 『유라시아 방랑시인 에로센코(2)- 좁은 우리』, 에로센코 선집(3)『유라시아 방랑시인 에로센코(3)-동화 선녀와 나무꾼』(5월, 각권 18,000원)

2020년 고전단편소설선(1)『미혹은 어떻게 영어처럼 가르쳤는가』, 고전단편소설선(1)『베오그라드에서의 이별』(7월, 각권 25,000원)

-인터넷 자료의 한국어 번역

www.lernu.net의 한국어 번역

www.cursodeesperanto.com.br의 한국어 번역

Pasporto al la Tuta Mondo(학습교재 CD 번역)

파드마, 갠지스강의 무용수(Padma, la eta dancistino)

인　쇄 : 2021년 6월 15일 초판 1쇄
발　행 : 2021년 6월 25일 초판 1쇄
지은이 : 티보르 세켈리(Tibor Sekelj)
옮긴이 : 장정렬
화　가 : 뚜어얼군(多尔衮)
펴낸이 : 오태영
출판사 : 진달래
신고 번호 : 제25100-2020-000085호
신고 일자 : 2020.10.29
주　소 : 서울시 구로구 부일로 985, 101호
전　화 : 02-2688-1561
팩　스 : 0504-200-1561
이메일 : 5morning@naver.com
인쇄소 : TECH D & P(마포구)

값 : 13,000원
ISBN : 979-11-91643-04-6 (43890)